함께 걸어갈 사람이 생겼습니다

함께 걸어갈 사람이 생겼습니다

*

한비야·안토니우스 반 주트펀

푸른숲

우리 각자에게 맞는 인생 공식을 위해

"네, 결혼했어요! 남편은 네덜란드 사람, 이름은 안톤이에요."

"아프가니스탄 구호 현장에서 만났어요. 제 보스였답니다."

"한국과 네덜란드를 오가며 살아요."

결혼 3년 차, 아직도 자주 받는 세 가지 질문의 대답이다.

내가 결혼을 하다니, 게다가 이렇게 결혼 생활에 관한 책까지 쓰다니. 스스로 생각해도 놀라운 일이다. 나의 이전 책을 읽은 독자들에게도 낯설기만 할 거다. 아니, 오히려 신선하려나?

20대부터 나는 숨 가쁘게 살아왔다. 국제 홍보, 세계일주, 구호 활동, 학위 공부 등 하고 싶은 일을 하면서 다른 사람들에게도 도움이 된다는 생각에 힘든 줄도 몰랐다. 고맙게도 많은 사람들이 응원해주었다.

그 덕분에 어려울 때나 막막할 때마다 스스로를 달래거나 몰아

함께 걸어간 사람이 생겼습니다

붙이면서 고비 또 고비를 넘겼다. 가끔씩 못 견디게 외로울 때는 기댈 사람이 있으면 좋겠다는 생각은 했지만, 솔직히 그 누군가를 만날 시간도 마음의 여유도 없었다. 오랜 동료이자 친구였던 안톤이 내 인생 파트너가 되기 전까지 말이다.

안톤과 함께 쓴 이 책은 우리의 알콩달콩 결혼 생활 모습을 모아놓은 이야기가 아니다. 남들과는 사뭇 다른 우리 상황에 맞게 우리만의 방식을 찾아가는 이야기고, 결혼 후 더욱 나답게 살아가는 이야기고, 혼자 있는 힘과 함께하는 힘을 새롭게 발견하는 이야기다.

60대에 결혼한 안톤과 나는 자발적 장거리 부부로, 결혼은 했으나 항상 같이 살지는 않는다. 한 사람은 은퇴했고 한 사람은 활발한 사회활동을 하는 중이다. 각각 매우 독립적으로 살아와서 함께 보내는 시간만큼이나 혼자 있는 시간 또한 소중하다고 생각한다.

때문에 우리는 전통적인 결혼 생활 방식으로는 살기 어렵다. 이런 상황과 조건과 지향에 맞는 우리에게 최적화된 방식을 찾아야 했다. 다행히도 많이 생각하고 얘기를 나누다 보면 좋은 방안이 나온다.

결혼 3년 차, '따로 또 같이' 사는 우리 방식은 지금까지는 잘 맞는 것 같다. 수없이 많은 시행착오를 겪고 그때마다 수정, 보완해

가는 다분히 실험적인 이 결혼 생활 방식은 지금도 진화, 발전 중이다.

동시에 우리 또한 세상 모든 3년 차 커플이 겪는 일들을 똑같이 겪고 있다. 치약을 어떻게 짜고 젖은 수건은 어디에 놓는지를 가지고 서로에게 잔소리를 하고, 약속 시간에 넉넉하게 나갈지 딱 맞춰 나갈지를 두고 의견 충돌을 한다. 그런 후에는 누가 먼저 미안하다고 하는지 보자며 기 싸움 하는 것도 여느 커플과 다르지 않다.

그럴 때마다 안도의 한숨을 쉰다. 우리가 20대, 그 질풍노도의 시간, 스스로도 자기가 어떤 사람인지 잘 몰랐던 그 시기에 만났다면 어땠을까? 아마 가관이었을 거다. 아예 절단이 났을지도 모르고. 자기와 상대방에게 너그러워지는 나이에 만나 얼마나 다행인가!

30대에 만나 60년 잘 사는 것도 좋지만, 우리처럼 60대에 만나 30년 사이좋게 사는 것도 나쁘지 않은 것 같다. 가까운 사람들은 우리의 이런 얘기들이 재미있다고 했다. 듣고 나면 많은 것을 생각하며 뭔가를 결심하게 된다고, 젊은 친구들에게도 들려주고 싶다고도 했다. 그래서 감히 책을 쓸 엄두를 내보았다.

"안톤, 우리 같이 책 한번 써볼까?"

작년 봄, 안톤에게 지나가는 말처럼 툭, 건넸다.

함께 걸어갈 사람이 생겼습니다

"책이라고? 내가 어떻게?"

대답은 이렇게 했지만 그의 표정으로 짐작건대 속말은 'Why not(왜 안 되겠어!)'이었다. 그리고 거의 1년간 혹독한 '자기 검열'을 거쳤다. 무엇보다도 우리 경험과 생각이 일기장 속의 '개인적인 자산'을 넘어 책이라는 '사회적 자산'으로서의 가치가 있는가를 묻고 또 물었다.

수차례 쓰자 말자를 거듭한 끝에 마침내 써보자는 용기를 냈고, 이는 구체적인 일정, 목표, 실천 방안 등을 갖춘 프로젝트로 변했다. 이름하여 ABC(Anton & Biya Couple) Book 프로젝트!

안톤과 나는 이 책을 가까운 친구를 집으로 초대해 저녁을 먹으면서 해주는 얘기처럼 따뜻하고 솔직하게 쓰기로 했다. 우리가 어떻게 동료에서 친구, 연인을 거쳐 부부가 되었는지, 사이좋게 지내기 위해서 어떤 원칙들을 세웠는지, 상대방의 나라에서 '안서방'과 '서울댁'으로 어떻게 사는지, 각자의 고유한 맛과 색깔은 어떻게 지키는지…….

기왕 쓰는 김에 일기장, 주고받은 편지, 유언장까지 공개하며 속마음을 톡톡 털어놓았다. 이렇게 하면서 우리는 자기만의 인생 공식을 만들어가는 즐거움과 '따로 또 같이'라는 인생 옵션에 대해 말해주고 싶었다. 우리 모두 대단하진 않아도 재미있게는 살 수 있다는 말을 하고 싶었다.

이 책을 쓰는 내내 지난날을 돌아보고 현재를 살피며 미래를 계획할 수 있어 좋았다. 힘은 들었지만 참, 재미있었다. 여러분도 부디 재미있게 읽어주시길.

2020년 가을,

서울에서

한비야

3 네덜란드 서울댁, 한국 안 서방

1

*

우리의
'따로 또 같이' 결혼 생활

함께 있되 거리를 두라.

그래서 하늘 바람이 그대들 사이에서 춤추게 하라.

서로 사랑하라. 그러나 사랑으로 구속하지는 말라.

그보다도 그대들 혼과 혼의 두 언덕 사이에 출렁이는 바다를 놓아두라.

(…)

함께 서 있되 너무 가까이 서 있지는 말라.

사원의 기둥들도 서로 떨어져 있고,

참나무와 삼나무도 서로의 그늘 속에서는 자랄 수 없으니.

-칼릴 지브란, 〈결혼에 대하여〉 중에서

(칼릴 지브란 지음, 류시화 옮김, 《예언자》, 무소의뿔)

굿 모닝, 마이 선샤인!

＊ *biya*

"삐용, 삐용."

안톤: "굿 모닝, 마이 선샤인! :-)"

비야: "굿 애프터눈, 안톤!♥"

한국 시간 오후 2시, 조용하던 내 휴대전화가 경쾌하게 울린다. 네덜란드는 오전 7시다. 1년에 6개월 이상 떨어져 지내는 안톤과 나는 스카이프와 왓츠앱을 이용해 하루에도 수십 개의 문자를 주고받는데, 내용에 따라 앱에서 제공하는 다양한 이모티콘을 골라 쓰는 재미가 쏠쏠하다.

안톤은 나를 매일 다른 별명으로 부른다.(그렇다. 우리 신혼이다!) 어느 때는 아침 햇살, 산들바람 등 자연의 일부로, 어느 때는 다람쥐, 토끼 등 동물로, 어느 때는 들장미, 튤립 등 꽃으로 또 어느 때는 다이아몬드, 진주 등 보석으로. 아침에 눈을 떠 나를 생각하면서 제일 먼저 떠오르는 이미지로 별명을 붙인다는데, 매일 아침 직접 얼굴을 볼 수 있다면 이렇게 다채로운 별명으로 부르지는 않았을 거다. 장거리 결혼 생활 덕분이다.

우리 결혼 생활은 '336타임'으로 돌아간다. 1년 중 3개월은 네덜란드에서 3개월은 한국에서 같이 지내고 나머지 6개월은 따로 지내는데 따로 있을 때는 문자 보내기가 가장 중요한 소통 방법이자 연결 고리다.

우리가 문자로 연결되는 시간은 오후 2시부터 밤 12시까지 하루 열 시간 남짓. 시차 덕분에 '연결 시간'이 저절로 통제되고 있다. 네덜란드가 한국보다 일곱 시간(서머타임 기준) 느리기 때문에 오후 2시까지는 기상 전인 안톤에게서 문자가 오지 않는다. 그때까지 나는 내 일에 몰두할 수 있다. 반대로 안톤은 네덜란드에서 오후 5시, 한국 시간 밤 12시부터는 내 문자 없는 시간을 갖는다. 장거리 연애 커플 중에 24시간 내내 수시로 연락을 주고받아야 마음이 놓인다는 사람도 많지만, 우리는 이렇게 적당한 '브레이크 타임', 관계의 여백을 갖는 게 훨씬 좋다.

안톤은 짧은 문자로는 성에 안 차는지 긴 이메일도 자주 보낸다. 다른 사람들과 주고받는 이메일을 공유하기도 하는데 나는 그 이메일 밑에 다른 색깔로 짧게 답만 달아 보내곤 한다. 그는 종종 이런 나를 섭섭해하지만 이메일로는 될수록 용건만 간단히 말하는 게 내 방식이라는 것 역시 잘 알고 있다.

매주 수요일과 일요일 밤, 일주일에 두 차례, 한 시간 정도 영상통화를 한다. 이때는 우리도 다른 부부와 연인들처럼 마주 보고 시시콜콜한 얘기와 계획을 나누며 웃고 떠든다. 통화가 끝날 때마다 아쉽긴 하지만 전화로 한 시간 이상 얘기한 적은 거의 없다. 물론 급한 일이 있으면 언제라도 통화하지만 그런 '급한' 볼일이라도 통화가 보통 10분을 넘지 않는다. 어차피 영상통화는 공짜니까 원하면 매일 할 수도 있겠지만 일주일에 두 번 이상으로 늘릴 생각은 안톤도 나도 전혀 없다. 지금보다 자주 전화했다면 벌써 통화가 지겨워졌거나 시큰둥해졌거나 부담스러웠을지도 모를 일이다. 지금으로선 이 정도가 적당하다. 넘치는 것보다 약간 모자라는 것이 낫다는 게 우리의 공통된 생각이다.

이 관계의 여백과 과유불급의 마음가짐은 우리 결혼 생활의 가장 핵심 요소다. 가까이 하되 너무 가깝지는 않게, 충분히 마음 써주되 과하지는 않게 각자의 시간과 공간을 지켜주기. 이제 결혼 3년 차, 지금까지는 잘 되고 있다.

구호 요원 커플의 우선순위와 최소 기준

* *biya*

2014년 가을, 안톤과 나는 마침내 연인이 되었다. 아프가니스탄에서 알게 된 지 12년 만이지만 서로 얼굴 보기는 여전히 힘들었다. 그때 나는 한국에서 박사과정을 시작했고 초빙교수로 학부 수업까지 맡아 방학 이외에는 시간을 낼 수가 없었다. 안톤 역시 터키 남부 시리아 난민촌에서 일하면서 긴박한 상황에 실시간 대응 하느라 짬을 내기가 어려웠다. 일정을 억지로라도 짜 맞추지 않으면 1년에 한 번 만나기도 힘든 상황이었다.

하지만 우리가 누구냐. 최대한 많은 생명을 살리기 위해 최악의 상황에서도 최선의 방법을 찾아내는 구호 전문가 아닌가? 안톤과 나는 구호 현장에서 쓰는 방식을 우리 관계에 적용해보기로 했다. 바로 '우선순위'와 '최소 기준' 정하기다. '우선순위 정하기'는 열악한 현장에서 시간, 자원, 인력이 부족할 때 흔히 쓰는 방법이다. 무엇이 제일 급하고 중요한지 따져서 다른 것을 희생해서라도 가장 중요한 한두 가지 목표를 달성한다. 연인이 된 우리의 최우선순위는 어떻게든 1년에 한두 번은 만나는 거였다.

그에 따른 최소 기준도 정했다. 구호 현장에서 인도적 지원을 할 때 최소 기준에 맞춰야 하는 것처럼 말이다. '최소 기준'이란 재난 피해자들이 인간의 품위를 지킬 수 있도록 물, 식량, 피난처, 보건 위생 및 보호에 관해 정해놓은 세계 공통의 기준을 말한다. 예를 들어 물 지원의 최소 기준은 1인당 하루 식수 2.5리터, 씻거나 조리할 수 있는 용수 5리터 포함 7.5리터다.

이것을 모델 삼아 커플로서 같이해야 할 날의 기준을 만들어보았다. 우선 1년 중 꼭 같이 있고 싶은 날은 크리스마스라는 데 쉽게 합의했다. 연말에는 둘 다 일주일 이상 시간을 낼 수 있기 때문에 자연스레 새해 첫날까지 같이 있을 수 있어 금상첨화다. 대학이 여름방학에 들어가면 안톤도 휴가를 내서 같이 지내기로 했다. 그는 두 사람의 생일날에도 같이 있어야 한다고 했지만 나는 둘 중 한쪽의 생일만 함께 지내도 괜찮다고 했다. 안톤 은퇴 후에는 네덜란드와 한국에서 1년 중 몇 달씩 번갈아가며 지내자는 데 의견을 모았다. 이 모든 것을 고려해서 만든 최소 기준 네 가지는 다음과 같다.(참고로 구호 현장 요원답게 우리의 계획서는 늘 간단명료한 보고서 형식이다!)

1. 안톤 은퇴 전에는 대학교 여름방학과 겨울방학 때 만나고 한 번에 열흘 이상 함께 지낸다.

2. 여름방학 때는 6월 말 비야 생일이나 8월 말 안톤 생일 중 한 번, 겨울방학 때는 크리스마스와 새해를 함께 보낸다.

3. 안톤 은퇴 후엔 한국에서 3개월, 네덜란드에서 3개월 같이 지내고 6개월은 따로 지내며 각자의 일을 한다.

4. 따로 지내는 6개월 중, 최소한 한 번은 한국, 네덜란드가 아닌 다른 나라에서 만나 여행한다.

우선순위의 힘은 이런 것인가? 둘 다 늘 시간이 모자라 동동거리면서도 최소 기준에 맞춰 미리 일정을 조정하고 시간을 빼놓으니 어떻게든 만나게 되는 게 놀라웠다. 내가 박사 논문을 쓰는 동안 안톤이 한국에 머물렀던 시간이 내가 네덜란드에서 지낸 시간보다 훨씬 길었지만 2014년부터 지금까지 여름에는 둘 중 한 사람의 생일을, 겨울에는 크리스마스와 새해를 매년 같이 보내고 있다. 박사학위를 받은 후에는 한국에서 3개월, 네덜란드에서 3개월, 각자 6개월, 이른바 336타임도 제대로 지켜지기 시작했다.

우리가 자발적 장거리 연인 혹은 부부가 되기로 한 건 우리의 라이프스타일에 가장 적합하기 때문이다. 내가 아직 한국에서 사회생활을 활발히 하는 중인데 갑자기 하던 일을 모두 중단하고 네덜란드에 가서 '서울댁'으로만 살 수 없고, 안톤 역시 해외 현장 근무나 네덜란드 생활을 완전히 청산하고 한국에서 '안 서방'으로만 살 수도 없는 일 아닌가? 게다가 나는 다시 구호의 최전선에서 일하려면 1년에 2~3개월은 현장 근무도 해야 한다. 이런저런 여건을 꼼꼼히 따져보면 336타임으로 사는 게 지금 우리에게는 안성맞춤이다.

물론 지금은 이렇게 딱 맞는 336타임도 안톤과 나에게 주어진 여건에 따라 변할 거고 그래야 마땅하다. 어떤 상황에 놓이든 그에 맞게 우리 원칙을 수정, 변경, 보완하면 그만이다. 그 비율이 4:4:4든 5:5:2든 본질은 변함없다. 같이 있는 시간과 혼자 있는 시간을 균형 있게 지키는 것이다. 나중에 1년 내내 한집에 산다 해도 또 그에 맞춰 혼자 있을 시간과 공간을 확보하기 위한 기준만 정하면 얼마든지 '따로 또 같이' 할 수 있지 않을까 생각한다. 이처럼 우리의 실험적 결혼 생활은 상황에 맞게 고쳐가고 맞춰가는 현재진행형이다.

네덜란드 레인더 난초길 집

* *anton*

2017년 초, 마지막 현장 근무지는 아프리카 브룬디였다. 이곳으로 발령받기 직전, 터키 앙카라에서 비야를 만났을 때 이렇게 내 생각을 털어놓았다.

"비야. 그동안 곰곰이 생각해봤는데, 나 이번 현장 근무 끝나고 은퇴하면 어떨까?"

"와우, 나야 당연히 좋지. 그동안 일은 충분히 했잖아? 이제부턴 당신 인생에서 일은 빼고 우리 둘만의 시간을 더 가지면서 살자고요."

비야가 이런 반응을 보일 줄 예상했다. 내가 어떤 제안을 해도 일단 내 의견에 전적으로 동의해주는 게 그녀의 특징이자 장점이다. 우리는 아프리카 근무가 끝나는 2017년 여름, 내 나이 66세를 은퇴 시점으로 잡고 은퇴 후 어디에 정착할지, 앞으로 어떤 일을 벌일지, 서로의 인생 계획과 일정은 어떻게 맞출지 등 많은 이야기를 나눴다. 그때 우리는 약혼은 했으나 구체적인 결혼 계획이 없었고 비야는 한창 박사 논문을 쓰고 있었다.

은퇴하면 어디에서 살지 정하기 위해 따져보니 그동안 전 세계 130개국을 여행했고 26개국에서 거주했는데 그중 3개월 이상 근무했거나 머문 나라는 15개국이 넘는다. 66년 인생 중 네덜란드에 살았던 기간은 고작 34년으로, 거의 절반을 외국에서 살았다. 일단 은퇴 후 정착할 나라의 몇 가지 중요한 기준을 생각해보았다.

1. 언어가 익숙한 나라
2. 전에 살 때 편안한 느낌이 들었던 나라
3. 누나 엘리 및 가까운 몇몇 친구들과 너무 멀리 떨어지지 않은 나라
4. 정원 딸린 아담한 집을 살 수 있는 나라

이 기준에 맞춰보니 오스트리아의 빈 일대, 남부 독일의 라인 강변 일대, 고향인 네덜란드 에인트호번 일대, 이렇게 세 군데가 후보지로 떠올랐다.

"나이 들어서까지 외국에서 살고 싶어? 난 싫은데."

이 세 후보지를 듣고는 비야가 한마디 툭, 던졌다. 일리 있는 말

이었다. 그래서 인터넷에 네덜란드 에인트호번, 마을 규모, 인구, 대중교통 접근성, 평판, 숲과의 거리 같은 키워드를 넣어 검색했고, 레인더라는 작은 마을을 찾을 수 있었다. 인구 약 4,000명인 이 마을은 네덜란드의 주요한 두 공항에서 쉽게 닿을 수 있고, 작은 곳이지만 성당과 다양한 상점이 있고 삼면이 국유림으로 둘러싸여 더 이상 커지거나 주변 개발을 할 수 없다는 점에서 이상적이었다. 숲길을 따라 두 시간만 걸으면 벨기에에 닿는 점도 매력적이었다.

살고 싶은 마을이 정해지자 본격적인 집 찾기에 돌입했다. 알맞은 집을 물색하고 구입하는 과정에서 비야와 나의 팀워크와 옛 친구들의 조언이 결정적인 도움이 되었다.

비야의 '살고 싶은 집' 조건은 간단명료했다.

"햇빛이 잘 들고 남쪽이나 남동쪽에 정원이 있는 집이면 좋겠어. 그래야 오전, 오후 햇볕을 모두 즐길 수 있을 테니까. 클 필요는 없지만 아늑하고 전형적인 네덜란드 분위기가 느껴지는 집이면 더욱 좋고. 참, 한국 가족이나 친구들이 머무를 수 있는 여분의 방은 필수!"

이런 조건들을 충족시키기는 쉬웠다. 나의 우선순위 항목과 딱 맞아떨어졌기 때문이다.

아프리카에서 돌아오자마자 인터넷으로 골라둔 두 집을 가보려고 했는데 네덜란드 도착 전날, 부동산 중개인에게서 지난 주말에 두 집 모두 팔렸다는 이메일을 받았다. 작은 마을이라서 언제 다시 우리 조건에 맞는 집이 나올지 모르는 상황이었다.

'걱정 마, 안톤. 곧 새로운 기회, 더 좋은 기회가 올 거야.' 이렇게나 자신을 위로했다. 과연 이틀도 지나지 않아 인터넷에 집 한 채가 또 매물로 나왔다. 앞뒤에 정원이 있는 3층 집이었다. 집 앞에는 잎이 무성한 키 큰 나무들이 있어 시원스런 느낌이었다.

그 주 일요일, 가까운 친구들과 레인더 숲을 걷다가 매물로 나온 집 앞을 지났는데 마침 옆집 사는 톤과 반려견 플루토와 마주쳤다. 집 앞에 선 채 이야기를 나누면서 이 집과 동네에 관한 대략의 정보를 얻을 수 있었다. 잠깐 사이에 나는 이 사람이 좋아졌고 동네도 마음에 들었다. '하느님의 계시인가 보다'라는 생각이 스쳤다. 그 집은 셔터가 내려져 있어 안을 볼 수 없었는데 오랫동안 가꾸지 않은 앞마당은 손 볼 곳이 많았다.

집의 위치는 완벽했다. 성당과 상점가와 버스정류장은 걸어서 5분 거리, 집에서 마을 성당의 양파 모양 종탑이 보이고 종소리도 잘 들렸다. '오키드 스트리트(난초길)'라는 이름도 마음에 들었다. 무엇보다 평화로운 일요일 오후의 조용한 분위기가 제일 좋았다.

그날 저녁 마음을 정하고 월요일 아침 일찍 부동산 중개인에게 전화를 걸어서 1순위로 집을 보게 해달라고 부탁했다. 오랫동안 외국에서 살다 돌아오는 사람인데 그 집에 큰 관심이 있고, 은행 대출이 필요 없어 집이 마음에 들면 당장이라도 구입할 수 있다고 귀띔해주었다. 며칠 후 직접 둘러본 집은 짐작대로 크기며 구조며 밝기까지 우리 조건에 딱 맞았다. 어디를 얼마나 개보수해야 하는지도 구석구석 살펴보았다. 손질이 많이 필요해 보였지만 어쨌거나 내가 감당할 수 있는 정도였다.

며칠 후 네덜란드에 온 비야와 같이 가보았다. 오전이라 아침 햇살이 집 안을 가득 채웠다.

"바로 우리가 찾던 집이네!"

비야는 집 자체는 물론 동네와 집 주변까지 마음에 쏙 든다며 좋아했다. 집을 둘러본 지 채 한 시간도 안 되어 우리는 이 집을 사기로 결정했다.(보기로 한 다른 집들은 가보지도 않았다!) 나를 믿고 세세하게 따지지 않는 비야가 얼마나 사랑스러웠는지.

우리는 곧바로 집주인에게 타당한 금액을 제안했고 몇 번의 흥정을 거쳐 열흘 만에 흔쾌히 거래가 성사되었다. 금액을 좀 더 낮출 수도 있었지만 우리는 빡빡하게 굴고 싶지 않았다. 양쪽 모두 기분 좋게 집을 넘겨받고 싶었기 때문이다.

2017년 여름, 마침내 우리의 네덜란드 보금자리가 마련되었다. 비야와 내가 집값을 반반씩 냈으니 진정한 우리 둘의 집이었다.

집은 전형적인 네덜란드식 구조로 1층은 거실과 부엌, 2층은 침실, 3층은 다락방으로 되어 있다. 1층 한쪽에는 조그마한 와인 저장고, 차고와 보조 주방도 있고 원하던 대로 집 앞뒤로는 아담한 정원이 있다.

그러나 집을 마음에 들게 고치기란 쉬운 일이 아니었다. 대대적인 리모델링이 필요한 부엌과 욕실, 다락방은 비야가 있는 동안 같이 참고할 만한 모델을 구경하고 계획을 세웠다. 다행히 이 과정이 번거롭기는커녕 무척 즐거웠다. 어디는 수리만 하고 어디는 완전히 바꿔야 하는지를 두고 서로 마음이 잘 맞았다. 또한 개보수를 서두를 필요 없이 집에서 몇 개월 살아본 후에 이를 토대로 결정하는 게 좋겠다는 생각도 같았다. 색상, 디자인 등 세세한 부분은 상당히 많은 의견을 주고받았으나 최종 결정은 이 집에서 더 많이 지낼 내가 하기로 했다.

3년째 꾸준히 리모델링을 진행하는 동안 나는 가끔 비야에게 뻐기듯 말한다.

"집은 가족과 같아. 항상 보살피고 세심하게 신경을 써야 해. 안 그러면 당장 티가 나는 법이지."

2018년 봄, 드디어 부엌 공사가 끝났다. 좁고 낡은 부엌을 모두 헐고 무려 4개월에 걸쳐 이런저런 공사를 해야 했다. 출입문 하나를 막고 거실 사이의 벽을 헐고 가스관과 타일을 다시 깔고 냉장고, 식기세척기, 개수대 등을 완전히 새로 장만하여 심플하고도 기능적인 '아메리칸 스타일' 부엌이 완성되었다. 실로 완벽한 결과물이었다. 몇 달 후 비야가 보더니 깜짝 놀라며 이렇게 말했다.

"우아, 최고급 펜션 같다! 난 이 멋진 부엌에서 살 거니까 내 침대랑 책상 여기다 내려다 줘."

뒷마당 리모델링도 끝났다. 나무로 작은 오두막을 만들어 정원용 도구 등 잡동사니를 넣고 우중충하던 마당 앞 베란다 벽도 하얀색으로 칠하니 새 집 같았다. 갖가지 꽃과 나무를 심고 잔디도 새로 깔았다. 공들여 가꾼 뒷마당을 3층 다락방에서 내려다보면 흐뭇하다. 이웃이나 친구들도 수국, 라벤더, 장미가 가득한 이곳을 칭찬한다.

부드러운 잔디가 깔린 이 뒷마당은 식사를 하거나 와인 마시기에 좋고 텐트를 치고 '마당 야영' 하기도 그만이다. 이제 이 아담한 집에서 둘만의 시간을 충분히 누릴 일만 남았다. 많이 얘기하고 많이 웃으며 살고 싶다.

2층 남자와 3층 여자

biya

    혼자 있는 시간 확보! 이건 우리 결혼 생활의 핵심 중 하나다. 한국에선 내가 바깥 볼일이 많아 각자의 시간을 확보하기가 비교적 쉽다. 어쩌다 하루 종일 집에 같이 있는 날에는 둘 중 한 사람이 동네 빵집이나 커피숍에 가서 두세 시간 정도 각자의 시간을 보낸다. 그 시간에 각자 이메일 답장, 인터넷 검색, 전화 통화를 하고 듣고 싶은 음악을 들으며 책을 읽거나 일기를 쓴다. 그 시간이 얼마나 소중한지, 고작 몇 시간 떨어져 있었지만 다시 만나면 또 얼마나 반가운지. 역시 이런 혼자만의 시간이 있어야 함께할 때의 시간과 사랑의 리듬감도 되살아나는 것 같다.

    반면 네덜란드에선 대부분 하루 종일 같이 있기 때문에 서로의 노력과 배려가 좀 더 필요하다. 보통은 아침과 점심 사이 두세 시간 정도 안톤은 2층에서 나는 3층에서 각자의 시간을 보낸다. 손님용 공간으로 꾸민 3층은 양면이 통창이라 성당이 보이는 쪽으로는 햇살이 환히 들어오고, 다른 쪽으로는 잘 가꾼 이웃집 정원이 보여 탁 트인 전망을 좋아하는 내게 안성맞춤이다. 그때가 한국 시간으로는 오후라서 좋아하는 라디오 프로그램 〈세상의 모든 음악〉을 들으며 한국과 이런저런 업무 연락을 하기도 좋다.

올여름, 이 책을 쓰는 동안 우리는 하루 여덟 시간 이상 글을 쓰면서 '따로 또 같이'와 더불어 '워라밸'도 유지하고 싶었다. 이 세 가지 조건을 모두 감안해 잡은 '집필 기간 특별 일정'은 이렇다.

집중 집필 1교시는 아침에 일어나 같이 커피를 마시며 기도한 후인 8시부터 오후 1시까지 다섯 시간이다. 안톤은 2층, 나는 3층에서 각자 글을 쓰는데 나는 1교시를 시작하자마자 한 시간 정도 요가하고 일기를 쓴다. 아무리 시간이 없어도 이 두 가지를 해야 몸과 머리가 잘 돌아가기 때문이다. 안톤도 이 시간에 슈퍼마켓에 가서 갓 구운 빵과 신선한 채소 및 과일을 사온 후 집필에 집중한다.

1교시가 끝나면 오후 1시부터 4시까지 무려 세 시간이 휴식 시간! 느긋하게 점심을 해 먹고 정원 돌보기, 빨래 등 집안일을 하거나 낮잠을 잔다. 2교시는 오후 4시부터 저녁 8시까지 네 시간으로, 다시 각자의 공간으로 돌아가 글을 쓴다. 네덜란드의 여름 평균기온은 20도 안팎으로 긴소매 옷을 입어야 할 정도로 선선한데 올여름은 기온이 무려 35도까지 오른 날도 있었다. 그런 날 오후에 3층 다락방에서 글을 쓰려면 한 시간에 한 번씩은 찬물로 샤워를 해야 했지만 그 '빡센' 네 시간을 잘 견디면 커다란 보상이 기다린다.

8시에 간단하게 저녁을 먹고 자전거를 타고 근처 숲에 가서 10시까지 놀다 오는 달콤한 시간! 안톤과 나란히 울창한 숲 사이를 달리다 보면 하루의 피로가 싹 풀리면서 영화 〈E.T〉의 한 장면처럼 밤하늘 둥근 보름달 속으로 날아오를 것처럼 기분이 상쾌하다. 돌아와서는 짭짤한 과자에 시원한 맥주 한 잔씩 마시고 취침, 이른 아침 6시까지 꿀잠을 잔다.

그나저나 참 이상한 일이다. 여태껏 나는 글이란 모름지기 엉덩이로 쓰는 거라서 책상에 오래 붙어 있을수록 좋은 글이 나온다고 생각했다. 그것도 조용한 한밤중에 말이다. 그래서 이전에 책을 쓸 때마다 예외 없이 치질이 생길 정도로 장시간 의자에 앉아서 무수한 밤을 지새웠다. 그런데 이번에는 놀 거 다 놀고 잘 거 다 자면서도 글이 써진다니 신기하기 짝이 없다. 밤 안 새우고 매일 매일 자니까 피부도 얼마나 좋아졌는지 모른다. 정말 이렇게 워라밸에 맞춰 쉬는 시간, 노는 시간 딱딱 챙겨가며 써도 책이 나오는 건가? 두고 볼 일이다.

하루에 얼마간이라도 함께하는 일상에서 각자의 시간을 갖는 건, 우리뿐 아니라 세상의 모든 커플에게 중요한 일이라고 생각한다. 심지어 함께 여행을 할 때도 가끔 혼자 있는 시간이 필요하다.

쿠바로 신혼여행 갔을 때 일이다. 여행한 지 한 달쯤 되었을까? 평소라면 잘 넘어가던 일들이 그날따라 자꾸만 거슬렸다. 찜통같이 더운 날씨에 왜 그렇게 두꺼운 옷을 입고 긴 양말까지 신고 나가는지, 무례할 정도로 무뚝뚝한 식당 주인에게는 왜 그리 과잉친절을 베푸는지. 그럴 때마다 일일이 지적하자니 잔소리꾼 같고 그냥 넘어가려니 속이 터질 것 같았다. 그날 오후 나는 망루에서 석양을 좀 더 길게 보고 싶은데 안톤은 좀 지루해하는 듯했고, 반대로 그는 그림 가게에 있는 그림들을 하나하나 찬찬히 보고 싶어 했지만 나는 별로 관심이 없었다. 각자 시간을 보낼 절호의 기회였다. 저녁을 먹으며 내가 최대한 다정하게 말했다.

"안톤. 우리 내일은 따로 다녀볼까? 각자 하고 싶은 거 하다가 저녁에 만나자."

"뭘 따로 하고 싶은데?"

"이를테면 조용한 데서 혼자 길게 일기 쓰기."

"으음, 그럼 그러지 뭐. 나도 아까 보던 그림들 찬찬히 보면 되겠네."

그는 쾌히 그러자고 했지만, 표정으로는 섭섭하다는 말을 하고 있었다. 모른 척하고 다음 날 아침 10시부터 저녁 6시까지 따로 다니기로 했다. 그날도 안톤은 긴 팔에 긴 양말에 발목까지 오는 등산화를 신고 나갔다. 그가 숙소 골목을 돌아서 시야에서 사라지니 야호 소리가 절로 나왔다. 한 달 만에 드디어 나만의 시간이 생긴 거다.

그 길로 시내의 조용한 이탈리아 레스토랑에 가서 이른 점심으로 파스타를 먹고는 몇 군데 이메일을 보낸 뒤 도시가 한눈에 내려다보이는 옥상 카페에 갔다. 맥주 마시면서 일기 쓰다가 해지기 직전에 전망대에 올라가 느긋하게 일몰을 볼 생각이었다. 맥주를 마시다 불현듯 안톤이 채근하는 바람에 대성당 사진을 제대로 찍지 못한 일이 생각났다. '맞다. 안톤 없을 때 마음에 드는 사진이 나올 때까지 찍어야지.' 그 길로 카페에서 나와 대성당 쪽으로 가는데 이 도시에 열흘 정도 묵어서인지 그동안 그와 같이 갔던 식당, 가게, 길거리의 군것질 장사꾼 등 여러 명이 나를 알아보고 알은척하며 물었다.

"당신 남편은 어디 있어요?"

나도 갑자기 궁금해졌다. '그는 지금 어디서 뭘 하고 있을까?' 그런데 이게 웬일, 모퉁이를 돌아서려는데 그림 가게에서 누가 나왔겠는가? 바로 '내 남편'이었다. 어찌나 반갑던지 비명을 지를 뻔했다. 그런 줄도 모르고 대성당 뒤쪽으로 가려는 그의 뒤통수에 대고 소리쳤다.

함께 걸어간 사람이 생겼습니다

"안토오오온!!!!!"

예상치 못한 시간, 예상치 못한 장소에서 나를 발견한 그도 반가움을 감추지 못하며 날듯이 뛰어와 나를 와락, 껴안았다. 하루 따로 보내기는 이렇게 막을 내렸다. 다섯 시간 만에 아주 싱겁게! 그러나 그 짧은 이별이 그후 얼마나 많은 잔소리와 사소한 불협화음을 막아주었는지 모른다. 참으로 훌륭한 예방주사였다.

우리는 서로에게 시간을 투자한다

* *anton*

비야와 나는 항상 같이 지내지는 않기 때문에 만날 때마다 허니문이 다시 시작되는 기분이다. 2년 전까지만 해도 비야가 암스테르담에서 내릴 때나 내가 인천공항에 도착할 때면 걱정이 앞서곤 했다. '서너 달 떨어져 있었는데 다시 만나도 우리는 여전히 같은 느낌일까? 혹시 마음이 식었으면 어떡하지? 같이 지내면서 비야가 내 단점을 보고 실망하면 어쩌지? 나 역시 그렇다면 어쩌나?' 비행기가 이륙하는 순간부터 이런 걱정을 하다가 인천공항에서 비야의 활짝 웃는 모습을 보는 순간, 모든 염려와 긴장은 눈 녹듯 사라진다. 그리고 혼잣말이 절로 나온다. '아, 비야다! 이게 꿈은 아니겠지?'

지금 생각해보니 그건 '좋은 걱정'이었다. 서로를 향한 호기심과 긴장감, 서로에 대한 헌신과 신뢰, 책임감 등 커플 생활의 필수 요소들이 작동한다는 것을 방증하니까 말이다. 그런 염려와 긴장이 있기에 만나면 매 순간이 소중하게 느껴지는 것이라고 생각한다.

내가 한국에 머무는 동안 비야가 학교에 가거나 외부 강의가 있는 날을 빼고는 거의 하루 종일 같이 지낸다. 같이 있으면 정말 좋다. 아침에는 커피를 마시며 그날 계획을 점검하고 오후에는 북한산에 오르거나 아파트 뒷산을 산책한다. 두 시간 정도 빵집 등에서 따로 시간을 갖지만 그후에는 또 비야 친구들을 함께 만나거나 각종 모임에 가거나 둘이서 영화를 보거나 동네 호프집에 가서 장작구이 치킨을 안주삼아 맥주를 마신다. 밤에 비야가 일하면 나는 책을 보고 그렇지 않으면 밤늦도록 얘기를 나눈다.

비야가 외출하는 날은 나 혼자 지하철을 타고 응암역에 내려 불광천을 따라 한강까지 조깅을 하거나 취미인 마라톤 연습을 한다. 어느 해는 풀코스 마라톤을 네 번 완주한 적도 있는데 한국에서는 이제까지 다섯 번의 하프코스 마라톤을 뛰었다. 그것도 한겨울에! 비야랑 산에 가는 건 좋아하지만, 혼자서는 등산을 하지 않는다. 네덜란드에서는 가장 높은 산이 고작 322미터에 불과해서인지 내 DNA에는 등산 유전자가 없는 것 같다.

떨어져 있을 때 서로를 몹시 그리워해서일까? 만났을 때 생기는 웬만한 갈등은 그냥 넘어가거나 쉽게 풀린다. 소소한 이견이 없는 건 아니지만 한 번도 크게 다퉈본 적이 없다. 비야가 57세, 나는 64세, 나 자신과 상대방에게 너그러울 수 있는 나이에 시작한 연애고 결혼이라 그런 것 같다.

물론 하루 종일 같이 있다 보면 우리도 사소한 일로 감정 상하는 일이 생기곤 한다. 커플 생활에선 말하기도 민망한 사소한 것들이 쌓이고 증폭되어 심각한 문제로 변하는 경우가 대부분이다. 이걸 잘 아는 우리는 일상의 평화를 위해 같이 있을 때 꼭 지켜야 할 두 가지 원칙을 만들었다. '녹색 소파 대화'와 '오전 10시 전 부정적인 얘기 금지'다.

평소에도 많은 얘기를 하지만 특히 고민거리가 생겼거나 하고 싶은 말이 있으면 담아두지 않고 어떻게든 시간을 내서 대화를 한다. 한국에서는 주로 거실에 있는 녹색 소파에서 얘기를 나눈다. 비야 집 거실에는 텔레비전이 없고 라디오에서 늘 서양 고전음악이나 한국 전통음악이 흘러나오기 때문에 얘기하기가 좋다. 통유리창 밖으로는 북한산이 보이고 비야가 꾸며놓은 베란다 정원에서는 사시사철 꽃이 핀다. 겨울밤에 양초를 켜면 참 아늑하다. 저녁에 와인을 마시며 이런저런 생각을 풀어내고 털어놓기에 이 소파만 한 곳이 없다.

한번은 저녁 7시부터 새벽 1시까지 장장 여섯 시간 동안 쉬지 않고 얘기한 적도 있다. 생각해보니 5년 전 연인으로 불광동 집에 처음 온 날, 시차도 잊은 채 이 녹색 소파에서 늦게까지 얘기를 나누었는데 그 전통(!)이 지금까지 이어지고 있는 거다. 이제는 소파에만 앉으면 둘 다 절로 말이 술술 나오는 걸 보면 이 낡은 녹색 소파가 우리 부부에게는 보물 중의 보물이다. 대화가 많을수록 갈등은 적어지는 법. 이렇게 우리는 평화로운 커플 생활을 위해 엄청난 시간을 서로에게 기꺼이 투자하고 있다.

'오전 10시 전 부정적인 얘기 금지'는 비야가 제안하고 둘이서 합의한 원칙이다. 아침 10시 전에는 절대로 무엇에 관해서건 누구에 대해서건 부정적인 얘기를 하지 않는 거다. 'NO'라는 말은 물론 일체의 부정적인 단어, 표현, 심지어는 표정이나 손짓도 금지다. 하루를 밝고 긍정적인 마음으로 시작하기가 얼마나 중요한지 알고 있기에 이 제안이 신선하고 솔깃했다. 비야는 이 원칙을 12시까지 적용하기를 원했지만 처음 해보는 나를 배려해서 10시까지 적용하기로 합의했다.

비야는 부정적인 말은 자석처럼 부정적인 에너지를 끌어들이고 긍정적인 에너지를 앗아간다고 굳게 믿는다. 그래서 꼭 해야 할 말이 있더라도 하루를 시작하는 아침에는 부정적인 말이나 상대방을 기분 나쁘게 하는 말을 하지 않는다. 오랫동안 그렇게 해온 탓에 노력하지 않아도 저절로 그렇게 되는 것 같다. 심지어 아침부터 별 이유 없이 생글생글 웃으며 춤도 춘다. 믿거나 말거나!

아직 이런 연습이 안 된 내가 문제다. 나는 타당하거나 필요하다고 판단하면 언제든 누구에게든 있는 그대로 말해야 한다고 생각하고, 실제로 그렇게 말할 수 있는 사람이다. 지금까지 비판적으로 사고하는 법을 배웠고 '선택의 여지가 없는' 상황을 정확하게 전달하고 소통하며 살아왔다. 그래서 가끔씩 무의식적으로 "그건 다른 선택의 여지가 없어", "그렇게 되기 쉽지 않을 거야", 심지어는 감히 "안 돼!"라는 말이 입 밖으로 나온다. 그 순간 비야는 눈썹을 치켜뜨고는 손목시계를 가리키는 시늉을 하며 "아직 10시 전이잖아!"라고 말한다. 그때마다 나는 얼른 꼬리를 내린다. "앗, 또 깜빡했네. 미안, 미안! 근데 얼마 동안은 이러는 나를 좀 봐줘야 할 거야."

   예를 들면 이렇다. 비야가 "우리 태국 파이에 가서 푸른 논 너머로 붉은 해가 넘어가는 걸 다시 보면 좋겠다"라고 하면 나는 거의 반사적으로 '우리가 거기 다시 갈 수 있는 확률은 좀 희박하지 않겠어? 갈 데도 많은데'라는 말이 나오려고 한다. 그러나 순간 마음을 고쳐먹고는 이렇게 말한다. "그러자, 정말 좋은 생각이야!"

   이제 나는 안다. 비야 말은 그저 그곳에 다시 가면 좋겠다는 뜻이지 그런 가능성이나 확률을 따져보자는 의도가 아니라는 것을. 그러니 따질 것 없이 이렇게 맞장구를 치면 서로 기분 좋게 끝난다는 것을. 그렇게 하면 모두에게 좋다는 걸 잘 알아도 평생

쓰던 언어 습관을 고치기란 엄청나게 어려운 일이다. '오전 10시 전 부정적인 얘기 금지.' 이건 아마 내 평생의 과제가 될 것 같다. 혼자선 어렵겠지만 비야와 둘이니까 점점 더 쉬워지지 않을까 기대해본다.

네덜란드에선 안톤식, 한국에선 비야식으로

＊biya

"이제 4일, 아니 딱 100시간 남았어."

문자와 영상통화에만 의지하는 '따로의 시간'이 지나고 드디어 '함께의 시간'이 오면 너무나 좋다. 만나기 4~5일 전부터는 시간 단위로 계산해서 카운트다운을 한다. 나는 그가 한국에 올 때마다 매번 처음인 양 몹시 들뜬다. 집 안 대청소를 하고 함께 보낼 시간을 충분히 확보하기 위해 안톤이 오기 며칠 전부터 밤을 새우며 해야 할 일을 해치우곤 한다. 공항으로 마중 나가는 날, 가는 내내 두근두근거리고 괜히 히쭉히쭉 웃음이 나온다. 드디어 공항 입국장을 나오는 안톤이 보이면 가슴이 터질 것 같다. 환하게 웃으며 다가오는 그에게 뛰어가 안기는 순간, 나는 세상에서 제일 행복한 사람이 된다.

이런 우리도 계속 잘 지내려면 세상의 모든 커플처럼 많은 노력이 필요하다. 인생의 목표나 가치관이 비슷한 것과 조화롭고 원만한 일상생활을 꾸려가는 건 전혀 별개라더니 우리라고 다를 리 없다. 다행히 아직까지는 크게 싸운 적 없이 사이좋게 지낸다. 이렇게 말하면 주위 사람들은 으레 안톤이 일방적으로 이해하고 참아주고 져준다고 생각한다. 억울하다. 다투지 않는 일이 어찌 한쪽의 노력만으로 가능하겠는가? 나도 그 못지않게 이해하고 못 본 척하고 그냥 넘어가는 일이 많다. 그동안의 경험과 시행착오를 교훈 삼아 우리는 '같이 있을 때의 원칙'을 이렇게 정했다. 상대방의 나라에선 상대방의 습관과 시스템에 따르기!

한마디로 내가 네덜란드에 가면 안톤식을, 안톤이 한국에 오면 내 식을 따르는 거다. 좋든 싫든, 마음에 들든 들지 않든, 못마땅한 내색 없이, 눈에 거슬리거나 불편해도 심지어 말이 안 돼도 무조건 그렇게 하기로 했다. 이렇게 안 하면? 허구한 날 다투게 될 거다. 다툼은 거창하고 대단한 사건이 아니라 매일 맞닥뜨리는 자잘하고 사소한 일에서 일어난다니 말이다. 우리는 진심으로, 싸우기 싫다. 60세 넘어 만났으니 앞으로 같이 사는 동안 재밌고 사이좋게만 살아도 모자라는 시간 아닌가.

둘 다 이런 마음임에도 불구하고 이 원칙을 지키는 게 쉽지만은 않다. 안톤 집에서 지켜야 하는 일상 시스템 중에 거슬리거나 불편한 게 한두 가지가 아니다.(그도 우리 집에 오면 마찬가지겠지만)

그중 몇 가지만 독자 여러분에게 일러바쳐보겠다.

첫째, 안톤은 욕실 세면대 아래 서랍장에 온갖 수건을 다 넣어둔다. 처음 네덜란드에 가서 깜짝 놀랐다. '어머, 어머! 왜 여기에 수건을 넣었을까? 햇볕 잘 들고 바람도 잘 통하는 선반 위에 놓으면 항상 뽀송뽀송할 걸 왜 이 구석에 놓고 꿉꿉하게 쓰는 거야?'(참고로 나는 덜 마른 수건 냄새를 병적으로 싫어한다.) 매일 아침저녁 쓰는 수건 관리법이 이렇게 다르니 어쩜 좋은가? 이래서 미리 합의한 원칙이 필요하다. 아무리 못마땅해도 네덜란드에 왔으니 안톤 시스템을 따라야 한다. 하지만 나도 입이 있으니 딱 한 번 정색을 하고 내 의견을 말했다. 수건을 통풍 안 되는 곳에 보관하면 축축해지면서 냄새도 나고 위생에도 안 좋으니 선반을 달아 거기에 놓자고 말이다.

"서랍장 많은데 선반이 꼭 필요해?"

그는 도대체 뭐가 문제인지 잘 모르는 것 같다. 그후로는 인내심을 발휘해 수건에 대해서는 입을 꾹 다물고 있다. 대신 나는 수시로 볕 잘 드는 뒷마당에서 수건을 뽀송뽀송하게 말려 구수한 햇볕 냄새까지 나게 해서 쓰고 있다.

"어때? 촉감과 냄새가 훨씬 좋지?" 물으면 그는 "으음~~ 잘 모르겠는데" 한다.

아니, 어떻게 그 하늘과 땅만큼 큰 차이를 모른단 말인가? 아무래도 그의 이 습관은 오래갈 것 같다.

둘째, 안톤은 의자 위에 무엇을 올려놓거나 걸쳐놓지 않는다. 의자에 사람이 앉고 물건은 바닥에 놓는 거란다. 어머, 그런 법은 언제 누가 만들었을까? 반대로 나는 옷이나 가방 등 뭐라도 걸쳐두고 올려놓으며 의자를 애용한다. 이렇게 안성맞춤 편리한 자리를 왜 아깝게 비워둔단 말인가? 그러나 네덜란드에선 입 다물고 그의 시스템을 따른다. 하루에도 몇 번씩 나도 모르게 의자에 물건을 올려놓다가 '조용한' 지적을 받는데 그때마다 찡그리지 않고 활짝 웃어 보인다. 나의 이 습관 역시 오래갈 것 같다.

셋째, 안톤은 과일이나 채소를 냉장고에 넣지 않는다. 상온에서 보관해야 제맛이 난다고 믿는다. 반면 나는 모든 식재료를 냉장고에 넣어 보관한다.

"그거 미국식 아닌가? 한꺼번에 잔뜩 사서 냉장고에 넣고 먹는 습관 말이야. 그것도 뭐든지 아주 차갑게!"

그는 한여름에도 차갑게 해놓은 과일을 질색한다. 한번은 밥 먹고 냉장고에서 방금 꺼낸 시원한 수박을 내놨더니 이렇게 찬 걸 무슨 맛으로 먹냐고 해서 한참 째려봤다.(어디다 대고 과일 투정이야!) 그의 지론은 모름지기 식재료는 그때그때 사는 게 제일이란다. 특히 육고기는 절대 얼리지 않는다. 그게 좋다는 걸 누가 모르나? 매일 장 보러 갈 시간 없으니까 그러는 거지.

그래서 네덜란드에서는 먹거리를 항상 먹을 만큼만 산다. 최소한 일주일분 식재료를 냉장고에 넣어놓고 꺼내 쓰는 내게는 참으로 번거로운 일이다. 장 보러 가서 카트에 조금이라도 많이 넣으면 그가 살며시 꺼내놓는다. 길모퉁이만 돌면 슈퍼마켓이니 거기가 내 냉장고다 생각하고 필요할 때마다 싱싱한 걸 가져다 먹자. 요리하다 뭐라도 떨어지면 '안톤 보이'가 기꺼이 심부름을 가니 할 말은 없지만, 시간 절약 하느라 한꺼번에 많이 사서 쟁여놓는 버릇이 있는 나로서는 적응이 잘 안 된다. 그래도 어쩌겠는가? 네덜란드에 있는 동안은 그렇게 해야 한다.

넷째, 안톤은 식초 냄새를 좋아한다. 그에게는 그게 청결의 상징이다. 그래서 청소하는 날은 온 집 안에 식초 냄새가 진동을 한다. 청소뿐만이 아니라 설거지할 때나 옷을 헹굴 때도 아낌없이 식초를 쓰고 하수구에서 조금만 냄새가 나거나 잘 안 내려가도 식초를 들이붓는다. 식초 값으로 가산을 탕진할 지경이다. 반면 나는 식초의 그 시큼하고 톡 쏘는 냄새가 딱 질색이다. 냄새를 제거하거나 소독이나 청소를 할 때는 베이킹소다나 커피 찌꺼기를 쓴다. 이것들을 네덜란드에서도 쉽게 구할 수 있지만, 거기서는 고문 수준인 식초 냄새를 참아야 한다. 순전히 일상의 평화와 합의 준수를 위하여!

서로를 보호해주고 싶은 순간들

* *biya*

둘의 다른 점이 언제나 불협화음을 만들기만 하는 건 아니다. 어떤 다른 점은 한쪽에게는 없거나 부족한 부분을 보완해주기도 하니까. 예를 들어 나는 유난히 냄새를 잘 맡는다. 커피콩 볶는 냄새, 영화관 팝콘 냄새 등 일상생활 냄새는 물론 산 냄새, 바다 냄새, 꽃나무 냄새 등 자연의 냄새 또한 강하게 느낀다. 아주 희미한 냄새도 거의 점쟁이 수준으로 알아차려 매번 주위 사람들을 놀라게 한다.

반대로 나쁜 냄새도 지나치게 잘 맡는다. 조금이라도 이상한 냄새가 나면 그게 신경 쓰여 아무것도 못한다. 늦은 밤, 집에 가다 길옆에 쌓인 쓰레기 냄새를 맡기라도 하면 헛구역질까지 난다. 특히 음식물 쓰레기 처리는 정말 고역이다. 아파트 음식물 쓰레기통을 여는 순간 그 냄새를 견딜 수 없기 때문이다. 내가 유난히 이런 냄새에 민감한 이유는 2004년 인도양 쓰나미 때문이다. 긴급구호팀의 일원으로 인도네시아 현장에 도착했을 때는 셀 수도 없는 시신들이 미처 수습되기 전이었고 날이 갈수록 시체 썩는 냄새가 심해졌다. 현장에서 한참 떨어진 사무실과 숙소는 물론 옷, 침대, 심지어 돈에서도 그 냄새가 나는 것 같아서 정말이지 견디기 힘들었다.

그 기억이 10년도 넘은 지금까지 발목을 잡고 있는데 안톤이 오면 간단하게 해결된다. 그런 냄새가 아무렇지도 않은 그가 음식물 쓰레기를 버리면 되기 때문이다.(이것 때문에 하루빨리 그가 한국에 왔으면 좋겠다고 생각한 적도 많다.)

반면 안톤은 밤눈이 매우 어둡다. 낮에는 시력이 좋아 깨알 같은 글씨도 문제없이 읽고 바늘귀도 맨눈으로 끼울 정도인데 말이다. 그래서인지 가로등 드문 밤길이나 지하실 등 깜깜한 곳을 싫어하고 날이 저물면 운전도 잘 안 한다. 여행 가면 동굴에도 잘 안 들어가고 심지어 조명 어두운 식당도 피한다. 반대로 나는 사방이 깜깜해도 부엉이처럼 잘 본다. 그래서 어두운 밤길이나 동굴 여행을 가면 늘 안톤 손을 꼭 잡고 이끌어준다. 내 손이나 어깨에 의지하여 조심조심 한발 한발 움직이는 그를 보면 보호 본능이 마구 솟는다. 가끔씩 하는 이런 보호자 역할이 좋다.

어느 때는 안톤이 내 보호자 역할을 자처하곤 한다. 박사 논문 심사 직전의 일이다. 난 스트레스를 왕창 받으면 눈에서 실핏줄이 터지거나 오른쪽 귓속이 바늘로 찌르듯 아픈데 그즈음에는 귀가 자주 그랬다. 그래도 아프다는 소리를 좀처럼 하지 않는다. 말한다고 덜 아픈 것도 아닌데 괜히 주위 사람들을 걱정시킬 필요는 없으니까.

어느 날 저녁, 귀를 잡고 고통스러워하니 안톤이 너무나 놀라며 내 얼굴을 감싸 안았다. 나도 깜짝 놀랐다. 그가 옆에 있다는 사실을 깜빡 잊고 혼자 있을 때처럼 적나라하게 아픈 표정을 지었던 거다. 곧바로 아무렇지도 않은 척했지만 이미 들키고 말았다. 아무튼 그 죄(!)로 그날 중으로 꼭 끝내야 할 일을 뒤로 미루고 진통제 한 알 먹고 일찍 자야 했다. 그가 짐짓 심각하게 "남편의 의무와 권한으로 오늘밤 휴식을 명하노라!" 하면서 강제로 책을 덮고 불을 다 꺼버렸기 때문이다.

다음 날 아침, 그의 강도 높은 신문이 시작되었고 자기랑 있을 때도 여러 번 이렇게 아팠지만 내가 말하지 않았다는 걸 알게 되었다. 얼마나 섭섭해하던지 눈을 마주칠 수 없을 지경이었다. 솔직히 나는 그게 그렇게 섭섭한 일인지 정말 몰랐다. 가족을 포함, 다른 사람들에게도 늘 그렇게 해왔는데 안톤은 '다른 사람'이 아니라 남편이라는 걸 깜빡했다. 오랜 비혼 생활의 후유증(!)이다.

앞으로는 아플 때 의사와 자기한테만은 솔직하게 얘기하겠다는 확약을 받아내고는 겨우 신문을 끝냈다. 휴우! 그래도 60년간 몸에 밴 습관인데 아무리 남편이지만 하루아침에 고주알미주알 말하게 되진 않는다. 여전히 그는 긴 산행 후 하산 길에 내 무릎이 얼마나 아픈지, 1년에 한두 번 얼마나 끔찍한 편두통에 시달리는지 모른다. 약속을 지키기 싫어서가 아니라 아직 입이 잘 안 떨어져서다.

그러나 언젠가는 더 이상 감출 수 없을 때가 오겠지. 아니, 감추기는커녕 시시콜콜 건강 상태를 실시간으로 보고하며 도움을 청해야 할지도 모른다. 그러니 같이 있을 시간이 점점 많아질 안톤에게는 슬슬 '털어놓는' 연습을 하는 게 상책이다. 들키기 전에 말이다.

"Shall we go Dutch?"

＊ *biya*

"Shall we go Dutch?(우리 각자 낼까요?)"

2013년 겨울 남부 스페인, 안톤과 동료가 아닌 잠재적 연인으로 만난 첫날, 처음으로 함께 저녁 식사를 하고 계산할 때였다. 자기 신용카드로 밥값을 내려는 그를 막아서며 더치페이를 제안했다. 그는 약간 당황했지만 바로 웃으면서 말했다.

"오케이, 그럼 그렇게 해요. 내가 바로 더치, 네덜란드 사람이잖아요."

더치페이! 직역하자면 네덜란드식 계산법인데 우리말로는 '따로따로 계산하기' 혹은 '자기 몫 자기가 내기' 쯤이 되겠다. 보통 여럿이 먹고 자기 밥값을 낼 때 쓴다. 영어로는 'go Dutch' 또는 'Dutch treat'이라고 하는데 정작 네덜란드에선 이 말보다 'Let's pay separately(각자 먹고 마신 만큼 계산하자)'라고 한다. 다른 여러

나라에서는 'Let's split the bill(총식비를 사람 수대로 나누어 내자)'도 더치페이라고 여기는데, 어느 쪽이든 핵심은 자기 몫을 각자 내는 거다.

첫날 이후, 스페인을 여행하며 쓴 식비, 교통비, 입장료 등 모든 비용은 자연스레 반반씩 내게 되었다. 되도록 각자 신용카드로 총비용의 절반을 계산하되 카드 결제가 어려울 때는 유로 현금이 있는 안톤이 우선 지불한 후 내가 그중 절반을 미화로 돌려주는 식이었다. 둘 다 공공 비용과 개인 비용을 구별해 철저하고 까다롭게 처리하는 NGO 출신이라 계산이 하나도 복잡하거나 어렵지 않았다. 각자의 출장비를 정산하듯 자기 비용은 자기가 내면 되는 거였다. 어쩔 때는 반씩 나누기가 게임처럼 재미있기까지 했다.

"어쩌나! 5센트짜리 동전이 없는데……."

"없으면 안 줘도 돼요."

"어머, 안 돼요. 계산은 계산이니까. 어디 가서 이 10센트짜리 동전을 5센트 두 개로 바꿔볼게요. 아니면 10센트 동전을 반으로 자르든가요."

"뭐라고요? 푸하하하!"

경비 반반씩 내기는 안톤을 만나기 훨씬 전부터 남자 친구(혹은 남자 사람 친구)를 만날 때 철저하게 지켜왔던 나의 원칙이다. 내가 혹은 상대방이 확실히 내겠다고 말할 때 빼고는 말이다. 10대 후반, 내 손으로 돈을 벌기 시작할 때부터 그랬다. 요즘 젊은 남녀 사이에서는 따로내기가 흔하지만 내가 20~30대이던 시절에는 남자가 데이트 비용 전부를 내는 게 보통이었고 당연시되었다. 나는 그게 싫었다. 왜 같은 학생이고 아르바이트생이고 직장인인데 남자들만 돈을 낼까? 당시 내게 반반씩 내기는 돈 문제가 아니라 내가 상대와 동등한 인격체라는 자각에서 온 자존심 문제였던 것 같다. 이런 생각으로 나는 오랜 세월 '되도록 반반씩 내기'를 해왔고, 안톤 역시 돈 내기를 '남자의 자존심'과 연관 짓지 않았기 때문에 쉽게 자기 몫은 자기가 내기가 가능했다.

결혼 생활에서 '50대 50으로 내기'를 잘 지키기 위해 우리는 몇 가지 원칙을 정했다.(둘 다 목표를 세우면 바로 실천 가능한 세부 규칙까지 정해야 직성이 풀린다.) 총비용을 반반씩 내려면 누군가는 비용 계산을 해야 한다. 그래서 이 일도 반으로 나눴다.

비용 계산은 둘이 번갈아 하는데, 네덜란드에선 안톤이, 한국에서 내가 한다. 여행 중일 때는 아프가니스탄 동쪽인 아시아에서는 내가, 서쪽인 유럽 및 북미와 중남미에서는 그가 맡는다. 언약식이나 결혼식 등 행사에 드는 비용은 그 장소에 따라 한국에서는 내가, 네덜란드에서는 그가 계산한다. 가끔씩 애매한 지출 항목이 나오면 의논은 하되 그때 계산하는 사람의 결정에 따르기로 했다. 그리고 다음에 비슷한 상황이 생기면 전에 했던 대로 하면 된다.

예를 들어 처음 안톤이 한국에서 우리 식구들을 만날 때 3대가 모두 모여 저녁을 먹었다. 밥값이 좀 많이 나오기도 했고 환영의 뜻으로 기꺼이 내가 내겠다고 했더니 그는 이제 자기도 가족이니 반을 내겠다고 했다. 그후, 우리가 한국이나 네덜란드에서 함께 지낼 때 가족 모임, 친구 모임에서 내는 돈은 물론 필요한 선물 구입비나 축의금 일체를 반씩 부담하고 있는데 둘 다 대만족이다. 앞으로도 어떤 애매한 상황이 생기더라도 이런 식으로 해결하면 될 것이다. 물론 각자의 가족에게 따로 하는 재정 지원은 상대방에게 물어볼 필요도, 알 필요도 없다. 각자의 돈으로 알아서 하는 거니까.

우리가 이렇게 '반반 내기'를 지키며 살 수 있는 건 둘의 수입과 자산이 엇비슷하고, 공동 비용과 개인 비용을 투명하게 나누는 훈련이 돼 있을 뿐만 아니라 이 원칙이 우리 관계를 건강하게 유지시켜준다고 믿기 때문이다. 그러나 보다 근본적인 이유는 우리가 돈을 대하는 태도가 비슷해서가 아닐까 한다.

어느 날 안톤에게 언제부터 돈을 벌었냐고 묻다가 '배틀'이 시작되었다.

"비야는 언제부터 벌었어?"

"고등학교 졸업하자마자, 18세부터." 내가 당당하게 말했다.

"그래? 나는 14세부터." 안톤도 뻐기듯 대답했다.

"14세? 한국에선 겨우 중학교 2학년인데. 뭘 하셨을까요?"

"꽃 배달과 주방 보조 일. 대학 다닐 때는 식당에서 주말에 웨이터로 일하면서 벌이가 꽤 괜찮았지. 비야는 무슨 일을 했어?"

"초등학생 과외 선생, 공무원 보조, 클래식 다방 DJ, 주일 성당 마당에서 귤 장사 등등 닥치는 대로."

"와우. 경력 화려한데. 떼돈 벌었겠네."

"떼돈은…… 그래도 필요한 돈은 내 손으로 벌었지. 그때부터 지금까지 쭉!"

"그래. 그래서 비야가 독립적으로 생각하고 살 수 있었던 거야. 나 역시 그렇고."

이 지점에서 안톤과 나의 생활경제 원칙이 완전히 일치한다. 내가 벌어 내가 쓴다! 용돈은 물론 학비와 생활비 마련까지, 누구 덕이 아닌 순전히 내 덕만 보고 살겠다는 결심과 노력 말이다. 당연히 내가 버는 것만으로 부족했지만 없으면 없는 대로 참고 견디는 법도 배웠다. 돈이 똑 떨어져서 점심 값도 차비도 없을 때도 누구에게든 돈을 달라거나 빌려달라고 하기는 죽기보다 싫었다. 굶거나 걷는 게 오히려 속 편했다. 그때 나는 경제적인 독립이 진정한 독립의 시작이라고 굳게 믿었고 지금도 그 생각에는 변함이 없다. 이런 마음가짐이 안톤과 함께 하는 50대 50 생활을 가능케 해주고 있는지도 모른다.

우리는 소비 성향도 매우 비슷하다. 둘 다 20~30대에 배낭여행을 오래 하면서 체득한 짠순이 짠돌이 기질이 남아 있고, 근검절약이 미덕인 시절에 자란 덕분에 꼭 필요한 곳이 아니면 돈을 쓰지 않는다. 게다가 둘 다 미니멀리스트, 가능한 한 적게 소유하고 살리라 결심한 사람들이어서 더욱 그렇다. 상대방이 꼭 써야 할 데만 쓴다는 걸 잘 알기 때문에 반씩 지출하는 데 아무런 불만이 없다.

만약 둘 중 하나가 고급스런 여행을 선호하고 쓸데없는 것을 마구 산다면 어쩔 뻔했나. 오히려 우리는 상대방이 지나치게 아껴 쓴다고 생각한다. 같이 쓰면 모든 게 50퍼센트 할인되는 셈이니까 혼자 있을 때보다 좀 더 풍족하게 써도 된다고 서로 놀리며 소비를 부추긴다. 그러나 실제로 일상생활에서든 여행에서든 쓴 비용을 정산할 때마다 번번이 생각보다 총비용이 너무 적어 놀라며 서로에게 묻는다.

"이게 다일 리가 없어. 뭘 빼먹은 걸까?"

선물을 꼭 하고 싶다면

* *biya*

　짠순이 짠돌이인 우리도 생일에는 여느 커플처럼 마음을 듬뿍 담은 선물을 주고받는다. 특이한 점이라면 미리 받고 싶은 선물 목록을 공유한다는 거다. 본격적인 연애가 시작되자 안톤은 몇 번 비싼 귀걸이, 스카프, 향수 등을 선물했다. 예상 밖의 깜짝 선물에 놀라고 기뻤지만 나는 받자마자 알았다. 이 물건들이 다시 세상 구경하긴 틀렸다는 걸. 멋지긴 해도 내 취향이 아닌 귀걸이와 스카프를 하고 어디를 간단 말인가? 다른 사람 선물이라면 잘 받아두었다가 나중에 필요할 만한 사람에게 주면 되지만 그에게 받은 선물을 그럴 수는 없지 않은가? 그래서 좀 더 가까워진 후에 넌지시 말했다.

　"안톤. 우리 서로 선물하기 전에 뭐가 필요한지 물어보면 어떨까?"
　내 제안에 그는 놀라는 표정을 지으며 말했다.

"으음, 선물은 모름지기 주는 사람의 고르는 재미와 받는 사람이 놀라며 좋아하는 걸 보는 재미로 하는 법인데 미리 물어보자고?"

"그건 잘 알지. 근데 자기가 준 고마운 선물들이 미안하게도 거의 모두 장롱 속에서 잠자고 있으니 너무 아깝잖아?"

"그건 그렇지만……. 비야가 좀 유별난 거 아니야?"

"그래. 나 유별난 거 인정! 그러니 우리 일단 그렇게 한번 해보자. 오케이?"

일단 해보자는 말에 안톤은 마지못해 내 제안을 받아들였다. 그때부터 우리는 서로에게 받고 싶은 물건 몇 가지를 알려주거나 상대방에게 꼭 필요할 거라고 생각하는 것을 선물한다. '놀라게 하는 재미'나 '놀라는 맛'은 없지만 대신 안전하고 편해서 좋다. 적어도 소모적인 기대나 실망 혹은 물건이 영원히 장롱 속에 갇히는 일은 피할 수 있다. 선물 금액 한도도 정할까 했는데 어차피 상대방에게 꼭 필요한 물건을 사는 거니까 그럴 것까지는 없다고 의견을 모았다. 금액 상한선이 없다고 해서 생일 선물로 집을 사달라고 하진 않을 테니까 말이다. 아무튼 이런 합의에 따라 지난해 생일 선물로 나는 네덜란드에서 탈 자전거를, 안톤은 캠핑용 침낭과 매트리스를 받았다.

생일이 아니면 우리는 별다른 선물을 주고받지 않는다. 결혼기념일에는 결혼식을 한 성당에서 미사를 보고 좋아하는 식당에 가서 저녁을 먹으며 이날을 기념하지만 따로 선물은 주고받지 않는다. 크리스마스에도 마찬가지다. 우리처럼 떨어져 있는 시간이 긴 커플은 이런 날에 같이 있다는 것 자체가 큰 선물이다. 박사학위를 받는 매우 특별한 날에도 꽃 한 다발로 끝이었다.

인륜지대사라는 결혼식 선물도 매한가지다. 우리 큰언니가 안톤의 한복을, 안톤 누나가 내 한복을 맞춰준 것 외에는 양가에서 어떤 예물도 하지 않았다. 결혼반지는 디자인이 간결한 커플 반지로 골랐다. 이 반지가 우리가 주고받은 유일한 결혼 선물이다.

양쪽 집안에서 경조사 같은 큰 행사를 치를 때도 그렇다. 작년에 안톤의 작은딸이 결혼을 했는데 부모를 포함해 누구의 도움도 받지 않고 약혼자와 둘이 알아서 준비했다. 양가의 금전적 도움은 정중하게 일절 사절한다지만 그래도 우리는 결혼 선물로 뭐라도 해주고 싶었다.

"서로 부담스럽지 않으면서 특별한 게 뭐가 있을까? 물건 말고 경험을 선물하면 좋겠는데. 둘이 교회에서 만났다고 했지?"

"응. 둘 다 독실한 기독교 신자야."

"그럼 이스라엘 성지순례를 선물하면 어떨까? 왕복 비행기표와 일주일 남짓 소요되는 순례에 필요한 돈을 말이야."

"그거 기가 막힌 생각이다! 킹스로드라는 예수 탄생지에서 시작하는 그 순례길, 몇 년 전 나도 갔었는데 아이들이 정말 좋아할 거야. 묵상과 기도를 제대로 할 수 있는 길이니까.”

이 특별한 결혼 선물의 총비용도 반반씩 냈다. 젊은 신혼부부는 이 선물 내용을 적은 결혼 축하 카드를 받아서 읽다 말고 둘이서 합창하듯 꽤액, 왜가리 소리를 질렀다고 한다. 하하하. 이게 바로 그가 말하는 ‘놀라게 하는 재미’일 거다.

지금까지 안톤이랑 돈 때문에 불편하거나 마음 상했던 적이 단한 번도 없었던 걸 보면 50대 50 원칙이 우리에게 알맞은 방법임이 분명하다. 앞으로도 지금처럼 수입과 자산은 각자 관리하고 같이 있을 때 드는 비용은 반반씩 내면서 살 생각이다. 혹시 나중에 유산을 남긴다면 안톤 것은 두 딸과 사회에, 내 것은 내 형제들과 사회에 나누어 주고 가면 된다. 얼마나 간단명료하고 깔끔한가!

비바체와 안단테

* *anton*

　우리 결혼 생활 대원칙 중의 하나는 '50 대 50, 반반씩'이다. 비용이든 해야 할 일이든 그야말로 뭐든지 반반이다. 당연히 집안일도 반반씩 나눠서 한다. 비야는 언제 무엇을 하고, 어떤 물건을 어디에 어떻게 놓는지 등등 그녀만의 엄격한 집 안 정돈 및 관리 시스템이 있다. 다행히 나도 비야 못지않게 옷이나 그릇, 책 등을 바로바로 깔끔하게 치우고 정리 정돈하는 타입이라 그 시스템에 맞춰 사는 데 별다른 문제가 없다.

　일단 우리는 청소와 빨래하는 날을 정하고 각자 하는 일을 나눴다. 매주 수요일은 청소하는 날로 비야가 청소기를 돌리면 나는 걸레질을 하고 쓰레기를 버린다.(쓰레기 분리배출은 아직도 어렵다.) 주말 중 하루는 빨래하는 날로, 비야가 세탁기를 돌리면 내가 빨래를 넌다. 그녀가 꽃나무에 물을 주고 나면 베란다와 유리창

우리의 '따로 또 같이' 결혼 생활

청소는 내가 하고, 그녀가 요리를 하면 나는 설거지를 한다.(내 인생에서 이렇게 설거지를 많이 하게 될 줄은 꿈에도 몰랐다! 한식은 빈 그릇이 정말 많이 나온다.)

요리는 둘 다 하는데 비야는 국과 반찬 등 한식을, 나는 파스타, 스테이크 등 양식을 만든다. 보통 저녁 요리는 그녀가 하고, 나는 아침에 커피를 내리고 토스트를 굽고 요구르트에 통곡물을 넣은 식사를 준비한다.

최근 비야는 여러 번 이런 제안을 했다.

"안톤, 우리 하루에 두 끼만 먹자. 시간도 절약되고 열량 섭취면에서도 두 끼면 충분하잖아?"

열량으로만 본다면 이게 효율적이라는 건 인정하지만, 함께 음식을 만들어 먹는 그 소중한 시간이 줄어든다는 점에서 동의할 수 없다. 비야는 알겠다고는 했지만 조만간 두 끼만 먹을 것 같은 불길한 예감이 든다. 그래도 우리는 집안일을 공평하게 분담하지 않아 생기는 갈등은 거의 없어서 천만다행이다.

이렇게 둘 다 깔끔하고 정리 정돈을 잘하는 공통점이 있는 반면, 일상생활에서 비야와 내가 확연히 다른 점이 있다. 바로 시간 관리법이다. 비야는 깨어 있는 시간에는 꿀벌처럼 한시도 쉬지 않고 뭔가를 한다. 반면 나는 틈틈이 아무것도 하지 않는 시간 혹은 아무 생각 없이 빈둥거리는 시간을 즐긴다. 나는 집중해서 일하다가도 아드레날린이 부족하다고 느끼면 어떻게든 구실을 찾아 '아무것도 하지 않기' 모드로 들어간다.

반면 비야는 나보다 훨씬 생활에 절도가 있고 한번 시작한 일은 끝을 보는 성격이다. 둘의 대학 시절을 비교해봐도 그렇다. 나는 친구들과 시간을 보내며 느슨하게 지냈지만, 그녀는 장학금을 계속 타기 위해서 고학점을 유지해야 했고 그래서 더욱 공부에 몰두했다고 한다. 비야는 대부분 과목에서 A학점을 받았다는데 나는 A를 받기는 커녕 F를 한 번도 받지 않고 졸업한 것만으로도 스스로 대단하다고 생각한다.

특히 여행할 때 나는 '아무것도 하지 않기' 분야의 전문가다. 예전부터 비행기에서는 서류는 물론 영화를 보지 않고 책도 안 읽는다. 그냥 눈을 감고 쉬면서 생각의 나래를 편다. 반대로 비야는 출장길 비행기 안을 '하늘 위 사무실' 삼아 온갖 업무를 보고 요즘은 암스테르담까지 오면서 3~4편의 영화를 본단다. 나는 지하철이나 버스를 탔을 때도 아무것도 안 하며 멍 때리고 있는데 비야는 그 시간에 밀린 문자를 주고받는 등 뭐라도 한다.

삶의 속도를 음악에서 빠르기를 나타내는 말로 비유하면 비야는 비바체(빠르게)고 나는 안단테(느리게)다. 나는 비야가 좀 느슨한 속도로 살았으면 하지만 그러기 쉽지 않을 거다. 내가 비바체로 살 수는 없는 것처럼 말이다.

확연히 다른 점이 또 있다. 사진 찍기다. 나는 사진 찍는 걸 별로 좋아하지 않는다. 여행 중에는 더욱 그렇다. 눈과 마음에 담으면 된다고 생각하기에 자진해서 사진을 찍는 경우는 거의 없다. 비야는 다른 사람에 비하면 그 횟수는 매우 적지만 어쨌든 나보다는 많이 찍는다. 찍는 횟수뿐만이 아니라 사진의 구도, 비례, 빛, 사진 찍히는 사람이 짓는 미소의 크기까지 까다롭게 따진다. 모든 요소가 완벽해야 한다! 반대로 나는 사진 자체에 이미 많은 이야기가 담겨 있기 때문에 구도가 좀 미숙하거나 모르는 사람이 함께 찍혀도 크게 상관없다.

이렇게 서로 달라서 충돌할 때는 타협을 해야 한다. 대부분은 좀 더 느슨한 내가 양보하면 된다. 큰일도 아닌데 각자의 방법을 고집하면 마음만 불편해질 뿐 얻는 게 하나도 없으니까.

예를 들어 식당에 갈 때 비야는 자리를 까다롭게 고르는 편이다. 되도록 창가에, 햇빛이 들어오고 전망이 좋으며 다른 손님이나 텔레비전, 주방, 화장실에서 멀리 떨어진 곳에 앉아야 한다. 심사숙고해서 이미 앉았는데도 좀 더 괜찮은 자리가 나면 옮기고 싶어 한다. 내가 자리 정하는 기준은 딱 하나, 절대 입구를 등지고 앉지 않는 것이다. 누가 들어오고 나가는지 볼 수 있어야 한다. 그동안 치안이 불안하고 위험한 지역에서 오래 일하거나 살면서 정한 규칙이다.

우리는 자리 고를 때의 타협점을 이렇게 찾았다. '앉을 자리는 비야가 정한다. 그러나 한 번 앉은 자리는 바꾸지 않는다.'

이제 겨우 결혼 3년 차, 앞으로 다른 점이 더 많이 나타날 거다. 그때마다 우리는 지금처럼 서로의 다른 점을 인정하고 타협점을 찾아갈 생각이다. 비야는 꼼꼼하게, 나는 느슨하게!

그래도 별 탈 없이 살아왔거든요!

∗ biya

안톤과 나는 공통점이 많다. 수십 년간 뜨거운 가슴으로 일했던 직업이 같고, 종교도 같은 가톨릭이다. 트레킹이나 캠핑 등 야외 활동 취향도 비슷하고 둘 다 배낭여행을 오래 한 끝에 구호 현장에 투신할 것을 결심했다. 둘 다 텔레비전을 보지 않고 SNS도 하지 않는다. 그래서 대화할 시간이 많고 화제가 무궁무진하며 비슷한 경험이 많아서 상대방의 말을 금방 알아듣는다. 무엇보다 인생의 가치관과 목표가 거의 같으니 세상 보는 눈이나 판단 기준도 비슷해 쉽게 공감하고 의견 일치를 본다.

허나, 매사가 비슷하다면 그래서 삶에 돌발 상황이 전혀 일어나지 않거나 항상 예측 가능하다면 얼마나 지루할까? 아마도 음악 없이 춤을 추는 느낌일 거다. 다행히 그리고 당연히 우리 역시 여느 커플처럼 다른 점이 많고도 많다. 유럽 남자와 아시아 여자라는 성별과 문화 차이가 가장 클 거라 생각하겠지만 정작 차이가 확연히 드러나는 부분은 따로 있다. 먹고 자는 일상생활에서다.

"왜 밥을 서서 먹어?"

안톤이 놀라서 물었다. 그가 한국 우리 집에 묵었던 첫날 아침, 나는 학교 강의 때문에 이른 아침부터 외출 준비를 하는 중이었다.

"응, 아침은 맨날 이렇게 먹어. 시간 절약되고 좋잖아?"

"뭐라고? 좋기는 뭐가 좋아?"

고개를 절레절레 저으며 외계인 보듯 하던 표정이 지금도 생생하다. 그게 그토록 놀랄 일인가?

나는 먹는 걸 별로 중요하게 생각하지 않는다. 하루에 한 끼만 제대로 먹으면 나머지는 슬렁슬렁, 대충 때워도 그만이다. 오히려 하루 세끼를 다 챙겨 먹는 건 시간 낭비일 뿐 아니라 위장을 비롯한 온갖 장기를 혹사하는 일이라 믿고 있다. 밥 먹는 방법도 불량하기 짝이 없다. 특히 분 단위로 시간을 쪼개 써야 하는 아침엔 식탁에 앉지도 않고 앞산이 잘 보이는 부엌 창가에서 서서 밥을 먹는데 '음식을 흡입'하는 수준으로 후딱 먹어 치운다. 음식을 씹는 동안에도 옷을 입거나 가방을 챙기면서 나갈 준비를 한다.

안톤은 나와 정반대로 삼시 세 끼를 제대로 먹어야 하는 사람이다. 특히 아침 식사가 제일 중요하다. 그 시간에 골고루 잘 차린 아침을 천천히 먹으며 그날의 계획을 말하고 의논한다. 그래서 나 혼자 하면 10분 이내로 끝내는 아침 식사가 그와 함께 하면 30분도 더 걸린다. 저녁 식사는 와인까지 곁들여서 세월아 네월아 한 시간도 넘게 먹는다. 식사 중에 내가 왔다 갔다 하는 것도 질색한다. 식사 중 비워진 그릇은 바로바로 치우는 게 시간 절약도 되고 보기에도 좋으련만 내가 다시 앉을 때까지 먹는 걸 중단하고 있으니 어쨌든 빨리 앉아야 한다. 남편 시집살이라는 게 바로 이런 건가 보다.

한창 연애 중일 때였다. 어느 늦은 밤, 터키 난민촌에서 일하는 안톤에게 문자 메시지가 왔다. 바로 답장을 보냈더니 그가 물었다.

"지금이 몇 신데 아직 안 자?"

"응. 새벽 2시 10분. 이제 자려고."

"빨리 자야겠네. 낼 아침 일어나서 보면 기분 좋으라고 미리 보낸 건데 혹시 문자 알림 소리 때문에 깬 거 아니야?"

"아니야. 난 보통 2시 넘어야 자."

"새벽 2시? 그럼 아침엔 몇 시에 일어나?"

"6시."

"뭐라고? 그렇게 조금 자고 어떻게 살아?"

"하하하. 여태껏 잘 살았으니 아무 걱정 마슈."

나는 자는 것도 매우 소홀히 한다. 필요 이상 자는 건 최악의 시간 낭비라 여기며 되도록 잠을 적게 자려고 한다. 그래서 늦게 자고 일찍 일어난다. 특히 늦은 밤부터 새벽 2~3시 사이의 고요한 밤, 아무와도 연결되지 않는 그 시간을 좋아한다. 오롯이 '나'와 마주하는 소중한 창작 시간이기 때문이다. 글도 이메일도 그때 쓰고 좋은 아이디어도 대부분 그때 떠오른다. 이른 아침은 또 얼마나 좋은가? 아침 햇살 가득한 거실은 좋은 기도실이고 음악감상실이고 커피 향 가득한 홈 카페다. 이러니 늦은 밤도 이른 아침도 포기할 수 없다.

반대로 안톤은 잠을 충분히, 달게 자는 게 행복의 필수 조건이라 여긴다. 잘 자야 신체도 기분도 최고의 상태를 유지할 수 있다고 믿는다. 하루 일고여덟 시간 수면이 절대 원칙이라 밤 10시부터 슬슬 잘 준비를 하고 11시가 넘도록 깨어 있으면 큰일 나는 줄 안다. 게다가 은퇴 후에는 매일 낮잠도 잔다. 그러니 그가 내게 맞추느라 늦게 자는 것도, 내가 일찍 자는 것도 매우 어렵다. 안톤은 늦게 자면 다음 날 힘들어하고, 난 11시에 자려면 너무 일러서 누워 있어도 잠이 안 온다. 낮잠까지 잔 날은 새벽 3~4시까지 말똥말똥하다. 무엇보다 이렇게 일곱 시간 이상 길게 자고 나면 개운하기는커녕 골치가 아프고 시간이 아깝다는 생각을 떨쳐버릴 수가 없다.

이건 일상 습관보다는 시간관념의 차이다. 한 사람은 오래 먹고 자는 것이 시간 낭비라고 생각하는데, 다른 한 사람은 잘 먹고 잘 쉬는 것이 행복과 직결된다고 믿는 차이! 맞고 틀린 게 아니라 그냥 다른 거다. 그러니 일방적으로 상대방을 바꾸려고 하거나 상대방이 바뀌길 바랄 수 없는 일이다. 본인이 아무리 바꾸려고 노력해도 잘 바뀌지 않는 경우 또한 허다하다.

그래도 매일 반복되는 일상이라 갈등의 소지가 다분하니 어떻게든 해결은 해야 한다. 우리는 이렇게 합의하고 시험해보는 중이다. 네덜란드에선 함께 긴 아침 식사를 하고, 한국에선 따로 혹은 같이 짧은 아침을 먹는다. 취침은 각자 내키는 시간에, 아침 기상은 둘 다 같은 시간에!

몇 년간 해보니 먹는 습관 맞추기는 생각보다 잘되는데 어떻게든 늦게 자려는 나와 제시간에 자려는 안톤의 취침 시간 조절은 쉽지 않다. 아직도 같이 있으면 거의 매일 안톤의 "아직 안 자?"와 나의 "벌써 자?"가 충돌하고 있다. 이런 대화도 한참 갈 것 같다.

함께 걸어간 사람이 생겼습니다

차이 나는 시간 관리법

* *biya*

이렇게 서로 시간관념이 다르니 당연히 그에 따른 시간 관리법도 하늘과 땅 차이다. 나는 뭐든 코앞에 닥쳐야 하는 스타일이다. 마감이라는 불이 발등에 떨어져야 비로소 발동이 걸린다. 스트레스는 받지만 이때가 되어야 몸이 긴장하고 머리가 잘 돌아가면서 일이 엄청 빨리 진행된다. 효율성으로 보면 내 능력의 최대치가 나오는 가성비 갑의 상태이다. 그래서 내 사전에는 '미리'가 없다. 아니 미리 하는 건 손해라고 생각한다.

반대로 안톤은 무슨 일이든 미리미리 한다. 시간에 쫓겨 마음이 급하면 크고 작은 실수를 저질러 최선의 결과를 얻을 수 없다고 믿는다. 그래서 한국행 가방도 2주일 전부터 싼다. 이 책의 원고도 일찌감치 다 써놓았다. 나는? 현장 근무지에 있든 네덜란드에 있든 여행 가방은 바로 전날 밤, 심지어 당일 아침에 싼다. 급한 마음에 실수로 몇 가지 물건을 빼놓고 간다 해도 없는 대로 지내다 오면 그만이다. 이 책 원고도 절반 이상을 마감이 코앞에 닥쳤을 때 썼다. 특히 마감 1주일 전, '마감신'이 강림하실 때 제일 잘 써졌다.

시간 관리에 있어 나의 기준은 '시간 절약'이고 안톤의 기준은 '시간 여유'다. 내게는 주어진 24시간을 낭비 없이 얼마나 효율적으로 쓰는가가 절체절명의 과제다. 그래서 약속 시간도 분 단위로 계산해 딱 맞추어 나간다. 내 기준으로 약속 장소에 미리 나가서 기다리는 건 명백한 시간 낭비다. 반면 그는 지나치다 싶을 만큼 약속 시간보다 일찍 나간다. 그래야 가는 동안 마음이 편하고 약속 장소에서 여유 있게 기다려서 좋다는 거다.

두 사람의 시간 관리법이 극명하게 드러날 때는 공항 나가는 시간 정할 때다. 나는 공항 갈 때도 이런저런 시간을 열심히 계산해서 딱 맞게 나간다. 혹시 길이 막혀 이 계산이 어긋날까 봐 주로 공항철도를 이용한다. 반대로 안톤은 이른 아침에 출발하는 비행기면 그 전날 밤에 암스테르담 공항에 가서 밤을 새운다. 이른 아침 비행기 시간에 맞추려면 첫 버스와 첫 기차를 차례로 타야 하는데 환승 시간이 너무 짧고 변수가 생길 수도 있기 때문이란다.

각자 기준이 이렇게 다른데 약속을 잡았을 때 누구 의견을 따를 것인가? 잘못하면 사사건건 싸우기 좋은 문제에 우리는 이렇게 하기로 했다. 한국에 있을 때는 비야식으로, 네덜란드에 있을 때는 안톤식으로! 다시 말해 그때의 '시간 관리 담당자'가 나갈 시간을 정하고 상대방은 토를 달거나 재촉하지 않기로 한 거다. 그렇지만 서로 말은 안 해도 그는 내 아슬아슬한 '세이프 모드'에 늘 불안해하고, 나 역시 그의 '선을 넘는 여유로움'에 번번이 속이 터진다. 도대체 왜 그렇게 일찍 나가서 하염없이 시간을 흘려보낸단 말이냐.

그런데 요즘은 안톤의 '느긋한 시간 관리법'이 더 좋은 게 아닌가 생각한다. 시간 절약이란 미명 아래 아슬아슬하게 사는 나를 보면 어느 때는 나도 숨이 막힐 지경이니까.

언젠가 이런 일도 있었다.

호남행 KTX는 보통 서울역이 아니라 용산역에서 출발한다는 걸 잘 알면서도 그날은 너무 이른 아침이라 그랬는지 택시 기사에게 "서울역이요" 하고는 잠시 눈을 붙였다. "다 왔습니다" 하는 소리에 또 아무 생각 없이 내렸다. 내리자마자 아차, 했지만 타고 온 택시는 이미 저만큼 가버렸다. 머릿속이 하얘졌다. 출발 시간에 딱 맞춰 집에서 나왔으니 용산역에서 떠나는 기차는 놓칠 게 뻔하기 때문이다.

'놓칠 때 놓치더라도 끝까지 가보기나 하자.' 부랴부랴 다시 택시를 잡아타고 빨리 가 달라며 읍소와 채근을 한 뒤 간절히 기도했다. 다행히 길이 막히지 않았고 신호등도 협조를 잘해주어 출발 시간 몇 분 전 용산역에 도착할 수 있었다. 역에 내리자마자 젖 먹던 힘까지 다해 뛰었고 목포행 기차가 보이는 마지막 계단은 거의 날아서 내려갔다. 그러고는 기차 문을 향해 슬라이딩, 세이프!!!

가까스로 열차에 한 발을 올려놓자마자 기차가 움직이기 시작했다. 휴우~ 객실 앞에서 허리를 90도 각도로 꺾으며 턱까지 차오른 숨을 토해냈다. 가슴은 벌렁벌렁, 다리는 후들후들, 머리는 빙글빙글. 기차를 놓치지 않았다는 안도감으로 온몸에서 힘이 쏙 빠져나갔다. 놓쳤으면 어쩔 뻔했나. 오래전에 약속한 특강인데 수백 명이 허탕 칠 뻔했다.

내 자리를 찾아 앉아서 한숨 돌리며 물 한 잔을 마시니 제정신이 들면서 이러는 내가 한심하게 느껴졌다. 이 모든 게 시간에 딱 맞춰 나가는 버릇 때문이다. 그것 때문에 허구한 날 늦을까 봐 발을 동동 구르지 않는가? 지하철역 계단을 뛰어서 오르내리고 환승역에서도 뛰고 길거리도 마구 뛰어다닌다. 어느 때는 지하철 안이나 택시 안에서도 달리고 싶은 심정이다. 덕분에 약속 시간에 좀처럼 늦지는 않지만 약속 장소에 도착할 때까지 늘 가슴 졸인다. 다 시간 낭비를 하지 않겠다는 의지 때문이다.

그런데 그를 만난 후로는 이따금 이런 의문이 든다. 혹시 내 시간 관리법이 앞으로 남는 것 같아도 뒤로는 왕창 밑지는 게 아닐까? 시간 몇 분 아끼려고 딱 맞춰 나가 약속 때마다 지하철에서 동동거리고 택시 뒷자리에서 신호등 하나하나에 반응하며 아무것도 못하고 마음 졸이는 게 과연 남는 장사일까? 안톤처럼 좀 일찍 나와서 가는 동안 느긋하게 일기를 쓰거나 밀린 문자에 답하며 그 시간을 알토란같이 쓰는 게 훨씬 좋은 건 아닐까?

안톤은 앞으로 우리 행동이 점점 느려지고 상황 대처 능력이나 순발력도 떨어지고 무엇보다 스트레스를 견디는 힘이 현저히 줄어든다는 점을 감안해야 한다고 강조한다. 그의 말이 전적으로 맞는 것 같다. 음, 그럼 일단 시험 삼아 15분만 일찍 나가볼까? 그러나 내게는 15분'만'이 아니라 '무려' 15분이니, 참으로 야심 찬 도전이 아닐 수 없다.

★ 이 글은 〈중앙일보〉(2016.4.30)에 기고한 '5분 아끼려다가 십년감수' 중 일부를 바탕으로 새로 썼다.

민망하지 않게 실수를 짚어주는 기술

* *biya*

"엄지 척!"

안톤이 한국에서 거의 처음 배운 한국말이고 너무나 유용하게 쓰는 표현이다. 이만큼 쓸모가 많은 표현이 또 있을까? '좋아요, 참 잘했어요, 멋져요, 마음에 쏙 들어요, 좋은 생각이에요, 대만족이에요……' 모든 긍정적인 반응과 칭찬은 이거 하나로 충분하다. '엄지 척' 하는 동작은 하는 사람과 보는 사람 모두 기분 좋게 할 뿐 아니라, 두 엄지를 치켜세우는 동작이 세계 공통으로 좋다는 뜻이니 문화적으로 오해할 소지도 없다. 그래서 그는 한국에만 오면 신나서 엄지 척, 엄지 척이다. 상대방이 같이 엄지 척 해줄 때마다 좋아 죽는다. 나 역시 그의 엄지 척에 맞장구를 쳐준다. 안톤을 기분 좋게 하기란 이렇게 쉽다.

이 엄지 척의 반대말은? 뭔가 마음에 안 들 때는 엄지를 땅으로 향하는 동작이나 양손의 검지로 X를 만드는 것이 세계 공통이겠지만 우리는 완전 다른 표현을 쓴다. 너무나 한국적이라 한국 사람 외에는 알 수도, 쓸 수도 없는 표현, 상대방의 의견이나 행동에 절대 동의할 수 없음을 온몸으로 나타내는 완벽한 부정, 바로 '이그'다.

'이그'는 이럴 때, 이렇게 쓴다. '또 그렇게 한 거야?' '그걸 아직 안 했어?' '왜 그걸 그렇게 해?' '그런 엄청난 실수를 하다니!' 등등의 말이 터져 나오기 직전에 말 대신 두 주먹을 불끈 쥔 채 어깨 높이까지 올렸다가 뒤로 내리면서 "이그으으으~~"라고 말을 길게 늘이는 거다. '당신 잘못은 잘 알고 있지만 이번에는 그냥 넘어가 주겠음' '마음엔 안 들지만 그렇게 화가 난 건 아님'이라는 뜻이다. 우리에게 이그~~ 는 일상적인 잔소리 방지용으로 효과 만점이다.

내가 안톤에게 '이그'를 외쳐야 할 순간은 무궁무진하지만 몇 가지만 예를 들면 이럴 때다. 우선, 쓰레기 분리배출을 잘못할 때! 우리 집 쓰레기 처리 전담자는 안톤인데 늘 헷갈리는 품목이 있는 모양이다. 우리 아파트는 분리배출을 잘못하면 전체 방송을 한다.(무섭다!) 8층 사는 외국인이 이것저것을 잘못 버렸으니 다시 분리해달라는 방송을 몇 번이나 들었는데도 자꾸 틀리니 속 터진다. 특히 비닐봉지는 일반 쓰레기로, 플라스틱 용기 및 페트병은 플라스틱으로 분류해야 한다는 걸 아무리 강조해도 번번이

잊는다. 네덜란드에선 이 두 가지를 플라스틱류로만 분리하면 되기 때문이라지만, 이그으으으~~

땡볕 속으로 나가면서 선크림 안 바르거나 비 오는 날 우산 안 챙기고 나갈 때도 그렇다. 네덜란드 사람들은 웬만한 비는 그냥 맞고 다닌다지만 비가 주룩주룩 오는 날, 그는 그 비를 다 맞고 가는데 옆에서 나 혼자 큼직한 우산 쓰고 갈 때마다 그렇게 뻘쭘할 수가 없다. 그래서 한마디 한다. 이그으으으~~

이런 일도 있었다. 어느 날 저녁 늦게 집에 들어가니 안톤이 너무나 심각한 얼굴로 할 말이 있다면서 무엇인가를 덮어놓은 수건을 살며시 젖혔다. 어머나, 아끼는 그릇이 깨져 있었다. 결혼 선물로 받은 이 그릇을 내가 얼마나 좋아하는지 그도 잘 알고 있다. '우씨, 그 많은 그릇 중에서 하필 이 그릇을…… 컵이며 접시며 이젠 내가 가장 아끼는 그릇까지, 도대체 안 깨는 게 없네' 하려다 말고 인심 쓰듯 그냥 "이그으으으~~~" 하고 말았다. 그랬더니 갑자기 나를 와락 껴안으며 하루 종일 걱정했는데 이렇게 이그~~ 한 번으로 끝내는 거냐며 너무너무 좋아했다. 화를 낸다고 이미 깨진 그릇이 도로 붙는 것도 아니니 그냥 이그~~ 한 번 하고 끝낸 거였는데 덕분에 한순간이나마 '마음씨 너그러운 부인'이 되었으니 좋은 작전임이 틀림없다.

이렇게 자잘한 화 혹은 잔소리는 '이그'라는 1단계 방지법으로 잘 해결된다. 이보다 좀 더 화가 날 때 쓰는 2단계 방지법이 있다. 이름하여 '5분간 대화 거부' 행사다.

"당신과 5분간 얘기하지 않을 거야!"

내 입에서 이 말이 나오면 안톤은 살짝 긴장한다.(적어도 긴장하는 척한다!) 이 2단계 방지법은 투르드몽블랑TMB을 일주일가량 걸으면서 찾아냈다. TMB는 몽블랑산을 중심으로 프랑스, 이탈리아, 스위스를 거치는 트레킹 코스다.

어느 늦은 오후, 안내 표시가 허술한 바람에 갈림길에서 헤매게 되었다. 나는 이쪽 길 같은데 그는 자꾸 딴 길로 갔다. 길눈 어두운 내가 봐도 그 길은 아닌듯 했지만 안톤이 나보다 방향 감각 훨씬 좋으니 일단 그가 택한 길로 가보기로 했다. 그러나 아무리 봐도 의심스러워 몇 미터 가기도 전에, "안톤, 지도를 다시 볼래? 이 길 아닌 것 같아" 했다. 그러자 안톤은 "이 길이 맞아. 해가 저무니까 좀 빨리 걷자고"라며 앞으로 성큼성큼 갔다.

'우씨, 진짜 이 길 아닌 것 같은데……'

반신반의하며 한참을 가도 길 안내 표지판이 나오지 않았다.

"안톤, 아무래도 이 길 아닌 것 같아. 지도랑 나침반 다시 자세히 살펴봐."

열심히 쫓아가며 말하니까 지도를 다시 한 번 훑어보더니 이렇게 말하는 게 아닌가?

"이 길 맞아. 그리고 내가 맞다고 지금 세 번째 말하는 거야."

뭐라고? 세 번째라고? 내가 말을 못 알아들었다는 말이야? 아니면 모르면 가만히 있으라는 말이야? 얼굴이 화끈해지면서 기분이 확, 상했다. 다음 순간 나도 모르게 이 말이 튀어나왔다.

"알았어. 이제부터 당신과 5분간 얘기하지 않을 거야!"

그 순간, 그가 걸음을 멈췄다. 말의 내용보다는 말하는 분위기로 내가 화가 났음을 알아차렸던 거다. 바로 미안하다며 자기도 헷갈리는데 자꾸 미심쩍어하며 물어봐서 말이 퉁명스럽게 나오고 말았단다. 때맞춰 반가운 표지판이 나타났다. 그 말에 화는 다 풀렸지만 벌컥 내버린 화를 그렇게 금방 푸는 게 어색해서 그냥 고개만 끄덕이고 5분 동안 입을 다물고 있었다. 근데 그 5분이 얼마나 길던지. 내게는 말하고 싶은 걸 참기가 화를 참기보다 훨씬 힘든 일이었다.

지금까지 열 번 정도 '5분간 대화 거부' 카드를 썼는데 늘 효과 100퍼센트다. 그러나 너무 자주 쓰면 한계효용체감의 법칙에 따라 효과가 팍팍 떨어질 거다. 평생 쓸 거니까 아껴서 써야 하리라!

가끔 나는 내가 무섭다

* *biya*

2단계를 지나 정말 화가 난 3단계에 이르면 그때는 일단 안톤 눈앞에서 사라지는 게 최고다. 불같은 내 성격에 무슨 말을 퍼부을지 몰라서 나도 내가 무섭기 때문이다. 이런 일은 여태껏 딱 한 번 있었다.

쿠바에서 스페인어 공부할 때다. 60대의 가정교사에게 일주일에 다섯 번, 3주일간 우리 숙소에서 수업을 받았는데, 수업 준비는 안톤이, 음료 및 간식 준비는 내가 하기로 했다. 하루는 칠판과 지우개를 책상과 너무 먼 곳에 놨기에 내가 좀 더 가까이 놓으려다가 그만 칠판이 떨어져 틀이 일그러지고 말았다. 순간, 그의 표정이 굳어졌다.(으악! 그런 얼굴 처음 본다.)

"일을 나눌 때 맡은 일은 각자 알아서 하기로 하지 않았어? 그러니 내가 하는 게 마음에 안 들어도 큰 지장이 없는 한 내버려둬

야지."

　그 굳은 표정이 너무나 낯설어서 깜짝 놀랐다. 이런 작은 일에 뭘 그렇게 정색을 하느냐고 약간 언성을 높였더니 보통 같으면 '아, 내 표정이 그랬나?' 하며 웃고 넘어갔을 텐데 그날은 자세까지 고쳐 앉으며 말했다.

　"비야한테는 작은 일일지 몰라도 나에게는 원칙을 지키는 게 중요한 일이니까."

　그러더니 칠판을 집어 들어 원래 자기가 놓았던 자리에 다시 놓았다. 아니, 그 자리는 선생님이 쓰기도 어렵고 우리가 보기도 어렵다는 걸 뻔히 알 텐데 웬 고집이란 말인가. 내 의견이 무시당한 것 같아서 갑자기 화가 솟구쳤다. '이왕에 다시 놓는 거 잘 보이는 데 놓지 왜 또 거기다 놓는 거야, 앙?' 하려다 스스로 내 입을 틀어막았다. 그리고 그 자리를 피해 옥상으로 올라갔다. 화난 상태로 괜히 입에서 나오는 대로 아무 말이나 하다가 하지 말아야 할, 생각하지도 않았던 험한 말과 표현을 쓸까 봐 순간, 내가 무서웠기 때문이다.

　선생님이 도착한 덕분에 나의 '옥상 잠적'은 20분 만에 종료되었지만 그 짧은 시간 동안 많은 것을 생각했다. 처음에는 화를 참지 못해 씩씩거렸다. 그가 밉고 섭섭한 마음만 가득했다. '내가 아까, 왜 이 말을 안 했지? 이렇게 대답해야 했는데, 속 시원하게 퍼부어야 했는데.' 그런데 조금 지나니 머리에서 화기가 빠져나가면서 제정신이 드는지 이런 생각이 들기 시작했다. '아니야. 하고 싶은 말 안 하고 옥상으로 피하길 잘했어. 세상에서 제일 가까운 사람에게도 말이란 건 한번 뱉고 나면 주워 담을 수 없으니 조심해야 하는 법. 독한 말을 해놓고 미안하다고 하고, 상대방은 괜찮다고 해도 주고받은 상처는 어딘가에 남을 게 아니야? 조심하고 조심하고 또 조심해야 해.'

공교롭게 그날 수업 내용은 가정법이었다. 선생님이 '~이었다면 좋았을걸'을 넣어 문장을 만들어보라고 했을 때 안톤이 즉시 이런 예문을 만들었다.

"아까 그렇게 퉁명스럽게 말하지 않았다면 좋았을걸, 후회합니다."

그 예문을 듣고 내가 답했다.

"아까 그 말에 그렇게 화내지 않았다면 좋았을걸, 반성합니다."

내막을 모르는 선생님은 예문을 빙자한 우리의 화해 문장을 이렇게 칭찬해주었다.

"둘 다 아주 잘했어요!"

그 칭찬에 서로 따뜻한 미소를 주고받음으로써 크게 번질 수도 있었던 일이 평화롭게 마무리되었다.

그런데 아는가? 우리에게는 앞에서 말한 3단계보다 훨씬 확실하고 효과적인, 최고 단계의 갈등 해소법이 있다. 바로 교차 통성 기도다. 안톤과 나는 아침마다 15분 정도 둘이 차례로 소리 내어 기도하면서 하루를 여는데 서로가 서로의 기도내용을 들을 수 있는 그때가 가장 효과적인 갈등 해소 시간이다. 기도 중에 상대 방의 어떤 행동이 마음에 걸려 남아 있는지, 어떻게 해주면 좋겠는지 등을 말한다. 예를 들면 이렇다.

"하느님, 오늘도 안톤은 젖은 수건을 침대에 놓았습니다. 그도 안 그러려고 노력은 하지만 오랜 습관이니 쉽게 바꿀 수는 없을 거예요. 그러니 그 장면을 볼 때마다 잔소리하지 않고 기다려줄 수 있는 인내심을 제게 허락하소서."

하느님을 매개로 한 확실한 소통법이자 잔소리 방지법이다.

사랑과 초콜릿은 나눌 때 더 달콤한 법

anton

"안톤, 오늘 이거, 이거 한 다음에 저거, 저거 할 수 있을까?"

비야는 그날의 계획을 촘촘히 세워서 내 동의를 얻은 후 곧바로 실천해야 직성이 풀리는 사람이다. 그에 비해 나는 느긋한 편이다. 모든 계획이 마음먹은 대로 이루어질 수 없을뿐더러, 이루어지지 않더라도 괜찮다고 생각한다.

"비야, 세상에 내일이라는 단어가 있다는 걸 잊지 마시길!"

나의 이런 태도는 어쩌면 이제는 어디에도 소속되지 않고 마감일도 없기 때문에 생겼는지 모른다. 은퇴하기 전에는 나도 비야처럼 빠듯하게 계획을 세워놓고 그에 맞춰 살았지만 원래는 물 흐르듯 살아가는 사람이다. 강물처럼 때로는 빠르게 때로는 느리게, 어느 때는 유유히 흐르다 바위를 만나면 에돌아가기도 한다.

언젠가 재미 삼아 비야와 사주를 보았는데 비야는 몸과 마음에 불의 기운이 지배적인 반면 나는 물로 가득하단다. 이걸 알고 나서는 우리 사이가 서로에게 왜 이렇게 상호 보완적인지 이해하게 되었다. 비야가 어떤 사안에 대해 불같이 화를 낼 때나 너무 앞으로만 나가려 할 때 나는 물의 기운으로 그녀를 차분히 가라앉혀줄 수 있다. 반대로 내가 너무 느긋하거나 미지근한 태도를 보이면 비야가 정신이 번쩍 나도록 불을 확 붙인다. 이런 면에서 우리는 잘 맞는다.

비야는 개띠 해에 게자리에서 태어났다. 해당 성격을 훑어보니 타인에게 헌신적이고 솔직하며 호기심이 많고 근면 성실하다고 한다. 나는 토끼띠 해에 사자자리에서 태어났다. 사려 깊고 관대하며 책임감이 강하고 속마음을 잘 숨기지 못하는 경향이 있다고 한다. 개띠와 애정 궁합이 가장 잘 맞는 띠가 토끼띠라는 얘기를 들었을 때 무척 기뻤다. 정말이지 우리는 제대로 만난 셈이다!

본격적인 연애가 시작될 때 나는 이렇게 마음먹었다. '안톤, 네가 더 많이 이해하고 더 많이 양보해야 해. 비야 의견을 찬찬히 듣고 네가 원하는 바를 온화하게 말해야 해. 비야와 너는 다를 수밖에 없어. 이 차이를 인정하고 함께 좋은 답을 찾아 나가는 거야. 서로의 존재에 감사하면서.'

나는 약 40년간 긴급구호 및 인도적 지원 전문가로 일하면서 공공의 선을 가장 중요한 가치로 여기며 살았다. 일의 특성상 다양한 이해관계자들, 특히 지역 주민들의 의견에 귀 기울여 그들의 상황을 잘 이해하고, 최대한 지원 사업에 반영하려 최선을 다했다. 그러나 이건 순전히 일을 잘하기 위한 노력이었을 뿐, 개인 생활에서는 여전히 나를 중심에 두었다.

고백건대 가족과 친구보다 나 자신의 입장과 의견을 앞세웠고 내가 그들을 이해하기보다는 그들이 내 결정을 믿고 따라주기를 바랐다. 돌이켜보면 그땐 어쩔 수 없었다는 생각이 들기도 하지만 후회할 때도 많다. 그때 내 주변 사람들의 입장을 좀 더 고려하고 조금만 더 따뜻하고 너그럽게 대했다면 좋았을 텐데. 프랑스 철학자 사르트르는 《이성의 시대The Age of Reason》에서 인생의 중요한 사건은 15~45세에 일어나고, 그후엔 인내, 존경, 신뢰, 지혜 등이 따르는 성숙기가 온다고 했는데 이건 내게 꼭 필요한, 진심으로 갖추고 싶은 덕목이었다. 20대에 이 책을 읽었을 때 나는 과연 언제 이런 시기가 올까 궁금했다.

비야가 내 인생에 들어오면서 드디어 내게도 이 성숙기가 찾아왔다. 그와 더불어 이해, 공감, 신뢰, 평화라는 성숙기의 덕목이 일상생활에 자리 잡기 시작한 것이다. 비야도 마찬가지일 거다. 우리는 서서히 '자기중심적'인 생각과 행동을 벗어나 '우리 중심적'으로 바뀌고 있다.

내 두 딸 발레리와 께소는 내가 지난 8년간 훨씬 부드러워지고 덜 까다로워졌다고 말한다. 45년 지기 친구들도 내가 예전과 비교할 수 없이 너그러워지고 밝아졌다고 한다. 가장 가까운 사람들에게 이런 칭찬을 들으니 힘이 나고 기분이 좋다. 무엇보다 내 마음이 훨씬 가볍고 편안해졌다. 이 모두가 비야와 '물과 불'의 조화를 이루며 지내는 덕분이라고 믿는다. 아니면 뭐겠는가?

다른 커플들처럼 비야와 나도 사소한 일에서 이견이 생긴다. 우리는 물과 불이라, 보완적이기도 하지만 극과 극이기 때문에 지극히 당연한 일이다.

예를 들면 당일치기 같은 짧은 여행에 앞서 짐을 쌀 때 나는 비상식량으로 말린 과일 정도만 챙기는데 비야는 군것질거리나 과일을 잔뜩 넣는다. 특히 물은 지나칠 정도로 많이 가져간다. 집에 돌아와 보면 항상 많이 남지만 앞으로도 비야는 바뀌지 않을 거다. 그래도 상관없다. 누가 옳다 그르다 따질 일도 아니다. 그저 비야는 여행 중에 물과 과자가 넉넉히 있어야 마음이 편한 사람이라는 걸 인정하면 된다. 각자 시간 관리법이 달라서 약속이 잡혔을 때 너무 일찍 나가거나 너무 아슬아슬하게 도착해도, 각자 물건을 두는 시스템이 달라 거의 매일 상대방이 둔 물건을 찾느라 많은 시간을 허비해도 이런 건 다 사소한 일이지 본질적인 문제가 아니다.

중요한 건 우리가 '기본적인 삶의 가치와 태도, 하느님과의 관

함께 걸어갈 사람이 생겼습니다

계 등 인생의 큰 그림을 공유하는가?'이다. 이 질문에 그렇다고 대답할 수 있다면 우리 관계는 올바른 궤도에 올라와 있는 거다. 잘 가고 있는 거다.

사랑과 초콜릿은 나눌 때 더 달콤한 법. 이걸 나누는 사람이 비야라서 참 좋다.

2

*

오늘도 계획 중

당신을 마음 깊이
사랑하고 존경합니다.
오래전부터 그래왔으며
앞으로도 영원히 그리할 것입니다.

-본문 중에서

플래닝닷컴

biya

"Good Morning, Planning.com!"

어느 날 아침, 안톤 문자를 보고 깜짝 놀랐다. 오늘은 또 어떤 기발한 별명으로 나를 부를까 기대는 했지만, 플래닝닷컴이라니! 내 특이한 일상 습관을 이렇게 한마디로 정리해주는 단어가 또 있을까? 그의 관찰력과 어휘 선택 능력이 놀랍기만 하다.

그렇다. 나는 계획쟁이다. 초등학교 때부터 그랬는데 점점 심화되면서 지금은 정상 범위(!)를 살짝 벗어난 것 같다. 이를테면 모든 일을 시간, 프로젝트, 우선순위별로 일목요연하게 정리한다. 일기장에는 그날 할 일을 동선과 시간대에 따라 '오늘의 할 일'로 정리하고 작은 탁상 달력에는 주간, 월간, 연간 계획을 연필(임시 계획), 파란 볼펜(유동성 있는 계획), 빨간 볼펜(바꿀 수 없는 계획)으로 구별해 적는다. 거기에 각양각색의 스티커를 붙인 화려

한 계획표를 만들어 수시로 점검 및 보완한다. 이렇게 머릿속에 있는 생각을 눈에 보이게 적어놓아야 안심이 되고, 전체 그림이 그려지면서 할 수 있다는 자신감이 생기기 때문이다.

무엇보다 새로운 일을 앞두고 계획을 짤 때마다 흥분된다. 여행 전 계획할 때가 여행보다 더 설레고 재밌는 것처럼 말이다. 오늘의 할 일 목록에서 한 일을 하나하나 지워나갈 때 느끼는 즉각적인 성취감 또한 쏠쏠하다. 아무리 치밀하게 계획을 세워도 안 되는 일은 안 되는 거지만 이 덕분에 이만큼이나마 살고 싶은 삶을 살고 있다고 굳게 믿는다.

오랜 습관대로 아침에 일어나면 그날 할 일이 머릿속에서 슬라이드쇼처럼 지나간다. 결혼했다고 달라진 건 없다. 아니, 결혼하니 오히려 더 계획할 일이 많아진다. 아침에 커피를 마시면서 하는 첫 마디는 언제나 이중 하나다. "안톤, 좋은 생각이 났어." "안톤, 이렇게 하면 어떨까?" "안톤, 내 말 좀 들어봐."

안톤도 나 못지않은 계획쟁이다. 40년 이상 구호활동을 하면서 붙은 습관일 거다. 현장에서는 한 사안에 대해 세 가지 계획을 세운다. 언제 어떻게 바뀔지 모르는 상황에 신속히 대처하기 위해서다. 모든 상황이 순조로울 때를 가정한 Best Case Scenario(최상의 시나리오), 최악일 때를 대비한 Worst Case Scenario(최악의 시나리오), 현 상황에서 가장 일어날 확률이 높은 경우에 대비한

Most Likely Case Scenario(현실적인 시나리오)!

딱딱한 보고서 형식에 담은 그의 일상 계획이나 내용은 내 것보다 훨씬 풍부하다. 그래서 플래닝닷컴이란 내 별명을 응용해서 그에게 'planning.com.nl(플래닝닷컴 네덜란드)'이라는 별명을 붙여주었는데, 그에 따라 나는 자동적으로 'planning.com.kr(플래닝닷컴 코리아)'이 되었다.

신혼여행이야? 어학연수야?

✱ biya

"신혼여행은 쿠바로 결정!"

우리가 결혼한 2017년 가을에 나는 한창 박사학위 논문을 쓰는 중이었다. 당연히 신혼여행을 갈 시간도, 마음의 여유도 없었다.

"가까운 나라라도 며칠 갔다 올까?"

네덜란드에 있는 그에게 조심스레 제안했다.

"논문 제출 1차 마감 다가온다고 했잖아? 이 중요한 시기에 무리 아니야?"

"좀 무리긴 하지만……."

"결혼하자마자 가야 된다는 법 있나? 우리 신혼여행이니까 우리에게 적당할 때 가면 되는 거지!"

그때부터 신혼여행 시기와 후보지를 문자, 이메일, 전화로 신나게 주고받았다. 결론은 쉽게 났다. 시기는 박사학위 논문 마친 직후에, 기간은 두 달 이상, 여행지는 쿠바! 이 매력적인 나라를 내가 세계여행할 때는 비용이 너무 많이 들어 갈 수 없었고, 그는 옆 나라 아이티에서 구호활동할 때 너무 짧게 다녀와서 아쉬워하고 있었다. 안톤이 말했다.

"쿠바에 가는 김에 스페인어를 제대로 배울까?"

"우와, 좋은 생각이야. 살사도 배우자, 시간도 많은데."

"오케이. 트레킹 코스랑 자전거 길도 잘 찾아볼게."

여행 기간 동안 그저 유명한 곳을 '관광'만 하기는 아깝고 조용하고 아름다운 해변도 며칠이면 질릴 거라는 데 둘의 생각이 같았다. 그 외 세부 계획은 그가 전적으로 맡았다. 여정과 예산 짜기, 각종 예약, 공동 여비 관리 및 정산까지. 이건 아프가니스탄을 기준으로 동쪽은 내가, 서쪽은 안톤이 책임진다는 우리의 여행 원칙에 따른 거다.

여행 계획을 짜면서 그는 몹시 들떠 있었다. 신혼여행의 설렘도 있지만 스페인어 때문이기도 했다. 이번이야말로 스페인어를 제대로 배울 수 있는 마지막 기회라며 현지 어학연수 코스는 어디가 평이 좋은지, 어떤 교재가 적당한지 고르는 데 많은 시간과 공을 들였다. 욕심도 많지. 그는 이미 몇 가지 언어를 할 수 있다. 그것도 유창하게 말이다. 네덜란드어가 모국어지만 오랜 기간 국제 구호 전문가로 일할 때는 영어, 독어, 프랑스어를 주로 썼다.

그 외에 이탈리아어도 수준급이고 날 만난 후엔 한국어도 열심히 배운다. 그런데도 오래전부터 스페인어가 배우고 싶었다며 쿠바에 있는 동안 기초를 확실히 잡고 오겠다는 야심 찬 계획을 세웠다. 나 역시 25여 년 전 중남미를 여행할 때 제법 했던 스페인어 실력을 되살리고 싶었다. 같이 공부하면 선의의 경쟁심이 생겨 더 재밌게, 더 열심히 할 수 있지 않을까 하는 기대도 있었다.

그래도 그렇지! 안톤이 인터넷에서 고르고 고른 스페인어 교재 《Complete Spanish STEP-BY-STEP》 실물을 보고는 기절하는 줄 알았다. 대학 노트 크기에 무려 600쪽으로 초급과 중급의 합본판! 그는 책을 보자마자 목차를 훑어보더니 약간 흥분된 목소리로 말했다.

"내용이 좀 많긴 하지만 두 달이면 충분히 끝낼 수 있겠어"

신혼여행 가면서 이렇게 두꺼운 교재가 웬 말인가? 총 30장이니 하루에 한 장 정도 한다고 쳐도 일주일에 5일, 5~6주간은 빡세게 수업을 받아야 한다는 계산이 나온다. 게다가 이 두꺼운 책을 가지고 쿠바 전역을 다녀야 한다니……

한편 그가 저렇게 좋아하는 걸 보니 나 역시 의욕이 솟구쳤다. '저 사람이 할 수 있다는데 7세나 어린 '핏덩이', 나라고 못 할쏘냐. ¡Vamos!(한번 해보자고!)

막상 졸업 후 긴 여행을 떠나려니 역시 시간이 걸림돌이었다.

월드비전 세계시민학교 일을 비롯해 그동안 미뤄놓은 일들이 산더미 같이 쌓였고 학회 활동 등 '햇박사'로서 해야 하는 활동도 줄줄이 기다리고 있었다. 어떤 일은 책임과 의무감 때문에, 어떤 일은 연구자로 내디디는 결정적인 첫걸음이기에 무엇 하나 중요하지 않은 것이 없었다. 그러나 그걸 하려면 쿠바 여행 기간을 대폭 줄이는 수밖에 없는데 그건 여태껏 졸업을 기다려준 안톤에게도, 그동안 공부하느라 수고한 나에게도 참으로 미안한 일이다.

무엇보다 이제는 더 이상 혼자 계획하고 마음대로 바꿔도 되는 솔리스트가 아니라, 둘이 함께 계획하고 실행하는 듀엣이라는 점을 명심해야 했다. 그래서 눈을 질끈 감기로 했다. 어떤 욕을 먹고 어떤 손해를 보고 어떤 기회를 놓치더라도 이것부터 해야겠다고, 이것부터 할 거라고!

그리하여 2019년 겨울, 결혼한 지 만 2년 만에 신혼여행과 어학연수를 합친 '신혼·어학연수 여행'을 떠났다. 영어로는 허니문honey moon, 스페인어로는 루나 데 미엘Luna de Miel(꿀 같은 달), 말 그대로 달콤한 밀월여행길에 올랐다. 두꺼운 스페인어 교재를 신혼여행 가방 깊숙이 넣고서!

Vamos, 한번 해보는 거야!

biya

"어머, 그게 어디 갔지? 놓고 왔나 봐. 난 몰라."

아바나에 도착하자마자 작은 차질이 생겼다. 여행안내서 《론리 플래닛》을 안 가져왔던 거다. 울상이 된 나를 보고 안톤이 한마디 한다.

"덕분에 '우리식 여행'을 할 수 있겠네. 난 없어도 좋아, 아니 없는 게 훨씬 좋아!"

좋긴 뭐가 좋단 말인가? 우리에게 있는 건 그가 준비해온 쿠바 지도와 내 휴대전화에 저장한 지도뿐이었다. 여기선 인터넷이 잘 안 돼서 검색으로 필요한 정보를 얻기도 쉽지 않다는데…….

예약해둔 민박집 2층에서는 멀리 바다가 보였다. 샤워를 하고 베란다에 나가니 해질녘 바닷바람이 적당히 불어 상쾌했다. 고색창연한 건물들과 푸른 바다를 배경으로 저녁을 먹으면서 지도를 펴놓고 그가 짜온 여정을 살펴보았다. 약 두 달의 일정 중 로스앤젤레스 사는 작은언니와 알래스카에 사는 친구 부부 방문 일정을 제외하고 실제로 쿠바 여행 날수는 52일이 되었다.

수도인 아바나에선 오리엔테이션 삼아 이틀 정도 머문 후 쿠바 동쪽 끝에 있는 제2의 도시인 산티아고데쿠바로 가서 본격적인 여행을 시작하기로 했다. 거기서부터 아바나를 향해 서진하면서 마음 흘러가는 대로 가고 싶으면 가고 머물고 싶으면 머물기로 의견을 모았다.

다음 날, 아바나를 통해 본 쿠바의 첫인상은 낡았지만 활기찼다. 낡은 건물에 들어선 작은 가게마다 경쾌한 살사 음악이 흘러나오고 거리마다 서로 반가워하며 뺨 인사를 하는 사람들로 넘쳤다. 빵빵거리는 50년대 자동차들, 그 소리와 신호등을 무시하며 느긋하게 길을 건너는 사람들! 해안선을 따라 8킬로미터나 이어지는 방파제 말레콘과 번화한 도심을 관통하는 5킬로미터의 넓은 산책로, 대성당을 중심으로 아름다운 옛날 석조건물들이 모여 있는 구시가지 등을 한나절 여느 관광객처럼 두리번거리며 돌아다녔다. 눈이 마주치는 사람마다 남녀노소 할 것 없이 하얀 이를 드러내며 활짝 웃는다. 마치 그렇게 하도록 국민 교육이나 받은 것처럼. 참 기분 좋은 사람들이다.

아바나에서 밤 버스로 열세 시간 달려 쿠바의 옛 수도 산티아고데쿠바에 도착했다. Yo soy Fidel(내가 피델이다), Siempre Fidel(피델이어 영원하라), Viva Che(체 만세). 쿠바혁명의 중심지라는 자부심으로 가득 찬 도시답게 어딜 가나 피델 카스트로와 체 게바라 사진과 그들을 찬양하는 구호가 넘쳐났다.

"이런 곳이 얻어걸리다니. 우리가 노는 복이 있는 건 확실하네."

아바나 숙소 주인이 소개해준 민박집은 기대 이상이었다. 구시가지에 있는 2층집이었는데 방 세 개 중에서 창문이 많아 해가 잘 드는 커다란 2층 방을 골랐다. 비수기라 우리가 유일한 손님이었다. 집 안이 온통 크고 작은 화분으로 깔끔하게 장식되어 있고 널찍한 옥상에서는 대성당을 비롯한 멋스러운 구시가지가 한눈에 들어왔다. 쿠바에서 제일 높은 산인 피코 투르키노도 손에 잡힐 듯 가까이 보였다.

구시가지와 동네를 한 바퀴 돌아본 우리는 아기자기하고도 고풍스런 이곳에서 2주일가량 묵으며 스페인어 공부를 시작하기로 했다. 안톤이 인터넷으로 찾아본 이 도시의 어학 프로그램은 와서 보니 인사하기, 물건 사기 등 너무 초급인 데다가 수업료도 터무니없이 비쌌고 마감이 임박했으니 빨리 등록해야 한다는 말도 완전 허풍이었다. 그 말에 속아 미리 등록했으면 어쩔 뻔했나.

"아는 사람 중에 스페인어 가르칠 사람 없어요?"

다음 날 늦은 아침을 먹으면서 숙소 관리인 존에게 물었다. 숙소 주인의 조카인 그는 여기서 5대째 사는 토박이로 나이는 40대 초반이며 친절하고 행동도 빠르고 영어도 상당히 잘했다.

"마침 좋은 분이 있어요. 내 영어 선생님인데 저기 성당 바로 건너편에 살아요."

"잘됐네요. 당장 만날 수 있을까요?"

그날 오후에 만난 60대 초반의 세르히오는 품위 있는 분위기에 유창한 영어를 구사하는 사람이었다. 20대에 국비 장학생으로 러시아에서 비교언어학을 공부했고 쿠바로 돌아와서는 러시아어를, 지금은 직업훈련학교에서 관광업 종사자들을 대상으로 영어를 가르친다. 우리 교재를 보더니 좋은 책을 골랐다며 일상에서 자주 사용하는 문장과 시제 위주로 하면 좋겠다고 했다.

몇 마디 나누기도 전에 우리는 그와 공부하기로 했다. 2주간 월요일부터 금요일, 아침 10시부터 12시까지, 수업료는 하루에 20쿡(약 2만 4,000원. 쿡은 쿠바에서 사용되는 외국인용 통화로 2020년 현재 1쿡은 약 1,200원)으로 합의하고 다음 날 아침에 첫 수업을 하기로 했다.

"존, 혹시 아는 살사 강사 없어요?"

그날 늦은 오후에 또 존에게 물었다.

"왜 없어요? 바로 윗동네 사는 친한 친구 커플이 둘 다 프로 살사 댄서예요. 전에도 손님에게 소개해준 적 있었는데 평가가 상당히 좋았답니다.”

“오, 좋아요. 그분들 만날 수 있을까요? 될수록 빨리요, 오늘 당장이면 더 좋고요.”

“한국 사람은 당장을 좋아하나 봐요. 하하하. 알겠어요. Ahora mismo, ‘지금 당장’ 연락해볼게요.”

그날 저녁, 30대 중반의 자그마한 여자가 이 집 가족들에게 떠들썩하게 인사하면서 숙소에 들어섰다. 큼직한 이목구비, 까무잡잡한 피부, 딱 붙는 주황색 바지를 입은 딜라일라는 온몸에서 밝은 에너지가 뿜어져 나왔다. 영어를 거의 못하는 그녀와 구글 번역기를 사용하여 내일 시범 수업을 받아보고 서로 맞으면 일주일에 세 번, 두 시간씩 배우고 싶다고 말했다.

커플을 가르치려면 남녀 강사가 따로 있어야 한다지만 수업료가 하루에 40쿡으로 스페인어 수업료보다 두 배로 비싼 게 살짝 걸렸다.(1회 살사 수업료가 초중고 교사의 한 달 월급이라고 한다.) 저녁에 안톤에게 강사를 좀 더 찾아볼까 했더니 그가 말했다.

“그게 외국 관광객들이 형성해놓은 가격일 거야. 동네 사람이 보증하는 강사니 일단 시작해보자.”

“오케이. ¡Vamos!”

이로써 2주일간의 주요 일정 두 개가 모두 잡혔다. 드디어 신혼여행이자 어학·살사 연수 여행이 본격적으로 시작되었다.

공부하고 경쟁하고 사랑하라

* biya

"자기는 프랑스어랑 이탈리아어를 하니까 나보다 쉽게 배울 거야."

"무슨 소리? 오히려 비야가 중남미 여행 때 했던 실력이 금방 돌아올 테니 나보다 훨씬 쉬울걸?"

이렇게 말하면서도 각자 속으로는 '그러니까 내가 더 열심히 해야지' 다짐하면서 2주간 스페인어 속으로 풍덩! 월요일부터 금요일까지 오전 네 시간은 스페인어 집중 수업 시간이다. 네 시간을 1, 2교시로 나눴는데 1교시 두 시간은 자습 시간으로 숙제와 예습을 하고, 2교시 두 시간은 선생님에게 주요 시제 및 동사들 용법을 배웠다. 공부는 생각보다 훨씬 재미있었다. 그날 배운 걸 그날 옴팡지게 써먹을 수 있는 게 현지 어학연수의 최대 장점이자 재미가 아니겠는가?

선생님도 훌륭했다. 세르히오는 수십 년간 성인에게 언어를 가르친 사람이어서 설명 능력과 인내심이 뛰어났고 우리와 같은 60대였기 때문에 공감도 잘되었다. 무엇보다도 품위 있는 말과 태도, 표정은 우리 둘을 매료시키기에 충분했다.

안톤과의 미묘한 경쟁심 역시 도움이 되었다. 같은 선생님한테 배우니 실력 향상 정도를 쉽게 비교할 수 있어 더욱 잘하고 싶었다. 교재 맨 앞의 차례에서 배운 부분을 하나하나 지워나가는 성취감도 짭짤했다. 수업 중 한 시간은 교재로 문법을 배우고, 한 시간은 그 문법을 활용한 회화 연습을 했는데 나는 문법과 동사 변화 쪽이 그보다 좀 낫고, 그는 어휘와 회화 쪽이 나보다 훨씬 나았다. 수업 중 그가 멋진 예문을 만들면 엄지 척을 해주며 나도 하루 빨리 저렇게 하고 싶었다.

숙소엔 우리 외에 손님이 없어서 옥상, 우리 방 옆에 있는 홀이 모두 공부방이 되었는데 큰 소리로 문장 만들기 연습을 하고 있으면 존과 이 집 가사도우미인 아우로라가 오며가며 자진해서 틀린 데를 고쳐주었다. 오후에 대성당이 있는 구시가지로 가서 관광객과 섞여 늦은 점심을 먹고 동네 한 바퀴 돌면서도 머릿속과 입안에는 스페인어 문장들이 맴돌았다.

"만약 체 게바라가 그때 쿠바를 떠나지 않았다면 지금 쿠바는 어떻게 되었을까?" 체 게바라 초상화를 보고 안톤이 말했을 때 대답보다 "아, 그거 가정법이네. '떠나다'의 동사 변화 어떻게 하더라?"라는 말이 먼저 튀어나왔다. 그러면서 해당 동사 변화를 읊다가 막히면 산책이고 뭐고 때려치우고 당장 숙소에 가서 교재를 확인해보고 싶어졌다.

스페인어는 동사가 시제와 인칭에 따라 그 용법이 다양하게 변화하는데, 이걸 정확하게 활용하는 게 관건이다. 우리가 봤던 교재에 따르면 동사 하나에 최대 열아홉 개 시제가 있고 거기에 여섯 개의 인칭에 따라 시제가 또 변하니 한 동사에 최대 104개 형태가 있는 셈이다. 주요 동사일수록 매우 불규칙하게 변해서 그걸 통째로 몽땅 외우는 수밖에 없다. 이걸 넘어가지 못하면 계속 초급 과정만 반복하다 말게 된다. 이번에 안톤과 나는 기필코 이 산을 넘으리라 마음먹었다.

그래서 각자 그날 배운 동사 변화표를 공책에 따로 정리한 후 언제라도 서로에게 물어볼 권한을 주었다. 그때마다 상대방은 무엇을 하든 일을 멈추고 그 자리에서 물어본 동사 변화를 읊기로 했다. 잘 알고 있는지 확인하고, 모르거나 틀린 건 서로 고쳐주기 위해서다. 아침에 아직 잠이 덜 깬 안톤에게 내가 묻는다.

"ir(가다)의 단순과거 동사 변화는?"

"fui, fuiste, fue, fuimos, fuisteis, fueron."

"딩동댕. 이제 일어나도 좋아! 하하하."

2주 만에 스페인어는 세르히오도, 숙소 직원들도 심지어 우리도 놀랄 만큼 늘었다. 노는 것보다 공부가 재미있었다면 누가 믿을까. 근데 정말로 그랬다. 쑥쑥 진도 나가는 맛, 일취월장 어휘와 문법 실력 느는 맛, 점점 스페인어 말문이 터지는 시원한 맛 때문이었다. 뭐든지 이렇게 가속도가 붙었을 때 바짝 몰아붙이는 게 제일이다. 그래서 우리가 어떻게 했겠는가?

피코 투르키노 트레킹 계획도 취소하고 북쪽 바닷가 일정도 대폭 줄여 여기서 일주일을 더 머물기로 했다. 그동안 우리는 늦은 밤에 자율학습까지 했다. 여기를 떠나기 전에 책거리를 하고 싶었기 때문이다. 그래서 하루 공부할 양을 정해놓고 거의 매일 저녁, 어떤 날은 11시가 넘을 때까지 각자가 정한 만큼 공부했다.

"안톤, 지금 몇 쪽 해?"

"506쪽 접속법 불완료 과거 본문."

"벌써??? 나도 빨리 해야겠다. 근데 자기 슬렁슬렁하는 거 아니지? 나중에 다 확인할 거야."

"하하하. 당신이나 연습문제 빼먹지 말고 푸시죠."

이렇게 경쟁적으로 밤늦게까지 공부하고도 성이 안 차서 다음 날 아침 빨리 일어나고 싶을 정도였다.

이번에 스페인어를 배우면서 예전과는 확연히 달라진 게 한 가지 있다. 예전 중남미 여행할 땐 1인칭 단수 '나'의 동사 변화만 썼는데 지금은 복수 '우리'에 맞는 동사 변화를 많이 쓴다는 점이다. 결혼이 내 스페인어 회화에 미치는 결정적인 영향이다.

스페인어는 이렇게 탄탄대로를 쌩쌩 달리고 있었지만 살사 교습은 그렇지 않았다. 솔직히 말하면 완전 꽝이었다. 물론 살사도 열심히 하긴 했다. 일주일에 세 번, 남녀 두 명의 전문 댄서에게 고품질 수업을 받았고 주말에는 연습 삼아 살사 클럽에 가기도 했다. 잘 추는 사람을 보면 부럽긴 했지만 웬일인지 스페인어처럼 꽂히지가 않았다. 하기야 비싼 수업료와 시간을 투자하는 만큼 잘해야겠다는 의지만 있을 뿐 수업 전후 최소한의 연습도 하는 둥 마는 둥이었으니 뭐가 되겠는가?

해마다 11월 초에 세계 살사대회가 열리는 산티아고데쿠바는 살사의 고향이라고 한다. 그 별명에 걸맞게 크고 작은 공터와 골목마다 살사 음악을 크게 틀어놓고 남녀노소가 어울려 살사를 추는데 눈이 휘둥그레질 정도로 모두 댄싱 킹, 댄싱 퀸이다. 음악만 나오면 사람들 발걸음이 모두 살사 스텝으로 변하고 점잖게 차려입고 길을 가던 사람도 갑자기 발걸음을 멈추고 리듬에 맞춰 살사 동작으로 몸을 한 바퀴 돌리는 사람도 많다. 어두워지면 중고등학생들은 골목 가로등 밑에 모여 음악을 틀어놓고 현란한 스텝 연습을 하면서 깔깔거리고 그보다 더 어린 학생들은 그들을 흉내 내며 부러워한다.

원래는 매주 월요일, 동네에서 내로라하는 춤쟁이들이 다 모이는 호텔 옥상 살사 클럽에 가서 그 주에 배운 살사를 연습하며 실컷 놀자고 계획했는데, 결국 세 번 가고 그만두었다. 막상 가니 누가 춤추자고 할까 봐 겁이 났던 거다. 영어 잘 못하는데 외국인이 말 걸어올 때의 심정과 같다고나 할까?

"안톤, 우리가 도대체 왜 이러는지 모르겠어."

"으음. 난 알겠는데. 우리 둘 다 상대방을 리드하고 싶어서지. 춤출 때만은 비야가 리드하고 싶은 마음을 꾹 참아야 해. 살사 선생이 누누이 말하듯이 살사를 출 때는 남자가 보스니까!"

"우씨, 그건 나도 안다니까. 몸 따로 마음 따로 나가니까 문제지."

"게다가 나도 생각만큼은 못하더라고. 젊을 때는 로큰롤에 맞춰 남부럽지 않게 춤을 췄는데 말이야."

"그나저나 난 이제 춤 배우는 게 '놀이'가 아니라 '숙제'처럼 느껴져."

"그게 제일 큰 문제일 거야. 흥미는 사라지고 의무감만 남은 일이 잘 될 리가 있겠어?"

"우리 두 번 남은 수업, 그냥 하지 말까?"

"으음, 한번 생각해보자."

살사 배우기 최적의 도시에서 우리는 이렇게 죽을 쑤고 있었다.

쿠바에선 발코니 쇼핑을

biya

"양파 사세요!"

"삶은 옥수수 왔어요!"

2~3층짜리 건물이 다닥다닥 붙은 구시가지 한복판, 폭이 2미터 남짓 되는 길에 하루 종일 과일이나 채소 혹은 군것질거리 등 온갖 물건을 파는 장사꾼들이 다닌다. 2층 발코니나 옥상에서 목소리가 들리면 내려다보고, 살 만한 게 있으면 이렇게 소리친 후 내려가면 된다.

"¡Espérame!(잠깐만요!)"

이름하여 발코니 쇼핑! 이렇게 거의 매일 '이동식 가게'에서 우리 돈으로 500원 어치의 채소와 과일을 샀다. 이외에도 꽃분홍색의 매니큐어가 돋보이는 50대 아줌마가 길모퉁이에서 파는 팝콘과 볶은 땅콩은 한 봉지에 100원, 눈이 번쩍 띄게 아름다운 젊은 아기 엄마가 파는 손바닥만 한 피자 한 개와 망고 주스 한 잔은 1,000원 남짓, 동도 안 튼 새벽부터 고소한 향기를 뿜어내는 국영 빵 공장에서 인상 좋은 아저씨가 파는 뜨거운 롤빵은 여덟 개에 500원이다. 이 모두는 반경 100미터 안에 있는 훌륭한 가게 주인 이자 반가운 동네 이웃이고, 전날 배운 단어와 표현을 연습하는 우리의 실전 스페인어 선생님이었다.

발코니 쇼핑에 이용하는 이동식 가게나 길모퉁이 노점상과는 달리 동네 가게에서는 물건 사기가 대단히 어렵다. 우선은 가게 안에 머무는 손님 수를 제한해서 나머지 사람들은 가게 밖 땡볕 아래 줄을 서서 기다려야 한다. 겨우 들어가면 입구에 가방을 맡 겨놓고 물건을 고른 후 계산을 할 때까지 또 엄청나게 기다려야 한다. 아무리 무거운 걸 사도 배달을 해주기는커녕 가게를 나갈 때 출입을 통제하는 고압적인 문지기에게 영수증에 적힌 품목과 가지고 나가는 물건이 일치하는지 확인받아야 한다.

게다가 가게 선반은 텅텅 비어 있고 한두 가지 품목으로 진열 장이 채워져 있기 일쑤다. 그 흔한 중국산은 눈을 씻고 찾아봐도 없고 수입품은 스페인, 이탈리아, 브라질 상품이라 외국인인 우 리에게도 엄청나게 비싸다. 한 예로 스페인산 선크림은 88쿡(약 10만 원)으로 쿠바 교사 월급의 두 배고, 브라질산 구두는 무려 다 섯 배다. 그나마 항상 살 수 있는 것도 아니다.

이 도시에 온 지 얼마 안 됐을 때 숙소에서 좀 먼 가게에서 동지섣달 꽃보다도 귀한 1.5리터 생수를 발견했다. 앗, 생수다! 우리는 가던 길을 멈추고 당장 줄을 선 후 총 열네 병, 무려 21리터를 사서 안톤 가방 안에 여섯 병을 넣고, 양손에 각각 두 병씩 여덟 병을 들고 끙끙대며 숙소에 갖다 놓고 그 길로 한 번 더 사러 갔다. 보일 때 확보해놓지 않으면 또 '대용량 생수 찾아 3만 리'를 해야 하기 때문이다.

일요일에는 동네 성당으로 미사를 드리러 갔다. 한때는 아름다웠을 성당 건물은 당장이라도 무너질 듯 낡고 초라했지만, 신자들과 반갑게 악수를 하고 아이들과는 일일이 뺨을 맞추며 다정하게 인사하는 60대 신부님의 환한 미소가 성당을 가득 채우는 듯했다. 처음 참석한 날 미사 직전, 신부님이 맨 앞줄에 앉아 있는 우리를 가리키며 좌중을 향해 양팔을 펼치며 말했다.

"우리 성당에 반가운 손님이 왔습니다. 어떤 분들인지 알아볼까요?"

안톤이 일어나 스페인어로 간단히 자기소개를 했고, 나 역시 간단한 내 소개에 이어 이 한마디를 덧붙이는 바람에 우레와 같은 박수와 환호를 받았다.

"우리는 지금 신혼여행 중이에요!"

그날부터 길을 걸으면 어디선가 안톤! 비야! 하며 우리를 부르는 소리가 들렸다. 돌아보면 성당에서 봤을 동네 어르신들과 아이들이 활짝 웃으며 손을 흔들고 하트까지 그려주었다. 우리도 일일이 머리에 두 손을 올려 더 큰 하트를 만들어 화답했다.

성당이 살사 연습실과 가까이 있어 성탄절을 준비하느라 신자들이 성당 청소를 하거나 전등과 색종이로 꾸미는 모습을 자주 볼 수 있었다. 어느 날 오후, 춤 수업이 끝나고 숙소로 가다가 성당 안에서 악기 소리가 나기에 들어가 보았다. 70대 멕시코 수녀님이 동네 어린이들 30여 명과 타악기 중심의 작은 악단을 꾸려 성가 연습을 하고 있었다. 어둑어둑한 성당 안에서 노래하는 수녀님과 그 수녀님을 진지하게 바라보는 꼬마들의 눈이 별처럼 빛났다. 우리만 보면 이름을 부르며 졸졸 따라다니는 동네 까불이 녀석들도 보였다. 가슴이 뭉클했다. 오랫동안 성가대 활동을 해온 안톤이 말했다.

"변변한 악기도 없이 이렇게 아름다운 소리를 내다니. 여기에 작은 풍금 하나 있으면 얼마나 좋을까?"

나는 풍금까지는 아니라도 늦게까지 저렇게 열심히 연습하는 아이들에게 뭐라도 하나씩 사먹이고 싶었다.

"아이들에게 아이스크림이라도 사다 주면 어떨까?"

"음, 그 마음은 알겠는데 지금은 그대로 두는 게 더 좋을 거야. 대신 주일헌금 많이 하고 어린이 악단용 특별헌금을 하는 건 어때?"

우리는 거기 있는 동안 매주 미사 때마다 외국인 전용 화폐로 통 크게(!) 주일헌금과 특별헌금을 했다. 짠순이 짠돌이의 마음을 듬뿍 담은 헌금, 하느님도 기쁘셨을 거다.

그 일로 우린 이런 결심을 하게 되었다. 앞으로 가진 돈을 뚝 잘라서 이곳처럼 당장 도움이 필요한 어린이들과 지역사회를 도와주자고. 우리 두 손 중 한 손은 자신을 위해, 다른 한 손은 남을 위해 쓰자고. 앞으로 스페인어 연습 겸 1년에 한 번은 중남미를 여행할 계획인데, 그때마다 '매의 눈'으로 도움이 절실한 사람과 상황을 살핀 후 '기회를 포착'하면 즉시 돕기로 했다. 물론 도울 때도 안톤과 내가 반반씩!

어느덧 3주일이 지나고 이곳을 떠날 때가 되었다. 내내 웃는 얼굴로 아침밥을 차려주고 방 청소를 해준 아우로라와 이런저런 일을 성심껏 도와준 존에게 고마운 마음을 담아 주인 몰래 각각 하루치 방값을 주기로 했다.(아우로라에겐 두 달 치 월급, 존에겐 반 달 치 월급에 해당한다.) 깜짝 놀라면서 좋아하는 모습을 보니 우리도 흐뭇했다. 특히 아우로라는 눈물까지 글썽였다.

"Muchas Gracias, Amigos(정말 고마워요, 친구들). 하느님의 은총이 가득하길 빌어요"라며 내 두 손을 잡더니 그걸로는 성이 안 찼는지 나를 꼭 껴안아주었다.

"당신들 정말 미쳤군요!"

＊ *biya*

세 번째 여행지는 섬 북쪽 푸에르토 페드로 근처 해변. 명색이 신혼여행이니 조용한 해변에서 며칠 느긋하게 묵기로 하고, 여행 정보 센터에서 알아보니 마침 북부 해변에 가성비 좋은 국영 리조트가 있었다. 숙박비, 식비는 물론 리조트 내에서 마시는 모든 음료 및 주류까지 포함 1인당 하루 38쿡(약 4만 5,000원)이라는 믿을 수 없는 가격이었다. 문제는 거기까지 가려면 고속버스와 시외버스와 자전거와 마차와 택시 등 갖은 교통수단을 동원해야 한다는 건데, 막상 리조트에 도착해보니 그런 수고쯤은 아무것도 아니었다.

일단 바다 경치가 일품이었다. 시야가 닿는 데까지 탁 트인 푸른 바다, 곱디고운 모래가 쫙 깔린 해변, 시원하게 쭉쭉 뻗은 야자수, 그 그늘 아래 드문드문 내놓은 하얀 해변용 의자, 신선하다

오늘도 계획 중

못해 달짝지근한 바닷바람. 잘 알려지지 않아서일까? 해변과 주변 숲을 거의 꾸미지 않았고 가족 단위로 패키지 여행을 온 이들이 있을 뿐 투숙객도 별로 없었다. 4~5일 아무 생각 없이 쉬어가기에는 딱이었다.

우리는 먹고 자는 시간만 빼고는 종일 바닷가에서 빈둥거렸다. 오전에는 아침 햇살을 받으며 해변을 거닐고 점심 먹고는 잠시 바다에 들어가 수영하고 나와 코코넛과 럼을 섞은 칵테일을 마시며 멍 때리고 있다가 저녁에는 타는 듯 붉게 물드는 노을을 보고 저녁을 먹으러 갔다.

그런데 이게 웬일인가? 그렇게 딱 이틀이 지나고 나니 스페인어 공부가 간절히 하고 싶어졌다. 우리 둘 다 산티아고데쿠바를 떠날 때까지 미처 끝내지 못한 교재의 뒷부분 50쪽 정도가 마음에 걸렸던 거다. 그래서 어떻게 했겠는가? 나머지 3일간은 날마다 그 두꺼운 교과서를 바닷가에 가지고 나가서 하루 다섯 시간 이상 책에 코를 박고 공부했다. 크지 않은 해변과 식당에서 하루에도 몇 번씩 마주치는 사람들은 '해변에서 공부하는 외국인 부부'를 매우 이상하고도 신기한 눈으로 쳐다보았다.

호기심을 이기지 못한 해변 식당의 직원이 물었다.

"둘이 뭘 그렇게 열심히 읽고 있는 거예요?"

"스페인어 문법책이요. 굉장히 재미있어요."

"¿Que? ¡Realmente están locos!(뭐라고요? 당신들 정말 미쳤군요!)"
하며 머리 옆에 검지를 올려 빙글빙글 돌렸다.

"게다가 우린 지금 신혼여행 중이랍니다."

이렇게 우리는 거기서도 여러 사람의 입을 다물지 못하게 했다. 우리라고 수영복 입고 비치 의자에 앉아 '열공'하는 게 뻘쭘하지 않았겠는가마는, 그래도 그 덕에 마침내 그 '벽돌' 교재를 말끔히 끝내고 주요 문법까지 다시 한 번 훑어볼 수 있었다.

여기서 제대로 배운 게 또 하나 있다. 쿠바 3대 칵테일 만드는 법이다. 리조트 안에는 24시간 여는 바가 있는데, 20대 바텐더 후안은 한국에 대한 관심이 엄청났다. K-팝과 한국 드라마에 빠져서 독학으로 한국어를 배우고 있는데 간단한 회화는 물론 한글도 쓸 줄 알았다. 내가 한국 사람이라는 걸 아는 순간부터 '비야 누나, 안톤 형님' 하면서 무척 친절하게 대해주었다. 저녁 무렵마다 들러서 안톤은 쿠바 리브레, 나는 피나콜라다를 주문했는데 그때마다 들으라는 듯이 듯 최신 K-팝을 흥얼거리며 정성껏 만들어주었다.

어느 날 밤, 이 친구에게 지나가는 말로 럼 칵테일 제조법을 알고 싶다니까 신이 나서 당장 가르쳐주겠단다. 그러고는 럼에 콜라를 섞고 레몬이나 라임 조각을 얹어 마시는 쿠바 리브레, 럼에 라임과 민트 잎을 으깨 넣은 모히토, 럼에 레모네이드, 코코넛 밀크, 계피가루를 섞어 만든 피나콜라다, 이 3대 칵테일의 재료를 섞는 비율과 넣는 순서까지 상세히 알려주었다. 마침 다른 손님이 없어 내가 실습까지 해볼 수 있었다. 쿠바에 와서 K-팝 덕을 보게 될 줄은 꿈에도 몰랐다.

그날 밤 특별 과외로 배운 쿠바 칵테일 제조법은 무진장 요긴하게 쓰고 있다. 쿠바가 그리울 때마다 쿠바 음악을 들으며 마시면 둘이 훌륭하게 어울린다. 네덜란드 집 뒷마당에 민트를 심어 여름내내 손님에게 그 자리에서 민트 잎을 따서 얼음을 넣은 모히토를 만들어주었는데 인기 만점이었다. 딱 30분 배운 걸로 30년은 써먹을 수 있으니 뭐든지 배울 기회가 생기면 꽉 잡아야 한다.

살사는 금기어가 되어버렸다

✳ *biya* + ✳ *anton*

✳ *biya*

쿠바 도시 중 여행자들에게 아바나만큼 인기 있는 곳이 트리니다드다. 도시 전체가 유네스코 세계문화유산으로 등록된 콜로니얼 도시답게 스페인 통치 시기에 지은 아름다운 건물, 예쁘게 장식한 식당, 자갈이 깔린 도로, 달칵달칵 소리를 내며 그 위를 달리는 마차 그리고 골목골목을 누비는 수많은 관광객들로 북적인다. 오랜만에 손에 손에 《론리 플래닛》을 들고 다니는 관광객들을 보니 반갑기까지 했다.

한 바퀴 돌고 나서 언덕 꼭대기 식당에서 늦은 점심을 먹으며 안톤이 물었다.

"여기 어때?"

"아담하니 마음에 들어. 관광객이 많은 데 비해 그리 요란하지도 않고."

"나도 그래. 그럼 우리 여기서 열흘 정도 묵으면서 크리스마스와 연말연시를 보낼까? 그러면 스페인어 수업도 일고여덟 번 정도 할 수 있을 거고."

"당연히 좋지. 근데 살사는?"

눈을 찡긋하며 내가 물었다.

"쉬잇!"

안톤이 검지를 입술에 갖다 대며 말했다. 말도 꺼내지 말자는 뜻이겠지. 오로지 살사를 추러 트리니다드에 오는 관광객도 많다는데 어느덧 우리에게 살사는 실패의 아픔이 스민 '금기어'가 되어버렸다.

누구라도 매번 운이 좋을 수는 없는 법. 숙소 여주인의 도움으로 50대 스페인어 선생님을 찾긴 찾았는데 영 꽝이었다. 현직 영어 교사고 아프리카에서 스페인어를 가르친 경험이 있다더니 그녀의 영어는 문법도 어휘도 발음도 형편없었다. 교재를 보여주니 이렇게 어려운 스페인어 교재를 본 적도 없고 우리처럼 진지하게 배우려는 사람들도 처음 본다며 교재는 그만두고 그냥 편하게 자유 회화로 하잔다.

결과는? 다섯 번으로 땡! 다행히 매우 유쾌한 사람이었고 우리를 가르치기에 역부족이라는 것도 순순히 인정했다. 아무튼 성격만은 그만이다!

이렇게 열흘 중 닷새를 허탕 친 우리는 개인 교습 대신 독학을 하기로 했다. 2층 방 앞 베란다에 있는 선탠용 의자를 치우고 대신 테이블과 의자를 놓아달라고 부탁해서 공부방으로 꾸민 후 열공 모드에 들어갔다. 시원한 오전 내내 엉덩이 붙이고 앉아 주요 동사 변화표를 외우기 좋게끔 일목요연하게 만들고, 그동안 배운 일상 회화를 새 공책에 말끔히 정리한 후 안톤과 함께 주거니 받거니 암기하면서 다음 도시에서 만날 새로운 스페인어 선생님을 기대했다.

✳ **anton**

이번에는 스페인어를 꼭 제대로 배워보자고 마음먹은 우리는 쿠바에 도착하자마자 스페인어 연습에 돌입했다. 얼마나 적극적이었는지 식당에서 주문하거나 버스표 등을 살 때 누가 말할지 계산을 할지 순서를 정해야 할 정도였다. 둘 다 스페인어 연습을 하고 싶었기 때문에 그렇게 하지 않으면 말이 엉키기 십상이었다.

초반에는 둘 다 스페인어가 서툴러 곤혹스러울 때가 많았다. 쿠바 사람들은 웃는 얼굴로 인내심을 가지고 우리 말뜻을 파악하려 했지만, 우리는 그렇게 버벅대며 같은 실수를 반복하는 게 민망했다. 외국어 공부는 실수해도 신경 쓰지 않는 게 관건이고, 그렇게 틀리면서도 자꾸만 해봐야 한다는 걸 잘 알면서도 말이다. 그때마다 더 열심히 공부해야겠다고 굳게 마음먹곤 했다.

그럴 때도 구글 번역기는 꼭 필요하지 않는 한 쓰지 않았다. 당장은 답답해도 아는 어휘나 문법만을 활용해야 실력이 더 빠르고 확실하게 는다고 생각했기 때문이다.

비야는 내가 프랑스어를 자유롭게 하고 이탈리아어도 조금 할 줄 아는 게 스페인어를 배우는 데 큰 이점라고 여겼다. 물론 영향이 없지는 않다. 프랑스어, 이탈리어와 비슷한 어휘가 많고 문법도 유사해서 좀 더 쉽게 말할 수 있었다. 반면 비야는 나보다 스페인어 공부에 열정적이고 자신에게 더 엄격했다. 또 문법 실력과 그 응용 능력도 탁월하다. 무엇보다 나보다 공부를 더 열심히, 더 진지하게, 더 많이 했다. 그녀의 노력이 결국에는 내 '이점'을 뛰어넘었다.

같은 선생님에게 같은 교재로 배우기 때문에 서로의 실력 향상이 뚜렷하게 보여 경쟁심을 유발하기도 했지만, 대부분은 서로 격려하고 칭찬하면서 공부했다. 새로 습득한 단어나 문법을 익히기 위해 서로 물어보고 답하는 교차 학습 방법은 즐거운 놀이였다. 우리는 한번도 숙제를 해야 한다는 의무감을 느낀 적이 없었다. 힘들긴 했지만 이런 과정을 즐겼고 다음 시간에 배울 내용을 고대했다. 어릴 때 학교에서 억지로 공부하던 때와는 얼마나 다른가! 덕분에 여행 초반에 버벅대던 때와는 비교할 수 없이 실력이 늘었고 스페인어로 어느 정도는 하고 싶은 말을 할 수 있게 되었다. 예상했던 것보다 훨씬 만족스런 결과다.

이제부터는 어떻게든 이 실력을 유지하는 게 중요하다. 비야와 나는 다양한 방법을 모색 중이다. 해마다 스페인어권 나라 여행하기, 일주일에 하루나 이틀은 스페인어만 쓰기, 네덜란드집 1층에서는 스페인어만 사용하기, 스페인어 사교 클럽 가입하기, 인터넷 일대일 회화 수업 듣기 등등.

이미 비야는 짧은 문자는 스페인어로 보내고 영상통화할 때도 스페인어를 많이 쓴다. 나는 아직 그녀가 스페인어로 물으면 영어로 대답하지만 조만간 나도 스페인어를 써야 할 것 같다. 정말이지 비야 극성은 아무도 못 말린다. 하기야 그래서 원하는 것을 하나씩 성취하며 사는 거겠지만.

그날 문제는 그날 털고 가자

* *biya*

　현지인들이 강력 추천한 남부 바닷가로 가는 도중 버스를 놓치는 바람에 얼떨결에 묵은 숙소에서 있었던 일이다. 일명 에어컨 사건!

　그날은 트리니다드에서 바닷가행 버스를 탈 때부터 일이 꼬였다. 타려던 버스의 바퀴에 문제가 생겨 찜통 대합실에서 네 시간이나 기다려야 했다. 겨우 탄 버스는 또 무슨 이유인지 중간 어딘가에 우리를 내려놓으며 다음 버스를 타고 가란다. 꼼짝없이 다시 비좁고 시끄러운 대합실에서 날이 저물 때까지 기다렸지만 결국 다음 버스는 그다음 날 아침에야 온다는 거다. 다행히 버스를 함께 기다리던 대학생의 도움으로 근처 숙소에서 하루 묵게 되었다.

　하루 종일 날은 푹푹 쪘지, 일은 꼬일 대로 꼬였지, 제대로 밥도 못 먹었지, 설상가상으로 창문도 없는 2층 방은 답답하고 더웠다. 우리는 예외적으로 에어컨을 켜고 자기로 했다. 안톤이 그 구식 에어컨을 어떻게 켜나 이리저리 살피는데, 옆에서 보고 있던 내가 엉뚱한 버튼을 눌러 전원이 완전 나가 버렸다. 아프리카에서 일할 때 많이 보던 모양의 에어컨이라 그렇게 하면 켜질 줄 알았다.

"앗, 이게 아닌가!" 하며 물러서는데 그가 갑자기 정색을 하며 말했다.

"나한테 시켰으면 내가 끝까지 하도록 했어야지."

그 반응에 조금 놀란 내가 순간 목청을 높였다.

"뭘 그렇게 정색을 해? 도와주려던 것뿐인데."

살짝 화가 나서 이 말을 하고는 입을 다물어버렸다. 그러고는 그가 무슨 말을 하려는 걸 알면서도 그냥 이불을 확 덮어썼는데 그 몸짓이 의도치 않게 너무 커져버렸다. 화가 단단히 난 것처럼 보였을 게 분명하다. '앗, 이게 아닌데. 이미 이렇게 이불까지 뒤집어썼으니 바로 나갈 수도 없고······.' 이불 속에서 어쩔까 망설이다가 윙, 에어컨이 작동하는 소리를 들으며 그만 스르르 잠이 들어버렸다.

다음 날 아침, 일어나자마자 그가 내 눈을 똑바로 보며 말했다.

"어젯밤에 마음 상하게 해서 정말 미안해. 그럴 생각이 아니었어."

저 말을 하려고 밤새도록 속 끓였을 그의 마음이 고스란히 전해졌다.

"아니야 안톤, 내가 더 미안해."

이그, 이 한마디면 진작에 끝났을걸.

가벼운 마음으로 아침을 먹으면서 우리가 함께 지낼 수 있는 세월이 길지도 않은데 하루라도 이렇게 까먹은 건 너무 아깝다는 데 전적으로 동의했다. 그리고 만약 다시 이런 일이 생겼을 때, 반드시 지켜야 할 대원칙을 정했다. 아무리 화가 나도 그날의 문제는 그날 꼭 풀고 잘 것!

이런 우여곡절 끝에 도착한 남쪽 바닷가 칼레타부에나의 해변은 마치 보상을 해주듯 아름다웠다. 코앞에 보이는 새까만 무인도와 어우러진 초록빛 바다가 멋있고 물에 한 발짝만 들어가도 알록달록한 열대어가 떼 지어 다녀서 스노클링 하기도 좋았다. 다른 쿠바 해변처럼 요란한 음악을 크게 틀어놓지 않아서 더욱 좋았다. 무엇보다 하루 종일 먼 바다를 보며 아무 생각 없이 '멍 때리기'에 안성맞춤이었다. 덕분에 우리는 그곳에서 조용히 묵은해를 보내고, 차분하게 새해를 맞을 수 있었다.

치열하고도 따뜻했던 쿠바에서의 시간들

* *biya*

쿠바의 마지막 여행지로 시엔푸에고스를 택했다. 유서 깊은 도시에다 교육 도시라고도 하니 마지막 일주일간 스페인어를 제대로 공부해보자는 생각이었다. 내 사주팔자 여덟 자 중에 불이 다섯 개라 이 불의 도시와 궁합이 맞은 걸까? '100개의 불'이라는 뜻의 시엔푸에고스에서 우리는 운이 좋았다. 마음에 드는 방과 친절한 숙소 주인 부부에 그보다 더 마음에 드는 스페인어 선생님을 만났기 때문이다.

방 하나, 부엌과 붙박이 식탁, 화장실 그리고 베란다까지 갖춘 아담한 숙소에 하루 25쿡(3만 원)이라는 저렴한 가격에 묵게 되었고, 동네 토박이이자 이 도시 최고의 전기 기술자였던 숙소 주인의 소개로 길 건너 사는 50대 영어 보습교사 따띠를 소개받았다.

전직 경찰서 안전요원이었던 따띠는 표정과 말투와 행동에 엄격한 규율과 절제가 배어 있었다. 시범 수업을 한 지 10분도 되지 않아 이 분을 우리의 마지막 스페인어 선생님으로 결정했다. 과연 그 결정은 신의 한 수였다.

시간이 일주일밖에 남지 않아서 주말 포함 매일, 하루에 3시간씩 수업하기로 했다. 따띠는 우리 교재를 훑어보더니 훌륭하다면서 시간이 별로 없으니 집중적으로 하고 싶은 부분을 정해 그걸 충분히 연습하자고 했다. 책 한 장 한 장마다 깨알같이 글자가 적혀 있는 걸 보면서 이걸 한 달 반에 다했냐며 매우 놀라는 표정이었다. 그러면서 진지하게 배울 생각인 것 같으니 제대로 해보자며 숙제가 많을 거라고 엄포를 놓았다.

그녀는 무엇보다 어물쩍 넘기는 걸 용납하지 않았다. 문법 시간은 물론 회화 시간에도 하고 싶은 말이 대충 통했다고 넘어가지 않는다. 일단 노트에 적게 한 후 그 문장에 쓰인 관사, 동사 변화 등의 용법이 문법적으로 맞았는지 철저하게 확인했다.

예를 들어 내가 문장을 틀리게 만들면 가차 없이 단호한 목소리로 "¡Incorrecto!(틀렸어요!)" 한 후 "안톤은?"이라고 묻고, 그도 틀리게 말하면 그제야 왜 틀렸는지 설명해주었다. 작문 숙제를 검사할 때에도 한 문장 한 문장 어찌나 조목조목 묻고 따지는지 번번이 박사 논문 심사를 받는 기분이었다.

나중에 안톤은 그때 내 얼굴이 볼 만했다고 놀렸다. 마치 억울한 일을 당한 사람처럼 입을 꼭 다물고 눈썹을 있는 대로 치켜뜨고는 뚫어지게 문장을 주시하며 틀린 문장을 반복해서 고치고 고치다, 마침내 따띠가 "¡Correcto!(맞았어요!)"라고 하면 그제야 눈썹이 내려가고 앙다문 입술이 풀렸다고. 아무튼 그 선생님 앞에서는 말 한마디 할 때나 문장 한 줄 쓸 때마다 정확한 스페인어를 써야 했다. 겨우 여섯 번 수업을 했지만 그때 외운 문법에 딱 맞는 문장들은 지금도 머릿속에 깊숙이 박혀 있다.

고맙고도 고맙다. 산티아고데쿠바의 세르히오가 우리에게 스페인어 말문을 터주었다면 시엔푸에고스의 따띠는 정확하게 말하는 데 결정적인 도움을 주었다. 두 분 덕분에 안톤과 나는 단 50일 만에 스페인어 초·중급 합반 교재를 무사히 끝낼 수 있었다.

"와우, 정말 많이 늘었네요!"

아바나 숙소를 다시 찾은 우리를 반갑게 맞으며, 숙소 여주인은 7주 만에 향상된 우리 스페인어에 놀라움을 금치 못했다. 우리가 열심히 하기는 한 모양이다. 하하하.

쿠바를 떠나기 전날 저녁, 숙소 근처 자그마한 성당에서 촛불을 켜고 감사 기도를 드렸다. '쿠바에서 멋진 시간을 보내게 해주셔서, 좋은 사람들을 만나게 해주셔서, 공부를 열심히 하게 해주셔서, 우리가 더 친해지게 해주셔서 감사합니다.'

한참 이런저런 기도를 하다가 트리니다드에서 성탄 미사가 끝나고 만난 젊은 엄마가 떠올랐다. 자정 미사 성극에서 주연을 맡아 노래도 춤도 연기도 놀랍도록 잘하던 10세 여자아이의 엄마. 아이의 재능이 눈부시다니까 자기도 알지만 쿠바에선 그 재능을 키워줄 방법이 없다며 안타깝게 아이를 바라보았다. 우리가 쿠바를 위해, 특히 그녀 딸을 비롯한 쿠바의 모든 아이를 위해 기도하겠다고 했더니 내 손을 잡고 눈물을 글썽이며, "고맙습니다. 우리는 그런 기도가 꼭 필요해요" 했었지.

안톤과 나는 쿠바의 모든 아이를 위해 촛불 하나를 따로 밝히고 기도드렸다. 그 아이들이 어떤 상황에서도 자신이 날 수 있다는 걸 잊지 말게 해달라고, 그 날개를 활짝 펼 수 있는 기회를 달라고, 더 높이 더 멀리 날아오를 수 있게 해달라고.

떠나는 날 아침, 짐을 싸다 말고 안톤이 말했다.

"이 등산화 아직 쓸 만해 보이지?"

왜 묻나 했더니 이런 튼튼한 운동화가 꼭 필요한 사람에게 주고 가야겠단다.

"그럼 자기는 뭘 신고 가려고?"

"슬리퍼처럼 신었던 여름 운동화 신으면 돼."

"그걸 신고 어떻게 한겨울인 네덜란드에 가? 게다가 지금 어디에서 그런 사람을 찾겠다는 거야?"

"잠깐이면 돼."

안톤은 아침밥 먹기 전에 오겠다며 양말까지 한 켤레 챙겨서 나갔다. 잠시 후, 그는 빈손으로 돌아왔다.

"등산화는?"

"꼭 필요한 사람에게 주고 왔지."

싱글벙글하는 그 얼굴을 보면서 확실히 알았다. 내가 어떤 '인간'하고 결혼했는지.

도와줄 의무, 도움 받을 권리

* anton

"지금 나가서 등산화 줄 사람을 찾아보고 올게. 잠깐이면 돼."

이 말에 비야는 의아한 표정을 지었다.

"그 멀쩡한 등산화를 왜? 그리고 짐 싸다 말고 이 아침에 어딜 가서 그런 사람을 찾아?"

나는 며칠 동안 이 상태 좋은 등산화를 여기 누군가에게 선물하면 받는 사람이 행복해할 거라고 생각해왔다. 짧게 기도한 후에 거리로 나가 적당한 사람을 찾던 중, 한 사람이 눈에 들어왔다. 허름한 옷을 입고 면도를 하지 않은 채 시각장애인용 안경을 쓰고 천천히 걸어가는 노인이었다. 그는 긴 흰색 지팡이를 들고 장애물을 피하면서 길 건너에서 나를 향해 조심스럽게 걸어오고 있었다. 그가 가까이 왔을 때 눈대중으로 발 치수를 가늠해보니 유럽 사이즈로 45가 딱 맞겠다 싶었다. 나는 잘 닦은 등산화와 깨끗한 양말을 앞이 거의 보이지 않는 이 노인에게 주기로 했다. 천천히 다가가서 발소리를 낸 다음 최대한 또박또박 말했다.

"어르신, 안녕하세요. 드릴 선물이 있어요. 제 등산화예요."

그는 당황한 채로 서 있다가 내 말을 주의 깊게 듣더니 이윽고 내가 낯선 사람인 자기에게 선물을 주려 한다는 사실을 알아차렸다. 노인은 도저히 믿을 수 없다는 표정을 짓더니 등산화를 받아들고는 영어 단어 몇 마디를 섞어 고개 숙이며 감사를 표했다. 나는 아침 식사 시간에 늦지 않기 위해 서둘러 숙소로 돌아왔다. 기쁜 마음으로.

돌아오는 길에 10년도 더 된 일이 떠올랐다. 제네바였나, 둘째 딸 쎄소와 대성당 근처를 지나가다가 벤치에 앉아 초라한 행색으로 구걸하는 노인을 지나치게 되었다. 늘 그랬듯이 나는 돈을 줄까 말까 망설였다. 딸에게 전 세계를 다니며 이런 상황을 수천 번도 더 겪었지만 아직도 어떻게 해야 할지 모르겠다고 하자, 쎄소가 이렇게 말했다.

"아빠 돈은 아빠 소유가 아니라 하느님의 것이라고 생각하면 되지 않을까요?"

딸의 그 말은 내게 폭탄이 떨어진 듯한 충격을 안겨주었다. 이 일을 계기로 주는 일이 훨씬 편해졌다. 요즘에는 줄까 말까를 고민하지 않는다. 도와야 하는 사람들을 보는 즉시 돈은 내 주머니를 떠나고, 나는 고맙다는 말을 듣기도 전에 떠난다. 이런 나눔은 기독교인의 관점에서 볼 때 두 가지 중요한 점이 있다. 첫째, 우리보다 약하거나 덜 가진 사람을 돕는 일은 모든 기독교인이 실천해야 하는 핵심 가치이다. 둘째, 오른손이 하는 일을 왼손이 모르게 한다. 다시 말해 되도록 은밀하게 익명으로 주고 감사 인사를 바라지 않는다. 앞으로도 이 두 가지만 명심하면 될 것이다.

산티아고데쿠바에서는 재빨리 상황을 파악하고 현금을 건네는 일을 제대로 하지 못했다. 어느 늦은 저녁, 대성당 근처 어두컴컴한 주택가 골목을 다니며 페트병을 줍고 있는 작은 몸집의 80대 할머니를 보았다. '저 페트병을 몇 개나 모아야 빵 한 덩이를 살 수 있을까' 생각하며 돕고 싶었지만 잠깐 산책 나온 길이라 수중에 가진 돈이 한 푼도 없었다. 그래서 그 할머니를 그냥 보내고 말았다. 그게 마음에 걸려 다음 날 비슷한 시간에 그곳에 다시 갔지만 할머니는 보이지 않았다. 그날 저녁, 그분에게 조금이라도 도움을 주지 못한 게 지금까지도 후회로 남는다.

그날 일로 우리는 이런 말을 자주 나눈다.

"이제부터 누군가를 도울 때는 재빨리 결정하자. 적은 액수라도 그날 본 할머니 같은 분에게는 무척 요긴할 테니까."

다음 도시인 트리니다드에서는 그렇게 할 수 있었다. 성당 앞에서 나무와 씨앗으로 만든 목걸이를 팔고 있는, 다리가 불편한 할머니를 만났다. 비야에게 할머니가 직접 만들었다는 목걸이 아홉 개를 몽땅 사자고 했다. 그날이 크리스마스이브였는데 그러면 할머니가 집에 일찍 갈 수 있을 테니까. 기념품을 좀처럼 사지 않는 우리에게는 매우 예외적인 일이다. '목걸이 싹쓸이'에 깜짝 놀란 할머니는 "Feliz Navidad(성탄 축하합니다)"라며 비야 머리에 손을 얹고 축복해주었다.

일상에서 돕는 것과 특수한 상황에서 전문적으로 돕는 기준이 크게 다르다고 생각할지 모르겠다. 그렇지 않다. 돕는 것이 직업인 인도적 지원 활동가들은 이런 지침을 따른다. '곤궁에 처한 사람들을 돕는 건 우리의 임무이며, 이들은 도움을 받을 권리가 있다. 그렇기 때문에 우리는 이들을 품위 있는 인간으로 존중하는 마음을 가지고 대해야 한다.'

이 명료한 지침은 주는 자와 받는 자가 존재하는 모든 상황에 적용된다고 믿는다. 일상생활에서도, 구호 현장에서도 도움받는 사람을 절망적인 대상으로 보거나 그렇게 대우해서는 절대로 안 된다. 그들 역시 품위 있는 인간이다. 다만 지금 당장 도움이 필요한 상태에 있을 뿐이다. 이 사실을 잊지 말아야 한다.

그는 최고의 보스였다

* *biya*

"어디서 처음 만났어요?"

수없이 받은 이 질문에 나는 묻지도 않은 정보까지 보태 답한다.

"아프가니스탄이요. 그때는 안톤이 보스였는데 지금은 내가 보스예요."

이 한마디에 우리 사랑의 역사가 담겨 있다. 그렇다. 그와 나의 관계는 지난 18년간 다채로운 모습으로 진화, 발전했다.

2002년, 아프가니스탄에서 안톤을 처음 만났다. 그때 그는 월드비전 중동 지역 총책임자였고 나는 햇병아리 신입 구호 요원이었다. 단기 일정으로 현황 조사차 그곳에 온 그는 규율에 매우 엄격하다는 소문이 자자했다.

안톤은 초짜인 내가 전쟁 직후, 위험한 아프가니스탄 현장에 오는 걸 완강히 반대했다. 그러나 한국 월드비전은 한국국제협력

단(코이카)과 함께 긴급구호 사업을 진행해야 했기 때문에 한국인 직원 파견이 필수였다. 국제본부를 설득해서 겨우 승낙을 받았으나, 그의 우려대로 나는 급히 파견된 나머지 안전 교육을 제대로 받지 못했고 자유분방한 여행자 기질까지 남아 있어 번번이 엄중한 현장 안전 수칙을 어기곤 했다.

한번은 외부에 나갔다가 30분마다 무전기로 현재 위치를 보고하는 걸 또 깜빡했다. '안전 담당에게 또 한마디 듣겠군!' 그날은 놀랍게도 총책임자인 안톤이 직접 문밖에서 기다리고 있었다. 가슴이 덜컹했다. 최대한 미안한 얼굴로 "I am sorry"란 말을 채 끝내기도 전에 그는 무표정한 얼굴로 단호하게 말했다.

"다시 한 번 말하지만 우리는 당신의 베이비시터가 아닙니다. 모두의 안전을 위해 앞으로 다시는 이런 일이 없어야 합니다. 아시겠습니까?"

나는 지금 생각해도 무안해서 얼굴이 화끈해질 만큼 생생한데 그는 이 장면을 어렴풋하게만 기억한다. 위험한 현장에서 요원들에게 늘상 하던 말이라서 그럴 거다. 이보다는 매일 밤 저녁 식사 후에 늦게까지 계단에 걸터앉아 여행 이야기, 아프가니스탄 관련 책과 역사 이야기, 구호 현장 이야기를 나눴을 때 호기심으로 빛나던 내 눈이 훨씬 또렷하게 기억난단다.

그후에도 우리는 2003년 이란, 2004년 이라크, 2005년 인도양 쓰나미 현장에서 안톤은 총책임자로 나는 파견 근무 요원으로 함께 일하면서 '전우애'를 다졌다. 그는 어떤 현장에서든 놀라운 결단력과 추진력으로 어려운 상황을 정면돌파했다. 이 때문에 본부와 충돌도 잦았고 비난도 많이 받았지만 현장에 있던 나는 어떤 상황에서도 원칙을 지키려는 그가 존경스럽고 멋있었다.

그가 현장에서 가장 중요하게 여기는 원칙이 있다. 재난 대응과 복구의 주체는 지역 주민, 지역 정부 및 해당 국가이고 우리는 그들을 돕는 보조 역할Humanitarian Assistance을 할 뿐이라는 것이다. 그러니 구호 자금과 구호 시스템을 가져왔다고 해서 주민 동의와 참여 없이 우리 식으로 일하면 절대 안 된다는 교과서적 원칙이 확고했고 이걸 지키느라 그 욕을 먹는 거였다.

현장 총책임자로서 그는 행정 비용을 최소화하면서 재난 피해자에게 최대의 혜택을 주려고 했고, 현지 직원에게 파격적일 만큼 중요한 역할을 주어 지역 주민에게 꼭 필요한 프로그램을 운용하게 했으며, 젊은 직원들이 경력을 잘 쌓을 수 있도록 아낌없는 조언과 도움을 주었다.

시간 약속과 마감일에 엄격하고, 좋아하는 사람과 싫어하는 사람이 분명하고, 기대치가 지나치게 높아 같이 일하는 사람들 진을 빼는 것만 제외하면 그는 현장에서 만날 수 있는 최고의 보스였다. 적어도 내게는.

비야, 진지하게 질문하는 사람

＊*anton*

2001년 9·11 테러 사건이 일어난 후 미군의 맹공격으로 인해 탈레반 체제가 붕괴했을 때 나는 월드비전 중동 지역 총책임을 맡아 일했다. 아프가니스탄 현장에서 한국 월드비전에서 파견한 직원 둘을 만났는데 그중 한 사람이 한비야, 그녀였다. 비야는 나를 보자 벌떡 일어나 유창한 영어로 자기소개를 했다. 그리고 '우리는 한국 정부의 코이카 지원금을 받아 여기에 왔다. 한국 정부가 국민의 세금으로 처음 지원하는 인도적 사업 자금이다. 현장 상황을 알리고 주민 인터뷰 및 사진 등으로 한국 언론 보도를 통해서 아프가니스탄 구호 기금을 더 많이 조성하려고 한다'며 파견 근무 목적을 간단명료하게 밝혔다.

나는 초심자가 분명한 이 두 사람을 포함 몇몇 후배 직원들에게 다른 현장에서 하듯 저녁 식사 후 인도적 지원에 관해 집중 강의를 했다. 이 두 사람도 열심히 듣고 질문하면서 깊은 관심을 드러냈다. 나는 이들이 알 만한 책들을 언급하고 읽을 만한 책들을 추천하며 대화를 이어갔고 각 나라 월드비전의 활동 정보를 나누었다. 이들은 향후 월드비전의 아프가니스탄 사업 계획에 더욱 귀를 쫑긋 세웠다. 모두가 그랬지만 특히 비야는 놀라울 정도로 진지하게 내 얘기를 들었다. 좀 더 자세히 알고 싶어 했고 지체 없이 "그건 어째서 그런 건가요?"라고 물으며 모든 내용을 재빨리 받아 적었다.

나는 비야가 던지는 질문의 내용과 깊이, 구호 분야에 대한 진정한 관심과 열정에 마음이 끌렸다. 그래서 그룹 강의뿐만 아니라 비야와 다른 한국 직원과 함께 한밤중까지 베란다에서 차를 마시며 긴 토론을 이어가곤 했다. 매번 비야는 어떤 사안에 대해 누구보다 먼저 질문을 했다. 우리 기관이 전 세계에서 어떤 일을 하는지, 일하는 직원들은 어떤 사람들인지를 상세히 듣고 싶어 했다. 내가 어떻게 지금의 월드비전 인터내셔널 중동 지역 총책임자라는 위치에 올랐는지, 그동안 무슨 일을 했고 어떤 공부를 했는지도 물었다.

나는 비야의 가능성을 바로 알아보았다. 업무 능력뿐 아니라 인간성 면에서도 개방적이고 솔직하고 대담했다. 다른 사람과는 확연히 다른 모습이었다. 게다가 세계여행 중인 1995년에 혼자

서 육로로 이란을 거쳐 이곳에 온 적이 있다고 했다. 나도 대학생 때인 1974년에 아프가니스탄으로 혼자 배낭여행을 왔던 경험이 있어 우리의 화제는 더욱 풍부해졌다.

1주일 후 나는 이란으로 돌아가야 했는데 한국 동료, 특히 비야를 직접 보고 나니 안심이 되었다. 어렵지만 그들이 임무를 잘해 내리라 믿었고 이들은 맡은 일을 성공적으로 끝마쳤다! 그 만남으로 내 기억 속의 비야는 구호 업무와 가치에 관해 열정적으로 자기 의견을 표하며, 내 의견을 듣고 싶어 하는 후배 동료로 뚜렷하게 남았다. 사실 그때 우리 사이에 무언가 낭만적인 사건은 전혀 없었다. 그저 매일매일 각자의 일을 했을 뿐이다.

1년 후인 2003년 초여름, 비야가 이라크 전쟁 직후 복구 지원 사업을 위해 요르단으로 온다는 소식을 듣고 무척 기뻤다. 그녀가 이라크 현장으로 떠나기 직전 우리는 요르단의 수도 암만에서 잠깐 만날 수 있었고 곧바로 비야는 이라크 모술로, 나는 오스트리아 빈으로 돌아갔다. 떠나기 전에 그녀에게 말했다.

"내 도움이 필요하면 언제라도 이메일 보내세요. 24시간 안에 답장할 테니."

2003년 크리스마스 무렵, 이란의 유적 도시 밤Bam에서 강력한 지진이 일어났을 때 다시 비야와 연락이 닿았다. 한국의 영원무역이라는 회사가 이재민을 위해 최고 품질을 어린이용 겨울 재

오늘도 계획

142

킷 수만 장을 배로 보냈는데 아무리 이재민용이라고 해도 그렇게 많은 재킷이 무관세로 세관을 통과하기가 쉽지 않았다. 그러나 비야는 내가 특별히 신뢰하는 이란 동료 헤삼 A의 도움을 받아 그 어려운 일을 기어이 해냈다. 늘 그렇지만 비야의 지혜와 끈기와 추진력이 빛을 발했다.

스페셜리스트, 그 가슴 떨리는 제안

∗ *biya*

"비야, 앞으로 이 분야에서 일하려면 제너럴리스트가 아니라 스페셜리스트가 되어야 해요. 뭐든지 조금씩 구비해둔 백화점이 아니라 한 가지를 A부터 Z까지 전부 갖추고 있는 전문점처럼 말이죠."

2006년 가을, 회의차 한국에 온 안톤은 이렇게 조언하면서 월드비전 내 식량안보 전문가 과정을 밟아볼 것을 권했다. 당시 우리 단체는 국제식량기구의 최대 파트너로 15개국에서 약 13만 5,000톤의 식량 지원 프로그램을 진행하고 있었다.

그는 네팔과 짐바브웨 두 나라에서 대규모 식량 지원 프로그램이 진행 중인데, 마침 짐바브웨에서 곧 식량안보 전문가 과정이 시작되니 파견 근무를 하면서 해당 과정을 밟을 수 있을 거라는 특급 정보를 주었다. 한국 월드비전과 협의만 되면 자기가 현장과 다리를 놓아주겠다고도 했다.

식량안보 스페셜리스트라니! 식량안보 분야를 전공하지 않은 나는 여태껏 자격 미달이라고 여기며 꿈도 꾸지 않았는데 전문가 양성 과정만 거치면 된다는 거였다. 그것도 온더잡트레이닝 OJT(근무하면서 훈련받기)으로 말이다. 2004년, 네팔에서 3개월간 현장 근무하면서 아시아 지역 식량안보팀에게 식량 배분 훈련을 받은 적이 있는데, 그 경력을 인정받으면 이 과정을 크게 줄일 수 있을 거라는 정보도 얻었다.

상당히 까다롭고 복잡한 한국 월드비전과의 협의를 거쳐 1년 후 나는 짐바브웨로 떠났다. 당시 이 나라는 극심한 식량 부족으로 재난 수위가 가장 높은 단계였다. 이곳에서 나는 파견 근무 형식으로 긴급구호 현장 일을 하면서 동시에 식량안보 전문가 훈련을 받기로 했다. 이 과정 후에 다시 네팔에서 보충 현장 훈련도 받아야 했다.

각오는 했지만 절대 쉽지 않았다. 두 군데 모두 '빡센' 직장에 다니면서 '빡센' 유학을 하는 느낌이었다. 시간, 능력, 현장경험, 네트워크 모두 부족했지만 버텨야 했다. 어떻게 잡은 기회더냐! 게다가 그때 내 나이는 겨우 48세, 새로운 것에 대한 기대와 열정이 넘쳐흐르고 돌산도 옮길 만큼 힘이 뻗치는 나이였다.

안톤은 짧은 이메일로 진행 상황을 물으면서 당신은 훈련생이니 모르는 게 있으면 무조건 물어보라고, 모르면서도 그냥 넘어가는 건 직무유기라고 엄포를 놓았다. 그는 네팔과 짐바브웨의 총책임자와 담당자에게 각각 이메일을 보내 한국 최초의 식량 전문가를 배출하는 데 힘써달라고 부탁하기도 했다. 버거웠던 양성 과정 겸 현장 근무를 무사히 (솔직히 말하면 아주 가까스로!) 마치고 안톤에게 감사의 이메일을 보냈더니 이런 답장이 왔다.

"고맙긴요. 전적으로 당신이 노력한 결과죠. 현장에서 아시아인 식량 전문가가 늘 부족했는데 본부 차원에서도 기쁜 일입니다."

그후, 길을 묻는 나에게 그는 자기의 경험과 네트워크와 예견과 직감을 총동원해 더욱 강도 높은 조언질(!)을 했다. 이메일을 보내면 24시간 내에 답이 왔다. 알고 보니 나만이 아니라 눈여겨보는 후배들 모두에게 그렇게 공을 들이는 사람이었다. 분초를 다투는 초대형 구호 현장 근무를 할 때도 마찬가지였다. 고마웠다. 그리고 점점 멘토로서의 믿음이 깊어갔다.

"비야, 이 분야가 점점 전문화되고 있으니 인도지원학 석사과정을 밟는 건 어때요?"

2008년, 도미니카공화국에서 전체 회의가 시작되기 전날 저녁을 먹으면서 그가 말했다. 당연히 솔깃했다. 전문가가 되기 위한 확실한 투자로 공부를 하라는 조언이 신선했다. 월드비전에서 일한 지 8년 차, 재미있고 보람은 있지만 비슷한 일을 반복한다는 느낌이 들기 시작해 돌파구를 찾던 참이었다.

마침 인도적 지원학 석사과정 디렉터가 이번 회의 기조연설자로 오는데 점심 식사 자리를 주선할 테니 만나보라고 했다. 점심 내내 안톤은 그에게 내 업무 능력과 열정을 칭찬하면서 석사과정에 적극 추천해주었고 덕분에 내 입학 얘기는 급물살을 탔다. 그리고 다시 1년 후, 나는 월드비전을 그만두고 이 분야의 최고 과정인 미국 플래처 스쿨 인도적 지원학 석사과정에 입학, 2010년에 석사학위를 받았다. 졸업식 하는 날 그는 딱 한 줄의 이메일을 보냈다.

"비야, 축하합니다. 해낼 줄 알았어요!"

구원투수를 만나다

* *biya*

안톤과 나의 관계를 한 단계 높여준 건 UN이었다. 2011년부터 3년간 UN CERF(UN 중앙긴급대응기금) 자문위원이 되어 6개월에 한 번씩 회의차 제네바와 뉴욕을 번갈아 갔다. 그때 그도 제네바에서 근무하고 있었다. 당연히 갈 때마다 만나 식사를 하거나 호숫가를 걸으며 많은 얘기를 나누었다. 그러다 자연스럽게 서로 기도를 부탁하는 사이로 발전했는데 그 덕에 우리는 사적인 문제나 고민 등 속마음도 말하게 되었다.

어느 날 저녁, 이런저런 얘기 끝에 그가 지금 매우 고통스럽게 이혼 절차를 밟는 중이라고 털어놓았다. 나 역시 얼마 전에 1년 남짓의 장거리 연애가 허무하게 끝나버려 몹시 마음 아프다고 했다. 해가 지는 레만 호숫가, 보라색으로 아름답게 번져가는 노을을 보며 한참 동안 진심을 담아서 서로를 위해 기도했다. 이때가 우리에게는 동료에서 친구로 넘어가는 순간이기도 했다.

"안톤, 당신 마음의 평화를 위해 늘 기도할게요."

"고맙습니다. 나도 그렇게 하겠습니다."

우리가 거의 매일 연락하기 시작한 건 2013년 서아프리카의 말리에서 일할 때다. 순전히 그놈의 프랑스어 때문이었다. 참석해야 하는 회의 공용어가 프랑스어인데 나는 프랑스어를 전혀 못한다. 물론 통역이 있고 모든 문건은 영어로 번역되어 큰 지장은 없었지만 회의 때마다 '좋은 질문'을 하면서 공적·사적 네트워크를 넓혀가는 나만의 비책이 통하지 않는다는 게 문제였다.

그 비책이란 이렇다. 어느 현장에서든 처음 참석하는 국제회의에 가기 전에는 반드시 이전 회의록을 꼼꼼히 읽는다. 진행 중인 토론의 배경과 내용을 파악하고 '좋은 질문' 몇 가지를 준비하기 위해서다. 첫 회의 끝에 '질문 있습니까?' 하면 손을 번쩍 들고 어느 단체 소속 어느 나라 누구라고 또박또박 소개한 후, 처음 와서 아무것도 모르는 상태지만 초보자 특권beginner's privilege을 사용하겠다며 열심히 준비해온 질문을 한다. 그 질문의 실제 소득은 성실한 답변이 아니라 주요 국제 구호 단체에서 온 사람들에게 나와 우리 단체의 존재감을 각인시키는 거다.

그 존재감으로 인해 회의 후에 각 단체의 주요 행사에 참석 요청을 받게 되고 그런 공식 행사에 한두 번 가다 보면 친한 사람들

함께 걸어간 사람이 생겼습니다

이 생기고 그들의 생일, 승진 축하 자리 등에 초대받으면서 공적·사적 네트워크가 넓어지고 촘촘해진다. 내가 현장에서 보기 드문 한국인 여성인 데다 세계 오지 여행 등 재밌는 경험이 많은 사람이라는 점도 크게 작용했을 거다.

이렇게 인맥을 쌓으며 한두 달쯤 지나면 한 통의 전화, 한 번의 방문으로 꽉 막혔던 업무를 진전시키는 경우가 적지 않았다. 그런데 말리에서는 이 '좋은 질문의 힘'이 전혀 통하지 않으니 얼마나 답답하고 막막했겠는가?

'완전히 망했구나' 하고 풀이 죽어 있을 때 그가 구원투수로 나타났다. 마침 그는 전해에 말리에서 UN 고문관으로 일했기 때문에 주요 단체들의 최고 책임자들을 잘 알고 있었는데 그중 핵심 인물 두 사람을 연결해주었다. 그들에게 나를 어떻게 소개했는지 모르지만 그후 나는 '그들만의 공적·사적 네트워크'에 들어갔고 덕분에 몇 가지 중요한 사업을 진행하면서 UN을 비롯한 주요 단체들의 협력을 이끌어낼 수 있었다.

크고 작은 일이 성사될 때마다 고맙다는 이메일을 보내면 그의 답은 항상 이랬다.

"내가 아니라 비야, 당신이 한 일이에요, 축하합니다."

돌이켜보면 그때 나는 안톤이 누구라도 그에게 도움을 청하면 들어주는 사람이라 생각하며 고마운 마음을 충분히 전하지 못했던 것 같다. 다행히 그는 내가 이미 마음속에 '특별한 친구'로 자리 잡았기 때문에 내용과는 상관없이 내 이메일을 받는 것 자체가 즐거웠단다.

그라나다, 동료에서 친구로 넘어가는 길

* *anton*

2013년 겨울 나는 독일에, 비야는 서아프리카 세네갈에서 일하고 있었다. 서로 크리스마스 계획을 묻던 중 그녀는 한국 사람들과 모로코와 알제리 등 북아프리카에 갈 거라고 했다. 나는 스페인 여행을 생각하고 있었다. 며칠 후 그녀에게서 북아프리카 여행을 알제리 비자 문제로 갈 수 없게 되어 다른 계획을 잡을 거라는 이메일이 왔다.

그때 둘 중 누가 먼저 스페인 그라나다에서 만나자고 제의했는지는 확실히 기억나지 않지만(나였을 확률이 높다.) 그때 내가 혹은 비야가 그 말을 꺼내지 않았다면, 우리는 지금처럼 함께하지 못했을지도 모른다. 너무나 다행히도 우리는 그해 크리스마스에 스페인 남부에서 만나기로 했다.

크리스마스 직전, 나는 독일에서 출발해 그라나다에 먼저 도착

152

했고 비야는 세네갈에서 마드리드를 거쳐 그다음 날 저녁에 왔다. 늦은 저녁 식사를 하면서 서로 그동안 지낸 얘기를 나누느라 시간 가는 줄 몰랐다. 자리가 파할 무렵, 비야가 내게 양해를 구했다.

"안톤, 실은 내가 한국 신문과 잡지 세 곳에 고정 칼럼을 쓰고 있고 특별 기획 기사도 써야 해요. 원고 마감이 모두 코앞이라 일을 좀 하더라도 이해해주세요."

이미 예상했던 상황이었다. 함께 일했던 동료들이 비야는 세계 어느 곳에 있든지 휴일에도 쉬지 않는다는 말을 해주었기 때문이다.

'안톤, 마음 편하게 먹어. 이번 여행에서 계획하는 일들이 모두 생각대로 되지는 않을 거야. 그게 순리니까 그냥 받아들여. 아무튼 이렇게 비야를 만났잖아?'

함께 여행한 12일 동안 비야는 쓴 기사를 검토하고 편집자와 상의하고 고치고 또 고치며 일에 몰두했다. 그녀가 쉬는 시간에 우리는 거리를 걸어다니고 대성당과 작은 교회에 들렀다. 그라나다에서는 알람브라 궁전을 구경하며 감탄을 금치 못했고 말라가에서는 해변을 산책하고 성을 둘러보았다.

크리스마스이브 자정에는 그라나다의 웅장하고 장엄한 대성당에서 성탄 전야 미사를 보았다. 아쉽게도 성당 안에는 겨우 쉰

명 정도의 신도만 있었다. 미사 후, 성당 문 앞에서 신도들을 배웅하던 주교는 우리가 어디에서 왔는지 물으며 둘의 손을 한꺼번에 잡으며 축복해주었다. 그 따뜻한 감촉이 지금도 잊히지 않는다.

여행 중에 본 비야는 유쾌하고 낙천적이며 솔직한 사람이었다. 좋고 싫고가 분명해서 선택과 결정이 빨랐다. 속마음을 몰라 골머리를 앓게 하는 사람이 아니라서 나도 마음이 편했다. 신나게 놀다가 숙소에 가서 각자의 방에 따로 따로 들어가면 숙소 주인장들은 한결같이 놀라며 이렇게 물었다.

"두 사람, 사이좋은데 왜 방을 따로 써요?"

비야는 여기저기 돌아다니는 관광에는 관심이 없어 보였다. 그녀에게는 일하는 틈틈이 편한 친구와 산책하고 밥 먹고 얘기하는 게 최고의 휴가였다. 서아프리카의 프랑스어권 나라에서 일하던 그녀는 오랜만에 프랑스어가 아닌 영어로 말하니 속이 시원하다고 했다. 나는 여행 중 비야가 신경을 덜 쓰도록 자잘한 일들을 챙겼다.(그러나 그녀가 원하는 창이 큼직하고 전망 좋은 방을 예약하는 일은 쉽지 않았다!) 원고 마감을 하느라 약속한 식사 시간보다 20~30분 늦게 나타나도 전혀 개의치 않았다. 그동안 나는 밖이 잘 보이는 테라스에서 맛있는 맥주를 즐기고 있었으니까.

여행 내내 비야가 끊임없이 한국인들에게 신경 쓴다는 사실을 알게 되었다. 나와 같이 있는 모습을 들키면 안 된다고, 그들이 사진을 찍어서 페이스북에 올리기라도 하면 입장이 난처해진다고 했다. 내가 누구인지 설명할 길이 없을뿐더러 그냥 좋은 친구 사이라고 말해도 믿지 않을 거라고, 그러니 조심하는 수밖에 없다고 말이다. 나는 여행 내내 비야가 한국인 단체 관광객들과 마주치지 않도록 온몸으로 막으며 도와주었다.

그러나, 아뿔싸! 말라가로 돌아가는 버스 안에서는 그럴 수가 없었다. 먼저 타고 있던 한국 학생이 버스에 오르던 그녀를 알아보고는 깜짝 놀라며 말을 걸었기 때문이다. 이 학생은 휴대전화를 꺼내 수년 전 강연에서 비야와 함께 찍은 사진도 보여주었다. 나는 약간 긴장된 얼굴로 비야랑 아무 상관없는 사람인 양 바로 뒷자리에 앉아서 조심스레 두 사람을 살펴보았다. 그 학생은 진심으로 비야를 반가워했고 비야는 그 학생을 다정하게 대해주었다. 그 모습을 보니 나까지 덩달아 기분이 좋아졌다.

여행 중 한국 사람을 피하는 일은 결혼할 때까지 계속되었는데, 가끔씩 바짝 긴장한 적도 있지만 대부분은 스릴 넘치는 게임처럼 재미있었다. 특히 연인이 된 후에는 사람들 앞에서 아무 사이도 아닌 척하기가 어려웠다. 비야는 수도 없이 나에게 주의를 주었다.

"안톤, 날 그런 눈으로 보지 마! 눈에서 꿀이 뚝뚝 떨어지잖아."

스페인 여행 중 우리는 영국령인 지브롤터에도 갔다. 영국풍의 작은 마을을 지나 두 시간 정도 걸어 바위산 정상에 오르니 그녀가 가려고 했던 모로코가 지브롤터 해협 너머로 선명하게 보였다. 날씨도 화창하고 무엇보다 비야가 원고 마감을 모두 끝낸 뒤라서 모처럼 느긋한 시간을 보낼 수 있었다. 그래서인지 그녀의 표정이 한층 밝고 편해 보였다. 특별한 얘기를 나누진 않았지만 그녀와 나 사이에 새롭고도 싱그러운 감정이 새록새록 솟아났다. 서로에 대한 존경심, 평화롭고도 긍정적인 기운이 흐르는 것도 같았다. 스페인으로 돌아가는 길에 이런 생각을 했다.

'그래, 언젠가는 모로코에 갈 수 있을 거야. 우리 둘이서.'

여행을 마치고 나는 독일로, 비야는 세네갈로 떠났다. 헤어지면서 우리는 이제 동료에서 평생 우정을 나눌 친구가 되었다는 확신이 들었다.

결혼을 한다면 이 사람이랑

 * *biya*

'이 사람이랑 있으면 참 편하네. 뭘 해도 재미있고.'

2014년, 나는 태국과 필리핀에서, 안톤은 터키 시리아 난민촌에서 일하고 있었다. 그해 여름 태국 치앙마이에서 정글 트레킹을, 크리스마스 때는 필리핀 북쪽 산속에서 야영을 하면서 우리는 마침내 연인으로 발전했다.

치앙마이 트레킹 중에는 땅바닥이 훤히 보이는 얼기설기 엮은 대나무집 2층에서 열 명이 같이 자야 했다. 이런 상황이지만 처음으로 옆에 나란히 누워서 잔다는 것 자체가 가슴 떨렸다. 그날 밤 정말 '손만 잡고' 잤지만 우리에게는 잊을 수 없는 '첫날 밤'이었다.

그해 겨울 필리핀 산속 깜깜한 밤, 밤새도록 몰아치는 비바람에 곧 쓰러질 듯 비틀거리는 텐트 안, 침낭은 젖어들어가고 손전

등 배터리도 마실 물도 간당간당한 상황에서 우린 실없는 농담을 주고받으며 낄낄댔다. 3박 4일, 생고생을 하는 야영이 재미있기만 했다.

이렇게 우리는 서서히 연인이 되어갔다. 여기서 말하는 연인이란 안톤의 정의에 따르면 많은 남녀 친구 중 하나가 아니라 서로에게 유일하고도 독점적인 관계다. 그렇다고 결혼을 염두에 둔 건 아니었다. 그냥 우리 마음이 어디로 흘러가나 지켜보았다.

트레킹에 재미를 붙인 우리는 다음 해 여름, 제네바에서 만나 TMB 트레킹 길을 걸었다. 그 여행이 우리 연애사에 굵은 획을 긋게 될 줄이야! 열흘간 걸으며 본 트레킹 길은 듣던 것보다 훨씬 아름다웠고 사람도 생각보다 훨씬 많았다. 그림 같은 몽블랑을 다양한 각도에서 볼 수 있어 즐거웠지만 거의 매일 비가 왔다. 예약한 숙소와 숙소 사이의 거리도 불규칙해서 어느 때는 해가 중천에 떠 있는데 하루를 끝내야 했고 어느 때는 사방이 어둑어둑한데도 갈 길이 멀었다.

한번은 아침 일찍 나섰는데도 해가 뉘엿뉘엿 질 때까지 숙소를 찾지 못했다. 얼마만큼 더 가야 하는지 물어볼 사람도, 표지판도 없었다. 설상가상으로 비바람이 몹시 불어 걸음이 매우 더뎠다.(우리에게 중요한 사건이 있을 때마다 비바람이 배경으로 등장한다!)

둘 다 기진맥진해서 걷고 있는데 저 산꼭대기에 숙소가 하나 보였다. 예약한 숙소는 아니지만 빈 침대가 있다면 거기서 묵어가야 할 판이었다. 인터넷으로는 그 여부를 알 수가 없어 직접 가봐야 했다. 표지판에는 숙소까지 2킬로미터라고 적혀 있어, 가파른 산길을 30분 이상 올라갔다가 빈 침대가 없으면 다시 내려와야 하는 상황이었다. 그는 한순간의 망설임도 없이 이렇게 제안했다.

"비야는 여기에 있어. 내가 배낭 놓고 갔다 올게. 손전등 배터리는 충분하지?"

말이 끝나기도 전에 그는 산비탈을 뛰어 올라가고 있었다.

산꼭대기 숙소에는 빈 침대가 없었고 우리는 어떻게 하든 산길을 내려와야 했다. 사방은 칠흑처럼 어둡지, 비가 와서 내리막길은 미끄럽지, 하루 종일 걸은 탓에 왼쪽 무릎은 걸음을 옮길 때마다 바늘로 찌르듯 아프지, 그에게 매달리다시피 해서 겨우 산 아래 숙소에 도착했다.

비를 쫄딱 맞은 우리를 60대 이탈리아인 부부가 반갑게 맞아주었다. 뜨거운 물에 샤워하고 식당에 갔더니 따끈한 수프와 마늘을 듬뿍 넣은 파스타가 기다리고 있었다. 내 다리가 완전히 풀리는 바람에 물을 떠오는 등 안톤이 식사 시중을 들어야 했다. 식사 내내 그 모습을 지켜본 부인이 디저트를 먹을 때 농담 삼아 한마디 했다.

"당신 남편은 그 극진한 사랑을 어디서 배웠을까요? 우리 남편의 가정교사로 두고 싶네요.”

그 말에 남자 주인장이 과장되게 볼멘소리로 반응했다.

“당신, 부인의 저 진심으로 고마워하는 눈빛 안 보여? 당신이 그런다면 난 이 호텔도 지고 다닐 수 있어.”

마주 보며 크게 웃는 그 부부도 말과는 달리 사이가 아주 좋아 보였다. 자기들은 결혼한 지 40년 되었다며 우리는 몇 년째냐고 물었다. 아직 결혼 안 했다니까 부인이 깜짝 놀라는 표정으로 내게 말한다.

“이 사람, 꽉 잡으세요. 아주 꽈아악!” 하며 두 주먹을 꽉 쥐었다.

나는 속으로 대답했다.

‘네, 나도 결혼을 한다면 이 사람이라고 생각하고 있었어요. 저녁 내내요.’

"근데, 어느 나라 사람이야?"

* *biya*

"큰언니, 나 남자 친구 생겼어."

우리 큰언니, 이 한마디에 너무 기뻐 입을 다물지 못하며 순식간에 눈물을 글썽이더니 울먹이며 묻는 첫마디,

"으흐흑, 너무 너무 잘됐다. 근데 어느 나라 사람이야?"

(나중에 왜 이름이나 나이가 아니라 국적을 먼저 물었냐니까 당연히 한국 사람은 아닐 테니, 영어 말고는 말이 안 통할까 봐 그랬단다.)

TMB 트레킹 이후 우리 사이는 더욱 단단해졌다. 그래서 결혼을 생각할 단계는 아니어도 연인이 있다는 걸 가족에게 알리기로 했다. 안톤은 두 딸과 누나에게, 나는 내 형제들에게.

이건 우리에게 엄청나게 중요한 일이었다. 가족들이 알아도 그만 몰라도 그만인 사이가 아니라 진지한 사이라는 걸 알리고 싶었다. 하지만 내가 그동안 사귀었던 사람을 가족들에게 단 한번

도 공식적으로 알린 적이 없기 때문에 섣부르게 발표할 수 없었다. 솔직히 쑥스럽기도 했다. 호시탐탐 기회를 엿보다가 그해 가을 아침, 마침내 용기를 내어 큰언니한테 털어놓았는데 눈물까지 흘릴 줄이야.

며칠 후, 아버지 기일에 남동생 식구들까지 다 모인 자리에서 중대 발표를 했다. 모두가 놀라고 어리둥절했다가 기뻐하며 소리를 지르니까 동생네 강아지들인 하니, 보리, 별이까지 펄쩍펄쩍 뛰고 난리였다. 남편감이 아니라 남자 친구라고 누누이 강조했는데도 이렇게들 좋아했다.

그해 12월 서울에 온 안톤을 나의 공식적인 남자 친구로 우리집에 모인 식구들에게 선보였다. 반응은 가히 폭발적이었다. 만나자마자 포옹을 하고 손을 잡아 흔들고, 어깨를 두드리고, 엄지를 세워 보이며 '굿! 굿!'을 연발하고……. 엄마 돌아가신 후 엄마 역할을 대신해온 '계모' 큰언니는 한술 더 떠 아예 안 서방(안톤이니까)이라고 부르기 시작했다.

안톤도 이 열렬한 환영에 싱글벙글, 기쁨과 고마움을 감추지 못했다. 이어지는 저녁 식사에 모두가 열심히 안톤 밥그릇에 고깃점을 놓아주고 소주를 권하고 마시며 영어가 통하는 조카들은 영어로, 안 통하는 형제들은 그냥 한국말로 신고식 및 환영식을 치르는 내내 시끌벅적했다.

실은 우리 가족에게는 안톤이 어떻게 생겼고 어느 나라 사람이고 몇 살이고 뭐 하는 사람인지는 그다지 중요하지 않았다. 그저 드디어, 마침내 동생이, 누나가, 처제가, 꼬미야(꼬마 이모/고모)가 가족들에게 알릴 만큼 가깝고 믿을 만한 남자 친구가 생겼고 그 사람이 눈앞에 있다는 그 사실만이 중요했다. 여태껏 우리 식구들 누구도 나에게 사귀는 사람 없느냐고 물어보지 않았는데 그동안 궁금해서 다들 어찌 참으셨을까? 우리 엄마처럼 말이다.

30세가 되던 어느 날, 엄마 친구 세 분이 우리 집에 놀러 왔다가 퇴근해 들어오는 나를 보고는 우리 엄마를 향해 한마디씩 했다.

"셋째 딸은 사귀는 사람 있나?"

"없다고? 저 나이에 우짤라카노?"

"그 집 아들하고 선 한번 보라캐라. 저러다 금방 나이든다카이."

그분들 덕분에 그날 밤, 나는 엄마와 신사협정을 맺었다. 내 남편감은 내가 찾아올 테니 엄마는 아무 염려도 채근도 하지 않기로. 그러니 남자 친구 없냐, 선봐라 등등 결혼 관련 얘기는 일절 하지 않으셨으면 좋겠다고 말씀드렸다. 내가 40세가 넘도록 아무 말이 없었으니 속으로 얼마나 궁금하셨을까, 그러나 우리 엄마는 돌아가실 때까지 이런 말을 입 밖으로는 단 한마디도 꺼내지 않으셨다. 신사협정 완벽 준수!

중대 발표 후 형제들, 특히 큰언니는 그저 여자 친구 남자 친구로 지낼 게 아니라 가까운 사람들을 초대해 약혼식이라도 해서 '진짜 공식 커플'이 되면 어떻겠냐고 했다. 안톤과 나 역시 그쪽으로 마음을 굳혀가고 있었지만 약혼이든 결혼이든 일단 내 박사 과정을 끝낸 후에 생각하기로 했다. 급할 거 하나도 없잖아?

그러나 생각보다 빨리 그날이 왔다. 우리 둘의 마음이 그쪽으로 빠르게 흘러갔던 거다. 끝까지 비혼을 고수할 것 같았는데 어떻게 결혼을 결심했나 묻는 사람들이 가끔 있다. 으음, 나는 그동안 비혼 상태였지 비혼주의자는 아니었다. 때가 오면 꽃이 피고 열매를 맺듯이 오래전에 뿌려진 우리 인연의 씨앗이 싹이 트고 무럭무럭 자라서 이 단계에 이르렀다고 말할 수밖에. 최대의 걸림돌이었던 박사학위 논문도 더 이상 문제가 안 되는 걸 보면 때가 무르익긴 한 것 같았다.

만난 지 15년, 연인이 된 지 3년 만에 드디어 우리는 결혼하기로 했다. 성인 커플이 같이 사는 삶의 방식 중에서 결혼만이 유일한 선택지는 아니다. 결혼하지 않은 상태에서도 얼마든지 같이 살 수 있다. 네덜란드에도 결혼, 등록된 관계registered relationship, 법적 보호를 받는 동거cohabitation, 혹은 아무런 법적 보호를 받을 수 없는 동거 등 다양한 형태가 있다. 커플마다 각자의 생각과 상황에 맞는 삶의 방식을 합의해서 선택하면 된다. 그리고 성인으로서 그에 따르는 즐거움과 기쁨은 물론 책임과 의무를 다하면 그만이다. 나 역시 이런 모든 과정을 거쳐 오랜 비혼 상태를 끝내고 결혼이란 삶의 방식을 택한 것이다.

결혼 1년 전에 서울에서 언약식을 치렀다. '말로 하는 약속 commitment'이라는 뜻을 살려 약혼식 대신 이 단어를 썼다. 예식이라기보다는 가족들과 가까운 친구 몇 명만 모여 저녁 먹는 자리에서 우리가 어떻게 만나서 여기까지 왔는지를 알리는 '연애 경과 보고회'이자 공식 커플이 되었음을 알리는 '선포식', 그야말로 언약의 자리였다.

이 언약식이 안톤과 비야 커플의 첫 공식 행사였기 때문에 전 세계에 흩어져 사는 양가 직계 가족들을 모두 초대하고 싶었다. 고맙게도 미국에서 우리 작은언니가, 서아프리카에서 안톤의 큰딸, 제네바에서 작은딸이 날아와 양가 가족들이 모두 모이는 풍성하고도 따뜻한 자리가 되었다. 그와 내가 한복을 떨쳐입고 우리 네 남매와 그 배우자, 그리고 안톤의 두 딸과 스튜디오에서 다 같이 찍은 가족사진을 볼 때마다 고맙고 정겹고 흐뭇하다.

언약식에서 주고받은 실반지 안쪽에는 '비야와 안톤 2002, 2014, 2016'이라는 우리 사랑의 역사가 선명하게 기록되어 있다.

설탕처럼, 소금처럼 살겠습니다

* *biya*

작은 결혼식! 2017년 가을, 우리는 앞뜰의 노란 은행잎이 눈부시게 아름다웠던 작은 성당에서 혼배성사를 올렸다. 만일, 말 그대로, 만에 하나 내가 결혼한다면 아주 작은 결혼식을 하고 싶었다. 가족 포함 정말 가까운 사람들, 나를 잘 아는 사람들만 30여 명 정도 모여 좋은 시간을 보내는 작고도 소박한 결혼식. 내 바람과 취향대로 그런 결혼식을 하게 되었다. 줄이고 줄인 참석 인원은 딱 33인. 직계가족 열세 명, 주례 신부님 두 분, 미사 진행자 두 명, 남녀 증인 두 명 그리고 이 순간을 꼭 함께하고 싶은 열네 명의 친구들이었다. 더 초대하고 싶어도 작은 성당이라 그 이상은 수용할 수도 없었다.

작은 결혼식은 규모나 비용은 물론 그 준비에도 최소한의 시간과 비용을 들여야 이름에 걸맞다고 생각했다. 다행히 나는 초대하는 사람도 적고 사야 할 물건도 많지 않아서 시간과 돈과 공력을 크게 줄일 수 있었다.

결혼식 축의금은 받지 않았다. 수십 년간 내온 축의금을 생각하며 잠깐 속이 쓰렸지만 그렇게 하고 싶었다. 그러나 선물이라도 하겠다는 사람들은 굳이 말리지 않았다. 못하게 하면 병나는 사람들이니까! 그래서 아예 받고 싶은 선물 품목을 만들어주었다. 지나치게 비싼 선물, 중복 선물, 심지어 선물로 받고도 처치 곤란한 장식물 등을 피하기 위해서였는데, 친구들은 이중에서 하나 골라잡기만 하면 되니까 서로 대만족이었다. 그리하여 받은 선물은 결혼 당일에 쓸 웨딩케이크와 그날 마실 와인과 허브티, 십자가 모양과 새 모양의 램프 등이다.

결혼 답례품으로는 색깔 예쁜 설탕과 복분자 소금 세트로 했다. 초대해야 마땅했던 분들에게도 나중에 드리려고 넉넉하게 준비했다. 답례품 상자 안에 이런 손글씨를 적어 넣고 반드시 그렇게 하겠다는 뜻으로 둘이 나란히 서명까지 했다.

설탕처럼 달콤하고 소금처럼 짭짤하게 살겠습니다.

비야와 안톤 드림

순조롭게 결혼식을 준비하던 중, 큰 걱정이 생겼다. 그날 비가 온다는 거다. 일주일 전부터 하루에도 몇 번씩 주간 일기예보를 들여다봤다. 날이 갈수록 비 올 확률이 높아지더니 이틀 전 예보로 당일 오후 강우 확률은 무려 80퍼센트 이상이었다.

어쩜 좋아? 혼례 끝나고 성당 앞뜰에서 웨딩케이크 자르고 하객들이 각자 소감 한마디씩 하는 재밌는 행사를 준비했는데. 그날 빼고는 한 주 내내 해가 쨍쨍 난다면서 왜 하필 그날, 그 시간에 비가 온단 말인가. 며칠을 안달복달하니까 보다 못한 안톤이 한마디 했다.

"비야, 우리 결혼식 말고 결혼 준비에 집중하자. 만약 비가 온다면 그래서 좋은 일도 분명히 있을 거야."

결혼식 당일 오후, '예보대로' 장대비가 쏟아졌고 준비한 행사는 성당 옆 구내식당에서 치러야 했다. 그런데 아는가? 그 덕분에 어두워지기 시작한 야외였다면 절대 나올 수 없는, 밝은 조명 아래 안톤과 내가 환하게 웃으며 샴페인 잔을 부딪치는 명장면, 그 보석처럼 빛나는 순간을 건졌다.

이 사진은 지금도 네덜란드 집과 서울 집 거실 중앙에 걸려 있다. 볼 때마다 기분이 환해지면서 하느님의 따뜻한 축복이 아침 햇살처럼 온몸을 감싸 안는 듯하다. 그리고 생각한다. 나를 너무나 잘 아시는 하느님이니 그런 방법을 사용하셨구나. 그날 장대비가 내리지 않았다면 나는 분명히 우겨서 야외에서 행사를 했을 거고 우리는 어두워지는 가운데 빗속에서 케이크를 나눠 먹었을 거고 손님들은 축하의 인사와 덕담은커녕 식이 빨리 끝나기만을 바랐을 거다.

결혼식에서 주례사 대신 우리는 서로에게 편지를 써서 읽어주었다. 둘 다 울먹이며 읽었던 부분, 후에 우리가 하도 여러 번 읽어서 외우고 있는 마지막 부분은 이렇다.

> 안톤에게
> 친구로, 연인으로 당신과 함께했던 모든 순간이
> 아름답고 즐거웠습니다.
> 당신의 아내가 되는 이 순간, 저는 이 세상에서 가장
> 행복한 여인입니다.
> 안톤, 당신을 마음 깊이 사랑하고 존경합니다.
> 오래전부터 그래왔으며 앞으로도 영원히 그리할 것입니다.
>
> 비야에게
> 이 성스러운 혼인식으로 당신과 나는 하나가 되었습니다.
> 하느님이 주신 당신이라는 선물을 평생 동안
> 마음을 다하여 소중하게 간직하겠습니다.
> 비야, 당신을 사랑합니다.

함께 걸어갈 사람이 생겼습니다

한비야 박사 만들기 프로젝트

* *biya*

"미래의 한비야 박사님을 향하여, 경례!"

2014년 여름, 태국 치앙마이에서 만난 안톤에게 박사과정 공부를 하기로 했다니까 갑자기 거수경례를 하면서 90도로 허리를 굽혀 인사하는 등 격한 반응을 보였다.(내가 정색하고 '통보'하는데 자기가 한마디라도 토를 달면 '분노의 폭탄'이 떨어질 것 같아서 그랬단다.) 그 자리에서 이 계획을 '한비야 박사 만들기 프로젝트'라고 이름 지었다. 이제 막 연인이 된 우리의 첫 번째 공동 프로젝트가 탄생하는 순간이었다. 우선 이 프로젝트의 총기간은 4년 이내로 하고, 그사이 모든 일정은 내 공부 일정과 진도에 맞추기로 했다. 그는 졸업하는 그날까지 충실한 조력자이자 열렬한 응원단장 역할을 자처했다. 그의 고마운 너스레 덕분에 이 대형 프로젝트를 부담과 걱정 대신 흥분과 설렘으로 시작할 수 있었다.

솔직히 박사과정 입학은 대단히 어려운 결정이었다. 그래서 큰 결정을 할 때마다 늘 하던 방법대로 큼직한 전지를 잘 보이도록 벽에 붙여놓고 중간에 금을 그어 한쪽에는 '해야 할 이유', 다른 쪽은 '하지 말아야 할 이유'로 나누고 생각나는 대로 적어보았다.

이 프로젝트는 한 사람의 끈질기고 진심 어린 권유에서 비롯됐다. 바로 김은미 교수. 당시 이화여자대학교 국제대학원장으로, 우리나라 국제 개발 협력 분야에서 독보적인 분이다. 2012년부터 학교에서 '국제구호와 개발 협력'이라는 강의를 같이 했는데 틈만 나면 나에게 박사과정을 밟으라고 권했다. 현장 경험을 바탕으로 가르치는 것도 중요하지만 박사과정 공부를 통해 구호의 문제점을 분석하고 해결책을 도출하는 연구 능력을 키우면 좋은 정책을 만드는 데 큰 역할을 할 수 있다고 설득했다.

백번 맞는 말이다. 국무총리실 소속 국제개발협력위원회 위원으로 6년간, 또 UN과 코이카 자문위원으로 각각 3~4년씩 일하면서 회의 때마다 내 조언이 현장에 대한 이해를 높이는 데는 도움을 주었을지언정, 정책 결정에 반영되는가는 늘 의문이었다. 그도 그럴 것이 정책 입안자들이 모든 현장에 포괄적이고 일반적으로 적용할 수 있는 정책을 만들려면 연구를 통해 증명된 결과와 통계 등을 근거로 해야 하기 때문이다.

내가 연구 역량까지 갖춘다면 현장, 연구, 정책의 세 분야를 연결할 수 있는, 지금보다 이 분야에 훨씬 쓸모 있는 사람이 될 것이다. 박사라는 타이틀이 주는 현실적인 프리미엄도 분명히 있을 거고.

반면 이 공부를 하려면 시간적, 체력적, 금전적, 심리적으로 막대한 투자가 필요하다. 앞으로 몇 년간은 방학 때나 현장에 갈 수 있으니 이 현장 근무 공백이 제일 마음에 걸렸다. 체력도 그렇다. 5년 전에 석사할 때도 죽을 뻔했는데 박사학위 공부는 그때와는 비할 수 없는 강도일 테고, 주 수입원인 특강을 할 수 있는 날이 대폭 줄어든다는 점도 각오해야 한다. 더구나 이걸 하는 동안은 시간에 쫓길 게 뻔한데 이제 막 시작한 안톤과의 연애는 어쩐단 말인가?

두 달 이상을 고민하던 중 어느덧 2014년 가을학기 원서 마감일이 코앞에 다가왔고 어느 쪽이든 양단간에 결단을 내려야 했다.

'일단 시작해보자. 하다 못하겠으면 그때 그만두면 되는 거고, 그만두더라도 한 만큼은 공부한 거니까 밑질 것도 없지 뭐. 막상 해보면 생각보다 별 거 아닐 수도 있잖아? 힘들어봤자 4~5년일 텐데 무사히 끝내면 죽을 때까지 한비야 박사로 사는 거니까 아주 괜찮은 투자지.'

신뢰가 목숨을 구한다

* *biya*

2014년 가을, 이화여자대학교 국제대학원 박사과정에 입학했다. 만 56세, 국제대학원 역사상 최고령 학생이었다. 내가 최연장자라고 봐줄 것 같은가? 천만의 말씀! 교수들에게 나는 그저 학생 중 한 명일 뿐이다. 나 또한 그런 특별 배려를 기대하지도, 원하지도 않았다.

그래서 4학기 내내 단 한 번의 수업도 빼먹지 않았으며 모든 시험을 보고 모든 과제를 제출했다.(이렇게 하기 위해 어떤 노력을 했는지는 하느님만이 아실 거다.) 한 학기에 세 과목, 총 열두 과목의 수업을 들으면서 현장 상황과 동떨어진 이론에 분개했고 수업 발표를 통해 현장의 실상과 경험을 나누기도 했다.

박사과정 중 제일 어려웠던 과목은 고급 통계학이었다. 각종 데이터 분석에 꼭 필요한 지식과 방법을 익히는 전공필수 과목이었지만 복잡한 이론과 공식은 물론 루트, 로그, 미분, 적분 등도 사용해야 해서 마지막 학기에 몰릴 때까지 미루고 미뤘다. 대입 시험을 치른 이후 수학 책을 들춰본 적도 없으니 겁이 났던 거다. 첫 수업, 젊은 체코인 경제학 교수는 이번 학기에 통계학 중 계량학 분야 교재 전체를 다룰 계획이라 수업 진도가 조금 빠를 거라고 했다. 학습 평가는 열 번의 소과제물, 중간고사 그리고 소논문을 써야 하는 기말고사로 하겠다고 했다. 강의 계획안 설명이 끝났을 때, 나는 완전 전의 상실, 의기소침, 망연자실!

'제대로 걸렸군!'

첫 수업 후 반 이상의 학생이 수강을 취소했지만 나는 마지막 학기라 더 이상 피할 수가 없었다. 그렇다면? 가능한 방법을 총동원해서 어떻게든 해내는 수밖에. 그때부터 부지런히 계량학 인터넷 강의와 외국 대학교의 유튜브 강의를 듣고 통계 전공 대학원생에게 개인 과외를 받으면서 이 과목의 예습 복습에 총력을 기울였다. 주제만 잘 잡으면 기말고사 소논문은 어떻게든 쓰겠지만, 기초가 없어 응용 문제는 절대 풀 수 없으니 100퍼센트 이론 중심의 중간고사를 보려면 교과서의 주요 내용과 예제를 무조건 외워야 했다. 시험을 망치면 재수강해야 하는데 이 한 과목 때문에 한 학기를 더 다닐 수는 없는 일이다.

공교롭게도 중간고사 전날 안톤이 언약식을 치르러 서울에 올

예정이었다. 그래서 어떻게 했겠는가? 아프리카에서 서른 시간을 날아 아침에 도착한 그를 집에 데려다 놓고, 그 길로 다시 학교로 돌아가 밤을 새워 초인적인 집중력을 발휘, 시험 범위 전체 내용을 머릿속에 욱여넣고는 다음 날 오후 중간고사를 무사히 볼 수 있었다. 있는 대로 진을 빼놓은 통계학의 최종 성적은 A! 내가 박사과정 중 받은 가장 뿌듯하고 자랑스런 성적이었다.

통계학 수업을 무사히 마치고 나니 4학기 동안 배운 것을 총정리해서 보는 종합 시험은 식은 죽 먹기였다. 모든 과목을 한 번에 통과하면서 이력서에 최소한 박사과정 수료라고는 쓸 수 있게 되었다. 박사과정의 한 단계는 넘은 셈, 이제 논문만 남았다.

논문 주제는 나의 가장 큰 관심 분야인 재난 위험 감소로 정했다. 이미 발생한 재난에 잘 대응하는 것보다 미리 재난 요인을 줄이는 게 재난 피해를 줄이는 가장 효과적인 방법임을 현장에서 뼛속 깊이 깨달았다. 병원으로 비유하면 재난 긴급 대응은 사고로 피를 철철 흘리는 환자와 이들을 살리기 위해 뛰어다니는 의료진이 있는 응급실이고 재난 감소는 병을 미리 막기 위한 예방접종실이다. 재난 대비 비용으로 1달러를 쓰면 재난 대응 비용을 4달러 줄일 수 있다는 연구도 있다.

대형 자연 재난이라도 재난 대비를 잘했다면 대규모 인명 피해를 막을 수 있었다는 연구는 얼마든지 있다. 예를 들어 2004년,

인도양 쓰나미 때는 최대 30미터 높이의 파도가 시속 600킬로미터 이상의 속도로 밀려들어와 20여 만 명을 죽음으로 내몰았다. 그러나 주민들을 대여섯 시간 전에만 안전한 곳으로 대피시켰다면 그렇게 많은 사람이 죽지 않았을 거다. 아무리 엄청난 쓰나미라도 파도가 해변에서 5킬로미터 안까지는 미치지 못하니 어른 걸음으로 두세 시간만 걸어도 목숨을 건졌을 거라는 얘기다.

이 지역 주민들이 쓰나미 상황에서 어떻게 해야 할지 한번이라도 교육이나 훈련을 받았더라면, 동네마다 대피를 알리는 사이렌 확성기만 있었더라면 얼마나 많은 목숨을 구할 수 있었을까? 그러나 재난이 일어난 후에야 미디어의 관심과 구호 자금이 몰리는 게 현실이다. 나는 늘 그게 안타까웠다. 오랫동안 생각해온 이 문제는 자연스레 내 논문 주제가 되었다.

사례 연구 국가는 필리핀, 연구 질문은 다음과 같다. 지리적, 사회경제적 재난 취약성이 비슷하고 동일한 위험 감소 시스템이 있는 두 지역에 비슷한 시기에 초대형 태풍이 왔을 때 한 지역은 수천 명이 사망, 부상, 실종했는데 다른 지역은 인명 피해가 거의 없었다. 이런 차이는 어디에서 오는가?

연구 결과, 재난으로 인한 직접적인 인명 피해 규모는 재난 조기 경보와 대피 명령을 얼마나 잘 따르는가에 달려 있고 이를 결정하는 것이 사회적 자본이었다. 즉 지역 내에서 주민들이 1) 가족 및 이웃 간의 신뢰 2) 마을 자치단체, NGO 및 시민단체, 교회 등 종교 집단과의 신뢰 3) 지방 및 중앙 정부 간의 신뢰가 높을수록 주민들이 조기 경보와 대피 명령에 잘 따르며 그 결과 인명 피해를 줄일 수 있다.

이 연구 결과는 재난 위험을 줄이기 위해서는 조기 경보 시스템을 구축하고 댐, 방파제, 대피소를 건설하고 재난 방지 매뉴얼을 만들어 주민 훈련을 해야 하는 것만큼이나, 평소에 사회 구성원과 다양한 조직 간의 신뢰를 쌓는 일이 중요하다는 것을 밝혀 주었다. 일선에서 일하기 시작한 2002년부터 직접 보고 느껴왔던, 특히 2014년 필리핀 현장에서 의문을 품었던 것을 연구를 통해 학문적으로 증명해 보일 수 있어서 정말 기뻤다.

안톤, 내 인생의 응원단장

＊ biya

    논문 1년 차 진도는 그런대로 순조로웠다. 완전히 망치는 날도 많았지만 계획보다 잘되는 날이 더 많았다. 치질이 도지고 눈이 짓무를 지경이지만 의욕만은 하늘을 찔렀다. 약속대로 안톤은 조력자이자 장거리 응원단장 역할을 톡톡히 해주었다.

    재난 위험 감소Disaster Risk Reduction에 관한 UN과 주요 NGO들의 최근 추진 방향을 알 수 있는 자료 등이 필요하다니까 다음날 UN에서 이 분야 최고 책임자를 맡고 있는 사람의 이메일 주소와 전화번호를 알려주며 자기 이름만 대면 언제든지 인터뷰가 가능하다고 했다. 내가 필요한 사람은 실무 담당자이지 그렇게까지 높은 사람이 아니었는데. 마치 불광동 동장에게 물어봐도 될 일을 국무총리와의 인터뷰를 주선한 경우와 마찬가지다.

    안톤은 한국에 올 때마다 머리가 잘 안 돌아갈 때 '보약 삼아'

178

먹으라고 초콜릿을 잔뜩 사왔다. 한번은 내가 저녁마다 술을 한 잔씩 하니, 아예 술이 잔뜩 들어간 초콜릿을 사오는 센스를 발휘했다. 내가 마구 칭찬하니까 네덜란드에 돌아가자마자 독일에 가서 럼, 위스키, 코냑 등이 들어간 초콜릿을 잔뜩 샀다며 이렇게 묻기도 했다.

"술 든 초콜릿 많이 샀으니까, 나 한국 또 가도 돼?"

이런 그가 고맙기도 하고 귀엽기도 하지만 공부한답시고 이렇게 그 사람을 외롭게 두는 게 짠하고 미안했다.

2년 차가 되니 논문 집필 일정이 자꾸만 늦춰졌다. 답답하고 자존감이 떨어졌다. 남들은 직장에 다니거나 아이를 키우면서도 잘하던데 나는 최소한의 사회생활을 제외하고는 논문 쓰는 데만 전념하는데도 항상 미리 계획했던 집필 일정을 다 소화하지 못했다. 이게 언제나 끝나나 조바심이 나고, 과연 끝낼 수 있을까 두려움도 들었다.

그러나 놀랍게도 이런 과정이 아니었다면 절대 알 수 없었을 많은 것을 깨달았다. 동병상련이라고, 무엇보다 수많은 수험생, 재수생, 취업준비생들의 마음을 조금이나마 알게 되었다. 하루도 마음 편한 날 없이 조여드는 시험 압박감. 묵묵히 뒷바라지 해주는 사람들에 대한 죄송함. 하루라도 늦잠 자거나 슬렁슬렁 공부한 날에 몰려드는 자책감. 이렇게 한다고 되기는 할까 싶어서 생기는 자괴감……. 아, 이제는 특강을 들으러 온 친구들에게 무조건 더 열심히 하라고 말하지 않을 거다. 그렇게 말하는 건 폭력이다. 이들은 이런 엄청난 부담을 안고서 이미 죽을 만큼 열심히 하고 있는 거니까.

안톤은 내가 논문 집필에 필요한 데이터 수집과 인터뷰를 하기 위해 보름 일정으로 필리핀에 갈 때 네덜란드에서 날아와 비서 역할도 충실하게 해주었다. 자기 인맥을 총동원하여 주요 인사 및 기관들과의 인터뷰를 주선했을 뿐 아니라 항공권 및 숙소를 예약하고 184명과 실시한 스물여덟 번의 인터뷰를 주제별로 잘 분류해주었다. 나 같은 '목표돌진형'은 처음 본다며, 가끔씩 기특한 어린 딸 대하듯 머리까지 쓰다듬어주었다.

빡빡한 일정 때문에 각자의 나라로 떠나기 전날에야 오붓한 시간을 가질 수 있었다. 그때 우린 결혼한 지 1년도 안 된 신혼부부였다.

"안톤, 고마웠어요. 당신은 비서로는 100점, 남편으로선 500점!"

그랬더니 그가 웃으며 하는 말,

"아, 지금 프로젝트 평가 시간인가? 당신은 학생으로선 500점, 부인으로선 50점! 하하하, 농담이야 당신은 언제나 100점 만점에 100점!"

농담이라지만 뜨끔하고 미안했다. 그러나 내 학생 시절은 1~2년 안에 끝나는 거고 부인 노릇은 평생 하는 거니까 평균 점수를 올릴 기회는 얼마든지 있다. 서방님, 논문 끝나고 봐요!

한국에 돌아오자마자 속도를 내기 위해 책상 앞에 이렇게 크게 써서 붙여놓았다.

"안톤을 더 이상 기다리게 할 수는 없지 않은가!"

그리고 조카의 4세짜리 딸에게 디즈니 모아나 인형을 빌려와서 책상 앞에 두었다. 역경을 차례차례 이기며 나아가는 모아나가 이렇게 외쳐주기를 바라면서.

'한비야, 앞으로!!!'

논문이 막바지로 갈수록 그야말로 고난의 행진이었다. 특히 데이터 분석과 결론 부분을 쓸 때는 체력도 정신력도 완전히 바닥났다. 주마가편, 있는 힘을 다해 달리는 말에 너무나 오랫동안 채찍질을 했다.

그러나 모든 일에는 끝이 있는 법. 그렇게 한 발짝 한 발짝 힘겹게 앞으로 나아간 결과, 중간 심사를 통과하고 드디어, 마침내 최종 심사날이 왔다. 결과는 통과! 몇 가지를 수정 및 보완한다는 조건이 붙었다.

안톤은 네덜란드에서 이 소식을 듣자마자 그 길로 집 앞에 국기를 게양하고 가방을 내다 걸었다. 네덜란드에는 졸업 등 학문적인 성취를 이룬 가족이 있으면 국기와 가방을 걸어놓는 전통이 있단다. 그걸 본 동네 사람들이 누가 졸업했느냐고 물을 때마다 내 부인인 비야가 드디어 박사가 되었다고 얼마나 뻐기며 소문을 냈는지 졸업 후 레인더에 갔을 때 날 Misses van Zutphen(반 주트펀 부인)으로 부르던 사람들도 깍듯하게 Dr. Biya Han(한비야 박사님)이라고 할 지경이었다.

피, 땀, 눈물, 그리고 감사, 감사

＊ *biya*

'이번에는 꼭 돼야 되는데…….'

너무나 절박해서 손바닥에 식은땀이 날 지경이었다. 최종 논문 심사만 통과하면 졸업은 따놓은 당상이라지만 내 경우는 좀 달랐다. 졸업하려면 학교가 인정하는 학회지에 소논문을 등재해야 하는데 내가 제출한 소논문이 수정 후 재심에 걸린 거다.

재심에도 통과하지 못하면 졸업을 다음 학기로 미뤄야 하니 그동안 전폭적인 지지를 해준 지도교수를 비롯한 다섯 분의 논문 심사위원들에게 무슨 면목이 있겠으며 안톤에게는 또 얼마나 미안한 일인가.

또한 처음 외부에 선보이는 연구자로서의 학술논문이 퇴짜를 맞는다면 이게 무슨 망신이고 자존심 상하는 일인가 말이다. 무엇보다 한 학기를 더 버텨낼 체력도, 의욕도 남아 있지 않았다.

이번에 끝내려면 박사학위 논문을 보완하는 동시에 소논문을 최선의 최선의 최선을 다해 수정해야만 했다. 그러기를 한 달, 마감일에 맞춰 수정본을 보내놓고 기도하는 마음으로 재심 결과를 기다리고 있었다.

2019년 6월 7일, 안개가 잔뜩 낀 아침, 서서 아침밥을 먹다가 울음을 터뜨리고 말았다. 재심 통과, 소논문 게재 확정! 이 소식을 듣는 순간, 팽팽했던 긴장의 끈이 뚝, 끊어지면서 참았던 울음이 터져 나왔다. 하느님, 고맙습니다! 비명에 가깝게 겨우 두 마디를 하고는 뚝뚝 떨어지는 눈물을 손등으로 닦으며 엉엉 울었다. 그날 그 아침 그 순간이 논문을 쓰면서 가장 극적인 순간이자 가장 기뻤던 순간이다. 모든 박사과정이 완전히 끝나는 순간이기도 하다.

햇수로 3년간 논문을 쓰는 동안 두 번 피눈물을 흘렸다. 첫 번째는 맨 처음 지도교수랑 면담하며 논문 전반에 대해 이야기하는 날인데, 내가 이걸 할 수 있을까 하는 중압감에 눈에 핏줄이 있는 대로 서다가 결국 터지고 말았다.

두 번째는 최종 논문 심사 후 엄청난 스트레스를 받으며 몇 날 며칠 밤을 새워 고치고 또 고친 최종 논문을 가슴에 성호를 그은 후 도서관 온라인 사이트에 올리고 나서다. '전송' 버튼을 눌러 이 논문을 세상으로 내보내는 순간, 꽈리 모양으로 부풀대로 부푼

눈 실핏줄이 또 터져버렸다.

그 순간, 후련함과 짜릿함으로 온몸을 떨었다. 안톤이 같이 있었다면 얼마나 좋았을까? 그날 밤, 영상통화를 하며 학위 논문 앞장에 쓴 감사의 글 중 안톤에게 해당되는 부분을 읽어주었다.

당신에게 가슴 깊은 곳에서 우러나오는 고마움을 전한다고. 논문을 쓰는 동안 당신은 지혜로운 조언자였고 엄격한 비평가였으며 열렬한 응원단장이었다고. 힘들 때 당신의 어깨에 기대어 울 수 있었다고. 당신은 이 세상에서 최고의 남편이라고.

2019년 이화여자대학교 하기 졸업식에서 박사학위증과 함께 베스트논문상을 받으면서 드디어 국제학박사가 되었다. 2014년 9월 1일에 시작해서 2019년 8월 30일, 5년 만에 만 61세 한비야 박사가 탄생한 순간이다.

우리 가족 3대가 모두 모여 집안의 첫 박사 탄생을 축하해주었다. 조카의 5세짜리 딸은 플래카드까지 들고 와서 '난동'을 부렸고 울보 큰언니는 기어이 기쁨의 울음을 터뜨리고 말았다. 하늘에 계신 우리 엄마, 아버지도 박사 딸이 생겨서 좋으실 거다.

안톤은 결혼식 때 입었던 까만 예복을 떨쳐입고 졸업식장에 나타나 자기가 학위를 받은 양 내가 받은 꽃다발을 한아름 안고 싱글벙글했다. 그리고 시도 때도 없이, 앞뒤 맥락도 없이 큰 소리로 나를 불렀다.

"Dr. Biya Han!"

우리의 첫 번째 프로젝트 '한비야 박사 만들기'는 이렇게 성공적으로 완료되었다.

3

*

네덜란드 서울댁,
한국 안 서방

*

봄의 정원으로 오라.

이곳에 꽃과 술과 촛불이 있으니

만일 당신이 오지 않는다면

이것들이 무슨 의미가 있는가.

그리고 만일 당신이 온다면

이것들이 또한 무슨 의미가 있는가.

-잘랄루딘 루미, 〈봄의 정원으로 오라〉

(류시화 엮음, 《사랑하라 한번도 상처받지 않은 것처럼》, 오래된미래)

"문제없어요, 네덜란드니까요"

*biya

"안톤이 덴마크 사람이지?"

"아니, 네덜란드 사람인데……."

"앗, 거기가 거기 아닌가?"

주위 사람들은 가끔 헷갈려하며 이렇게 묻곤 한다. 두 나라 모두 북해를 끼고 있는 작은 왕국에 국민소득, 복지 수준, 행복지수가 높은 데다가 우유와 치즈로 유명한 것까지 비슷하니 그럴 만도 하다. 그러나 네덜란드 사람들에게 두 나라가 혼동된다고 하면 옆 나라도 아닌데 어떻게 그럴 수 있냐며 깜짝 놀란다. 그러면서 농담 삼아, 그러나 자부심에 차서 말한다.

"자기 국토를 자기가 만든 나라는 세상에 네덜란드밖에 없잖아요? 세상은 신이 만들었지만 네덜란드는 네덜란드인이 만든 셈이죠."

전 국토의 약 3분의 1이 바다를 메워 만든 간척지이니 이런 말을 할 만도 하다.

내게 네덜란드는 언제나 매력적인 나라였다. 실타래같이 얽힌 운하, 그 운하를 따라 다닥다닥 붙어 있는 장난감같이 예쁜 건물들, 풍차, 나막신, 튤립 등의 상징물, 젖소가 거니는 평평하고 푸른 목초지 등 네덜란드 소개 책자마다 나오는 자연 풍경은 물론이고, 여왕의 생일에는 전 국민이 오렌지색 옷을 입는다거나 한국에서는 가지고만 있어도 감옥에 가는 마리화나를 커피숍에서 배달해서 피울 수 있다는 점 등이 호기심을 자극했다.

1989년, 네덜란드에 처음 가보았다. 미국 유학 중 로마에서 열린 국제 행사 인턴으로 일했는데 그때 번 돈으로 여름방학을 이용해 서유럽을 '1일 1도시', 주마간산으로 여행했다. 새벽 기차를 타고 암스테르담에 내려 자전거를 빌려 하루 종일 땀을 뻘뻘 흘리며 반 고흐 미술관, 왕궁 등 주요 관광지를 다니다가 해질녘, 느긋하게 배를 타고 운하를 따라 흘러가며 본 암스테르담의 밤 풍경은 아름답고 평화로웠다. 늦은 저녁 별빛 쏟아지는 노천카페에서 하이네켄 맥주를 마시며 옆 나라로 떠날 기차를 기다리는데 앞자리 연인들이 어찌나 진하게 키스를 하는지 눈을 어디에 둘지 몰랐던 기억도 생생하다. 떠나면서 꼭 다시 와야지 했었는데 이 나라에 살게 될 줄은 꿈에도 몰랐다.

이 나라에 대한 첫 관심은 초등학교 교과서에서 본 한 이야기에서 비롯되었다. 한 아이가 우연히 둑에 작은 구멍이 난 걸 발견하고는 밤새 손과 팔뚝, 마지막에는 온몸으로 그 구멍을 막아 바닷물이 못 들어오게 했다는 이야기. 실화가 아니라는 걸 나중에 알았지만 함께 실린 삽화가 주는 느낌이 어찌나 강렬했던지 네덜란드 하면 자동적으로 떠오르는 한 장면이었다.

이 나라가 왜 이렇게 물과 사투를 벌여야 하는지는 지도를 보면 한눈에 알 수 있다. 전 국토를 누비며 흐르는 세 개의 강인 라인강, 마스강, 스헬더강이 바다로 빠져나가면서 강 하구에 저지대를 형성한다. 국토의 서쪽은 해수면보다 낮은데 무려 6.7미터 아래인 곳도 있다. 이 강들을 이용하여 수로와 운하를 만들어 부를 일구긴 했지만 다른 한편 바닷물 유입을 막고 강 수위를 조절하기 위해 해안선과 강변을 따라 약 2만 킬로미터의 제방을 쌓고 풍차를 이용해 끊임없이 둑 안쪽의 물을 퍼내야 했다.

그뿐인가. 이 나라 사람들은 북해 근처의 폭이 좁은 육지 양끝 사이를 방조제로 막아 간척지로 만들었다. 기원 전 켈트족, 게르만족, 로마인이 차례로 이 땅에 정착하면서 시작된 물과의 투쟁이 지금은 델타프로그램이라는 이름의 국책 사업으로 이어지고 있다. 1953년 대홍수로 참담한 피해를 입은 뒤 다시는 이런 재난을 반복하지 않기 위해 대규모 댐과 방조제 시설 구축에 온 힘을 쏟고 있는 거다.

역사를 통해 쌓아온 자부심 때문일까? 내가 만난 네덜란드 사람들은 '물의 위협으로부터 땅을 지킨다'는 자신감에 차 있다. 암스테르담이 방콕, 마이애미와 함께 지구온난화로 해수면이 상승하면 바다에 잠길 가능성이 가장 높은 고위험 도시로 분류되었는데도, 이곳 사람들은 별 문제 없다는 태도다.

"바닷물 높이가 이렇게 빠르게 상승하는데 이미 '해수면 아래 낮은 땅'인 네덜란드는 괜찮을까요?"

내가 걱정되어 물으면 이렇게 답한다.

"전혀 걱정 안 해요. 우리는 물을 어떻게 다루는지 알거든요."

"그래도 해수면 상승에 따라 기존에 있는 그 긴 둑을 점점 더 높게 쌓으려면 천문학적인 돈이 들 텐데요."

이 질문에는 바로 이런 답이 나온다.

"문제없어요. 필요하다면 그렇게 할 정도의 돈은 있으니까요."

세계 최초가 많은 나라

* *biya*

내 최대의 취미이자 장기는 세계사 공부다. 어릴 때부터 세계지도를 보며 나라 밖 세상에 대한 관심을 키워서인지 학교에서 배우는 세계사는 재미없는 암기 과목이 아니라 흥미진진한 이야기의 바다였다. 흥미가 있으니 자연히 공부도 열심히 했고 덕분에 거의 모든 시험에서 만점을 받았다.

내 비결은 연대표와 세계지도를 나란히 놓고 세계사 공부를 하는 것이다. 특히 한국사와 세계사를 지도와 함께 비교하면 '아, 이때가 우리의 그때였구나', 고개가 끄덕여지면서 그 시대 역사의 흐름이 머릿속에 박힌다. 학습 효과 만점이다. 30대에 세계일주를 할 때도 40~50대에 구호 현장에서 일할 때도 이렇게 익히고 다진 세계사 지식이 여행과 현장 근무를 풍성하게 해주었음은 물론이다.

지금도 틈만 나면, 아니 틈을 내서 세계사 공부를 하는데 진심으로 재미있다. 순수한 취미 생활답게 그때그때 관심 가는 주제를 따라가다가 특정 주제에 꽂히면 관련된 온갖 자료를 찾아 읽는다. 각종 역사책, 학술지와 논문은 물론 영화, 다큐멘터리, EBS 세계사 강의, 역사 관련 유튜브 등을 종횡무진 섭렵한다.

결혼 후엔 당연히 '네덜란드 역사'에 꽂혀 있다. 기왕 여기서 살거면 이 나라를 잘 알수록 좋을 터. 한 나라를 이해하는 데는 그 나라와 주변 국가의 역사 공부만 한 게 없는 것 같다. 그런 의미에서 네덜란드 생활 얘기에 앞서 네덜란드 역사를 아홉 문단으로 간추려본다. 조금 딱딱하더라도 이 책을 좀 더 재밌게 읽기 위한 미니 강의라 생각해주시길!

홀란드 혹은 화란和蘭이라고도 불리는 네덜란드의 정식 국가 명칭은 네덜란드 왕국Kingdom of the Netherlands. 이름이 말해주듯 왕이 있는 왕국Kingdom이고 국토의 약 25퍼센트가 물밑에 있어 나라 이름이 저지대Netherlands라는 뜻이다. 현대 네덜란드에 대한 이해가 목적이라면 기원전 초기 역사까지 거슬러 올라갈 것 없이 1648년 독립 전후부터 살펴봐도 충분하다.

1500년대 중반, 칼뱅의 종교개혁 후 개신교도가 많아지고 상업과 무역으로 부를 축적한 네덜란드는 그들을 지배하며 혹독하게 과세하던 가톨릭 국가 스페인에 대항해 1567년부터 무려 80년간 독립전쟁을 벌였다. 당시에 우리나라도 임진왜란과 병자호란, 두 차례의 큰 전쟁을 치르고 있을 때였다. 전쟁에서 이긴 네덜란드는 1648년 베스트팔렌 조약으로 이웃 나라들에게 독립을 승인받아 현재 네덜란드의 기틀을 마련했다.

이때 독립전쟁을 승리로 이끈 사람이 오라녜 공으로 현재 네덜란드 국민에게 전폭적인 지지를 받는 왕실의 선조다. 전 세계 바다를 누비며 경제는 물론 예술, 과학 등 전방위로 눈부신 번영을 이룬 1650~1750년을 '황금 시대'라고 부른다. 약 100년의 황금기는 아이러니하게도 네덜란드와의 전쟁에서 패한 스페인이 보복 조치로 해상을 봉쇄하고 유럽 각국과의 모든 교역을 금했을 때 시작되었다. 새로운 해상로와 교역국을 개척해야 했던 네덜란드는 세계 최초로 주식회사, 증권거래소를 만들고 그 자본과 그동안 축적했던 항해술과 조선술을 바탕으로 화물운송용 선박을 제조해 바닷길을 개척했다.

황금기 이전에 동인도회사를 설립하여 남아프리카 희망봉을 돌아 인도네시아를 거점 삼아 일본과 뉴질랜드까지를, 서인도회사로는 수리남과 뉴욕 및 뉴저지까지를 그들의 상권으로 만들고 있었던 점 역시 황금기를 연 결정적인 요인이다. 황금기 당시 전 세계 바다에 떠다니는 상선의 50퍼센트가 네덜란드 배였다니 말 다하지 않았는가?

그 상선들로 아메리카에서는 은을, 아시아에서는 향료를, 아프리카에서는 노예를 실어다 팔며 엄청난 부를 쌓았다. 이 시기 암스테르담은 동서양 교역과 문화의 중심지였고 이때 동인도회사 소속 배로 일본에 가다 풍랑을 만나 우리나라에 온 사람이 《하멜 표류기》를 쓴 하멜이다.

1800년, 유럽 역사에 절대 빠질 수 없는 사람이 등장하니 그 이름은 나폴레옹! 유럽 전역을 주름잡던 나폴레옹은 네덜란드도 침공하여 프랑스 속국으로 만들어 동생인 루이 나폴레옹에게 다스리게 했는데 이 동생은 훌륭한 통치력과 행정력을 발휘, 네덜란드에 큰 도움이 되었다.(놀랍게도 아직까지 이 나라 사람들의 일상 대화에서 심심치 않게 나폴레옹 얘기가 나온다.)

하지만 1815년, 나폴레옹이 러시아 원정 전쟁에 이어 영국, 프로이센, 네덜란드 연합군과 맞붙은 워털루 전쟁에서 참패한 후 엘바섬으로 쫓겨나 최후를 맞으면서 그의 시대도 끝이 났다. 우리나라에서는 정조가 갑자기 죽고 어린 순조가 즉위하면서 안동 김씨의 세도정치가 극성을 부리던 시기였다. 나폴레옹의 몰락으로 네덜란드에서도 프랑스군이 물러나고 독립전쟁 때 공을 세웠던 오라네 공 가문이 왕실의 문을 열면서 오늘날에 이르렀다.

1900년대 네덜란드는 다른 유럽 강대국들처럼 인도네시아, 수리남 등 크기가 본토의 쉰 배가 넘는 식민지를 착취하고 수탈하면서 막대한 부를 축적했다.(이들에게 300여 년간 지배를 받았던 인도네시아인들의 반네덜란드 투쟁사를 보면 '더치 마스터'의 가혹함에 치가 떨릴 정도다.) 현대에 들어 1차 세계대전에는 중립을 지켜서 무사했지만 2차 세계대전에서는 중립선언을 무시한 독일에게 침략을 받아 로테르담이 초토화되기도 했다. 한국전쟁 때는 UN 깃발 아래 4,748명이 참전했고 그중 116명이 전사했다. 그후 미국의 마셜 플랜에 힘입어 빠르게 전후 복구를 하면서 현재 1인당 국민소득 5만 달러가 넘는 복지 선진국이 되었다.

2차 세계대전 후 네덜란드에서는 여러 분야에서 '세계 최초'라는 수식어가 붙은 법이 만들어졌다. 1956년 세계 최초로 65세 이상의 국민 모두에게 동일한 금액의 기초연금을 지급한다는 연금법을 제정했고, 마리화나 합법화(1976), 매춘 합법화(2000), 동성결혼 합법화(2001), 안락사 합법화(2002) 등도 다른 나라들보다 앞서 시행했다.

여기 사람들에게 왜 그런가 물어보면 하나같이 네덜란드의 진보적 성향과 관용주의의 소산이라는 이유를 꼽으며, 금지해봤자 어차피 할 일은 조건을 달아 허용하는 게 낫다는 실용주의 영향도 있을 거라고 덧붙인다.

차별 금지를 강조하는 이 나라 헌법 1조에서 그 사상적 뿌리를 찾는 학자들도 있다. 네덜란드 헌법 1장 1조는 이렇다.

네덜란드 왕국 안에 있는 모든 사람은 평등한 상황에서
평등한 대우를 받는다. 종교, 신념, 정치적 의견, 인종,
성별 혹은 기타 그 어떤 사유에 기초한 모든 형태의
차별을 금지한다.

대한민국 헌법 1조 1항, 2항과는 확연히 다르다.

> 제1항 대한민국은 민주공화국이다.
> 제2항 대한민국의 주권은 국민에게 있고,
>   모든 권력은 국민으로부터 나온다.

헌법을 보면 제헌 당시 그 나라의 가장 중요한 과제가 무엇인
지 알 수 있다는데, 그렇다면 1948년에 헌법을 만든 우리는 국민
의 주권 회복이 절대적인 과제였고 1814년에 헌법을 만든 네덜
란드는 평등과 차별 금지가 제1과제였기 때문이 아니었을까?

웰컴 투 레인더

biya

안톤과 내가 사는 레인더는 인구 4,000여 명의 작은 마을이다. 네덜란드 열두 개 주 가운데 남부 브라반트주에 속하는데 수도인 암스테르담까지는 기차로 두 시간 반쯤 걸린다. 차로 20분 거리에는 이 나라 5대 도시 중 하나인 에인트호번이 있다. 글로벌 전자제품 회사 필립스가 있고 박지성 축구 선수 덕분에 우리에게도 친숙한 이름이다.

작은 이 마을은 놀랍게도 서유럽의 허브다. 벨기에까지는 고작 10킬로미터. 자전거로는 30분, 레인더 숲길 따라 천천히 걸어가도 두 시간 남짓 걸릴 뿐이다. 큰 도로 표시를 제외하면 변변한 이정표도 없어 국경이 아니라 옆 동네를 드나드는 것 같다. 독일까지는 차로 약 30분 거리로, 안톤은 한 달에 한두 번은 맥주를 사러 독일에 다녀온다. 프랑스 파리까지는 차로 네 시간 반 정도

걸리는데, 에인트호번에서 하루에도 수차례 직행 버스가 떠난다. 하늘 길도 마찬가지다. 에인트호번 공항에는 모로코, 이집트, 터키나 그리스까지는 왕복 100유로(약 13만 원), 이탈리아나 스페인에는 편도 36유로(약 5만 원)에 갈 수 있는 저가 항공기가 많다.

　인구는 적지만 동네에는 없는 게 없다. 마을 정중앙에 성당이 있고 그 주위에 대형 슈퍼마켓이 세 개나 있다. 또 식당이 아홉 곳, 술집이 네 곳, 꽃가게, 책방, 자전거점, 가구점, 대를 이어 운영하는 빵집과 정육점 등이 있어 편리하다. 근처에는 캠핑장이 다섯 곳, 한 마리에 1~2억 원을 호가하는 중동 부호들의 말 훈련장도 다섯 곳이나 있다.

　한편 우리 집에서 20분만 걸어 나가도 완연한 시골이다. 네덜란드답게 평평한 목초지에 방앗간용 풍차가 보이고, 감자밭, 아스파라거스밭, 옥수수밭이 드넓게 펼쳐진다. 묘목과 꽃 모종을 기르는 농원이 있고 소, 말, 돼지를 키우는 축사도 있다. 우리나라에서도 네덜란드산 돼지고기를 많이 수입한다는데 이따금 한밤중에 축사 창문을 열어 환기라도 시키면 온 동네에 돼지우리 냄새가 진동한다. 동네의 끝은 벨기에 국경과 맞닿은 인구 1,000명의 레인더 스트라이프라는 곳으로 마을 전체가 국가 지정 문화보호 지역이 될 만큼 오래된 농가 등 옛 모습을 고스란히 간직하고 있다.

우리 동네의 성당 근처 길 이름은 라벤더길, 프리지아길, 수선화길 등 모두 꽃에서 따왔는데 우리 집은 난초길에 있다. 난초길은 홀수 줄과 짝수 줄로 나뉘고 우리는 홀수 줄에 산다. 같은 줄다섯 집에 사는 이웃들과 아주 가깝게 지내는데 이들은 모두 이곳에서 대를 이어 사는 토박이들이다.

오른쪽 옆집 1호에는 60대 중반의 독신남 톤이 반려견과 함께 산다. 커다랗고 선한 눈을 가진 톤은 못 고치는 게 없는 '레인더의 맥가이버'로 특히 컴퓨터 하드웨어 및 소프트웨어 수리의 귀재다. 천성이 남 돕는 걸 좋아해 신부님을 비롯해 그의 도움을 받지 않은 사람이 없을 정도다. 우리를 포함한 동네 사람들은 마음씨 고운 톤을 진심으로 좋아한다.

3호가 우리 집이고 5호는 60대 후반 잭과 민 부부의 집이다. 친절하고 서글서글해서 보기만 해도 기분 좋은 이 부부는 오랫동안 이 마을에서 선술집을 한 덕에 동네 역사와 사람들을 샅샅이 꿰고 있다. 7호엔 90대의 베키와 쉔, 40년째 살고 있다. 놀랍도록 규칙적인 생활을 하는 이 노부부가 장바구니를 들고 우리 집 앞을 지나가면 수요일 오전 10시, 정장을 차려입고 지나가면 토요일 오후 4시 30분으로 이때는 5시 미사에 가는 시간이다.

9호는 60대 중반의 해군 장교 출신 안톤과 재클린 집으로 앞마당도 예쁘게 꾸며놓고 산다. 우리 줄 마지막 집인 11호에는 30대 후반 독신남 릭이 사는데, 그 집을 부모에게 물려받았단다. 어찌나 생글생글 웃으며 인사를 잘하는지 모두의 귀여움을 독차지하고 있다.

반면 길 건너편인 난초길 짝수 줄 사람들과는 마주치면 형식적인 인사를 나눌 뿐, 집에 초대하는 등의 왕래는 거의 없다. 대부분 어린아이를 키우는 맞벌이 부부라 교류할 시간이 적을 뿐 아니라 동네 행사에 적극적으로 참여하지 않아서 더욱 마주칠 일이 없다.

"북쪽에서 와서 그래요."

우리 이웃들은 북쪽 사람들이라 그렇게 쌀쌀맞고 마을 일에 관심이 없는 거라고 말한다. 여기 살다 보면 가끔 남북 간의 미묘한 갈등이 느껴진다. 마스강을 경계로 네덜란드 북쪽은 가톨릭 국가인 스페인과 80년에 걸친 종교 전쟁에서 이긴 개신교도들이 주민의 주류로 장사, 무역, 금융업을 하는 자유분방하고 생각이 트인 사람들(혹은 이기적이고 돈만 아는 약삭빠른 사람들)이라 여겨진다. 지형상 저지대와 운하가 많고 작물을 경작하기 마땅치 않아 넓은 평야에서 목축을 하는 홀란드와 질란트가 북부에 속한다.

한편 남쪽은 가톨릭교도들이 주류로 농사를 짓고 가축을 키우는 전형적인 농촌으로 순박한 (혹은 상대적으로 가난하고 고리타분한) 사람들이라는 이미지가 있다. 이들은 스페인과의 독립전쟁

때 소극적으로 싸운 탓에 전쟁 후 지배 세력이 된 개신교도들에게 무지막지한 차별과 무시를 받았다고 한다. 그 당시 스페인에 호의적이었던 남부 지방은 아예 네덜란드에서 분리해 벨기에라는 나라로 탄생했다. 우리 동네에선 누가 얄미운 짓을 하면 농담 삼아 "너 북쪽에서 왔지?"라고 할 정도로 아직까지 그 남북을 나누는 정서가 뚜렷하게 남아 있다.

레인더의 랜드마크는 600년 된 고색창연하고 웅장한 성당이다. 700여 석의 본당 건물을 비롯한 채플, 사제관, 성당 묘지 등이 마을 중심부 대부분을 차지하는데 양파 모양 첨탑의 높이는 무려 40미터로 10킬로미터 밖에서도 잘 보인다. 이 성당은 신앙심 깊은 이 지역 사람들이 1425년부터 50년에 걸쳐 붉은 벽돌로 손수 지었다고 한다.(세종대왕이 훈민정음을 만들어 반포했던 무렵이다.)

그후 수백 년에 걸쳐 개보수하면서 성당은 점점 커지고 개축할 때마다 첨탑도 점점 높아지며 오늘날에 이르렀단다. 교회 첨탑이 높을수록 하늘나라와 가까워진다고 믿었던 시절이니 그럴 만도 하다. 첨탑 안에 있는 종은 시계가 없던 시절, 근동에 시간을 알려주는 역할을 톡톡히 했다. 지금도 15분에 한 번씩 울려 퍼지는 영롱한 종소리가 우리 집에서도 똑똑히 들린다.

한번은 저녁 어스름에 자전거를 타고 근처 감자밭을 지나가다 깜짝 놀라 멈춰 섰다.

"안톤 저기 좀 봐. 밀레의 〈만종〉을 그대로 복사한 것 같아."

"아, 그러고 보니 정말 똑같네."

멀리 성당 첨탑이 보이는 해질녘 들판, 저녁 종소리에 맞춰 일손을 멈추고 고개 숙여 기도하는 한 쌍의 농부가 눈에 들어왔다. 이런 장면을 수없이 보았을 그도 새삼 감탄했다. 1850년대에 그린 밀레의 그림 속 부부를 2020년 레인더 시골길에서 그 모습 그대로 만난다는 게 신기하기만 하다.

미세스 비야 반 주트펀-한

∗ *biya*

이 마을의 중심이 성당이라면 성당의 중심에는 70대 초반인 반 메일 신부님이 있다. 본당 신부님인 이 분은 유머와 에너지가 넘쳐 성당에 다니든 안 다니든 마을 사람들의 압도적인 사랑과 존경을 받고 있다. 안톤이 이곳으로 이사 오자마자 집까지 직접 찾아와 성가대에 들어오라고 권유할 만큼, 사제관에 든 도둑 두 명을 격투 끝에 쫓아내서 중앙 일간지에도 날 만큼 매사에 적극적이고도 열정적인 분이다. 미사 강론은 네덜란드어로 해서 알아들을 수 없지만 미사 집전 때의 그 진지한 표정과 손짓만으로도 감동받기에 충분하다.

처음 성당에 갔을 때 "미세스 반 주트펀이시죠?"라며 반갑게 맞아주었는데 그후로도 오랜만에 성당에 가면 "드디어 성가대 반 주트펀 씨의 부인이 한국에서 돌아왔습니다"라며 과장된 몸짓과 어투로 신자들에게 나를 소개하곤 한다.

이곳에서 격식을 갖춰 부르는 내 이름은 미세스 반 주트펀, 심지어 미세스 비야 반 주트펀-한으로 부르기도 한다. 물론 난 결혼 후에도 내 이름과 성을 그대로 유지하고 있지만 이곳 사람들이 이렇게 부르는 것까지야 어쩔 수 없는 일. 딱 두 음절로 간단명료했던, 그래서 발음하기 쉽고 기억하기 좋은 내 이름 Biya Han이 안톤 성씨 덕분에 왕창 길어지고 말았다.(이렇게 결혼이 다 좋은 건 아닌가 보다!)

안톤의 여권 이름은 안토니우스 프란시스 반 주트펀Antonius Francis van Zutphen. Antonius는 이름, Francis는 세례명, van Zutphen이 성인 전형적인 네덜란드 이름이다. 성이지만 van의 v는 소문자로 써야 하는데 이는 영어로 치면 from, 즉 어디에서 왔다는 의미의 전치사이기 때문이다. 그러니 그의 조상은 북부 주트펀 지역 출신인 거다.

이 성 때문에 안톤이 비행기 표를 예약할 때 몇 번이나 문제가 생겼다. 인터넷으로 예약할 때 성을 쓰는 자리에 van Zutphen를 넣으면 성을 한 단어로 만들기 위해 자동으로 Vanzutphen이 되거나 van은 없어지고 Zutphen만 남기 일쑤인데, 그게 여권과 일치하지 않아 몇 번이나 탑승 직전에 어딘가에 가서 본인 확인 도장을 받아와야 했다.

전통적인 네덜란드인 성에는 van 혹은 de가 붙은 게 많다. 빈센트 반 고흐는 고흐 지방에서 온 빈센트로 반은 중간 이름이 아니라 성의 일부이니까 고흐가 아니라 반드시 반 고흐라고 해야 한다. 반 암스테르담, 드 브레이스 등도 지명을 딴 성이고 반 데이크(강둑 마을), 반 데르 메런(호수 마을) 등은 사는 동네의 지리적 특성에서 따온 성이다. 그 외에 다른 유럽 성처럼 바커(빵 굽는 사람), 팀머만스(목수) 등 직업에서 유래한 성이나 얀선(얀의 아들), 피터르스(피터의 아들) 등 아버지의 이름에서 따온 성도 많다.

　희한한 성도 있는데 우리 옆집 아저씨 성은 나크트게보른(벌거벗고 태어난)이고 성당 오르간 연주자 성은 닉스로, 영어로 번역하면 'Nothing(아무것도 아니다)'이다. 첫인사 나눌 때 "처음 뵙겠습니다. 저는 아무것도 아닙니다!"라고 해서 장난인 줄 알았다. 도대체 어떻게 이런 성이 생겨났을까?

　놀랍게도 이게 모두 나폴레옹의 영향이란다.(맞다. 그 나폴레옹이다!) 사연인즉 그가 프랑스 황제가 된 1804년, 프랑스 국민은 물론 나폴레옹이 다스리는 지역 주민은 모두 출생, 결혼, 사망일을 등록해야 한다는 법령을 공표했다. 인구를 정확하게 파악해 효율적인 행정을 펼치고 과세를 하기 위해서였다. 이 인구 등록을 하자니 모든 주민들에게 이름과 성이 필요했다.

　네덜란드도 그 지역 중 하나였는데 제대로 된 성과 이름이 없으면 결혼도 장례도 치를 수 없었다. 그 시절, 귀족이나 지주 등 부자들은 이미 성을 쓰고 있었지만 가난하거나 신분이 낮은 사람들은 여태껏 없던 성을 급하게 만들어야 했다. 그때 이름이란 보통 성경 속 인물들 이름으로 한정되어 있어 수많은 사람이 같은 이름을 가졌던 탓에 성씨로 그 사람을 좀 더 정확히 알 수 있게 한 거란다.

예를 들어 수많은 철수를 그냥 철수로만 부르다가 서울에서 온 철수, 개성에서 온 철수 등 출신 지역을 붙이거나 대장장이 철수, 빵 장수 철수 등 직업을 붙여 쓰면 그가 누구인지 더 확실해진다. 뚱뚱하다(베트), 키가 작다(코트)처럼 신체적 특징이나, 빠르다(스넬) 같은 개인의 특성도 성씨가 되었다. 뚱보 철수, 날쌘돌이 철수 등의 별명이 성으로 변한 셈이다.

성가대 '아무것도 아닙니다' 아저씨에게 성의 유래를 물어보니 장난기 어린 표정으로 아마도 자기 조상이 나폴레옹 시절에 인구 등록하러 갔다가 담당관이 "성이 뭐예요?"라고 물었을 때 "나는 성이 없는데요"라고 대답하는 바람에 그런 것 같단다. 웃자고 한 얘기지만 그럴듯하다.

"근데 한국에는 김씨가 왜 그렇게 많아?"

내가 네덜란드 성씨에 대해 계속 캐고 드니 안톤이 생각났다는 듯 물었다.

"하하하. 한국 인구의 20퍼센트가 김씨거든. 이씨, 박씨까지 합하면 인구의 40퍼센트 이상이고."

"뭐라고? 그렇게나 많아? 아무튼 나한텐 잘됐네. 한국 이름 외우기 어려운데 그냥 김 선생님, 이 선생님, 박 선생님이라고만 해도 맞을 확률이 40퍼센트니까."

듣고 보니 다른 나라 사람들한테는 이런 게 신기하긴 하겠다.

불광동의 감자 보이

* *anton*

비야와 내가 사는 곳은 독바위역과 가까운 불광동으로 외국인
이 많지 않다. 그래서인지 혼자 다니면 사람들은 나를 호기심 어
린 눈으로 쳐다본다. 비야와 함께 있을 때 그녀를 알아보는 사람
들은 조심스레 내가 누군지 묻기도 한다.

"제 남편이에요. 네덜란드 사람이고요"라고 대답하면 사람들
은 한결같이, "오~" 또는 "아~" 하며 호의적인 반응을 보인다. 내
가 비야랑 같이 있는 모습이 보기 좋다는 눈치다.

1년에도 수차례 한국에 오다 보니 아파트 주민 및 인근 상점 사
람들과 자주 마주친다. 이들의 미소와 긍정적인 몸짓으로 미루어
내 신분이 어느덧 단순 방문객에서 주기적으로 오는 거주자로
바뀌었다는 느낌이다. 우리 아파트에서 불광역까지 이어진 길에
는 분식집, 횟집, 수리점을 겸한 철물점, 장작구이 통닭집, 흑염소

탕집같이 내게는 이국적인 가게가 즐비한다. 분주하고 활기 넘치는 거리를 보면 절로 즐거워져 5년이 지난 지금도 이 거리를 오르내리며 두리번거리는 게 재밌다.

한국에 살면서 세상 어디에도 없을 매우 놀라운 경험도 한다. 그중 하나는 식당에서 음식 주문을 하면 몇 분 안에 나온다는 거다. 패스트푸드점이 아니라 일반 식당에서 말이다. 집에서 음식 주문을 해도 대부분 30분 정도면 배달된다. 네덜란드에선 상상도 못할 일이다. 인터넷 쇼핑도 그렇다. 식품이든 소형 가전이든 아침에 주문하면 다음 날 문 앞에 와 있다. 매번 "벌써?"라는 말이 튀어나온다. 비야는 이런 신속한 배달을 로켓 배송이라고 가르쳐 주었다. 정말 이름값을 톡톡히 한다. 더구나 배송한 물건들이 집 앞에 쌓여 있어도 아무도 가져가지 않는다! 네덜란드 친구나 이웃들에게 이런 얘기를 해주면 못 믿겠다는 표정을 지어서 말끝마다 '정말이라니까'를 반복해야 할 정도다.

한국에서 또 놀란 일은 깨끗한 화장실을 무료로 이용할 수 있다는 점이다. 재작년 겨울, 강물도 얼 만큼 추운 날 아침에 한강변을 달리며 운동을 할 때였다. 강변을 따라 곳곳에 화장실이 있다는 걸 알고 놀랐다. 게다가 따뜻하고 화장지가 있고 누군가가 조금 전에 청소한 것처럼 흠잡을 데 없이 깨끗했다! 지하철역 화장실도 찾기 쉽고 청결하기는 마찬가지다. 더군다나 화장실 입구에는 시시티브이가 설치되어 있어 안전하기까지 하다. 유럽과는 얼마나 딴판인가!

유럽은 대부분 유료에 그 수도 매우 적다. 네덜란드에서 다섯 번째로 큰 도시 에인트호번의 중앙역 및 역과 연결된 버스터미널을 통틀어 화장실이라곤 딱 열 칸뿐이다. 당연히 유료고, 그나마 오전 7시부터 오후 9시까지만 사용할 수 있다. 24시간 여는 두 칸짜리 장애인 전용 화장실 역시 이용료가 0.7유로인데, 지저분하고 안전하지도 않아 부끄러울 지경이다.

또 한 가지 놀라운 것은 쓰레기 분리배출이다. 한국 사람들은 전 국민이 쓰레기 분리 전문가인 것 같다. 한국 생활에서 가장 어려운 것 중 하나가 바로 '쓰레기 분리배출'이다. 우리 아파트의 나이 지긋한 경비원은 내가 나타나면 또 뭘 잘못 버리지는 않나 하는 눈빛으로 날 주시한다. 네덜란드는 플라스틱과 비닐을 같은 통에 버리는데, 한국은 분류 기준이 더 세밀하거나 완전히 달라서 집중하지 않으면 실수하기 십상이다. 잔뜩 긴장한 채 일고여덟 개나 되는 자루에 종류별로 잘 분류해서 넣고선 조심스레 그분을 살펴본다. 그분 얼굴에 웃음이 피어난 다음에야 비로소 안도의 한숨이 나온다.

한국에서 오래 지낼 때면 가끔 사람들이 묻는다. 색시랑 같이 있어 좋겠지만 네덜란드가 그립지는 않냐고. 내 나라 밖에서 하도 오래 살아서인지 나는 외국에서도 딱히 아쉽거나 그리운 게 없다. 한국은 네덜란드와 삶의 수준이 비슷하고 양질의 서비스를 받을 수 있어 더욱 그렇다. 한국 생활의 모든 면이 100퍼센트 마음에 든다고야 할 수 없지만 대부분은 매우 만족스럽다. 예를 들어 서울 밤거리는 세계 어느 곳보다 밝고 안전하며 길에는 구경거리가 넘치고 산책로며 등산로며 자전거길이 잘되어 있어 좋다. 무엇보다 늘 환영받는 느낌이라 한국에 정착할 수도 있겠다는 생각까지 든다.

굳이 그리운 게 있다면 음식이다. 절인 청어 더치 헤링Dutch herrings, 건강에는 좋지 않지만 맛은 기가 막힌 튀긴 소시지 프리칸델런frikandellen, 검은 빵, 다양한 치즈와 전형적인 네덜란드 버터우유 카르네멜크karnemelk 정도다. 이게 다냐고? 그렇다. 수차례 반복해서 물어봐도 당장 머릿속에 떠오르는 건 이것뿐이다.

"지금쯤 분명히 감자가 그리울 것 같은데."

어느 한가한 오후, 비야가 말했다. 네덜란드에서는 감자가 주식이라는 걸 그녀는 잘 알고 있다. 내가 고개를 끄덕이자 비야가 결의에 찬 표정으로 벌떡 일어났다. '뭘 하려는 거지?' 세상에. 10분도 안 돼서 뜨거운 감자 한 접시를 내왔는데 글쎄, 전자레인지로 삶아온 거다. 고맙긴 하지만 맛도 모양도 대참사!

"비야, 달링(내 사랑). 먹고 싶었던 감자를 삶아주다니 정말 고마워. 이번에는 진짜 감자 요리를 어떻게 하는지 내가 시범을 보여 주지.”

그날 저녁, 한국에 온 지 두 달 만에 육즙 풍부한 스테이크와 신선한 샐러드를 곁들인 제대로 된 ‘안톤식’ 감자 요리를 만들어서 배 터지게 먹었다. 먹고 나서 잠시 소파에 누워 있어야 할 정도였다. 과식은 피할 수가 없었다. 먹는 내내 눈과 혀와 배 속까지 대단히 만족스러웠으니까. 나는 영락없는 ‘감자 보이’다.

실은 한국에 있을 때 네덜란드 음식 타령 할 일이 거의 없다. 워낙 한국 음식을 좋아하기 때문이다. 다양한 종류의 김치와 만두, 갖가지 채소와 생선으로 이루어진 다채로운 반찬, 각종 찌개와 국, 생굴, 싱싱한 참치회 등등 이루 다 셀 수 없을 정도다. 자꾸 또 다른 게 먹고 싶어서 배가 빨리 꺼졌으면 할 정도다.

한국 음식에 관해서라면 나는 절대 질 수 없는 게임을 하고 있다. 요즘에는 한국 맥주 외에 다양한 수입 맥주를 저렴하게 구할 수 있어 맥주를 즐기는 내게는 신나는 일이다. 길모퉁이 편의점에 체코공화국의 필스너 우르켈까지 있으니 여기서 무엇을 더 바라겠는가.

앞마당에 무궁화를 심어볼까?

"여기가 밖에서 더 잘 보이겠지?"

안톤은 이사 오자마자 1층 거실에 대형 결혼식 사진부터 걸어 놓았다. 이곳 사람들은 남의 집 앞을 지날 때 집 안을 들여다보는 습관이 있다. 요즘은 화분이나 그림을 놓기도 하지만 전통적으로 네덜란드 가정집 거실의 큰 유리창은 아무것으로도 가리지 않아서 다른 집 안이 어떻게 생겼는지, 안에서 무슨 일을 하는지 훤히 들여다보인다. 남에게 숨길 것 없는 정직한 삶을 살아야 한다는 종교적 신념과 더불어 길고 음산한 겨울에 햇빛이 잘 들어오게 하려는 노력 때문이다.

이 전통이 우리가 레인더에 성공적으로 데뷔하는 데 큰 도움을 주었다. 유리창 안으로 보이는 사진 덕에 동네 사람들이 우리가 결혼한 사이란 걸 알게 되었기 때문이다. 현관문 옆에 3호라는 번

함께 걸어간 사람이 생겨습니다

지수와 함께 안톤과 내 이름을 새긴 대리석 문패도 걸어놓았다.

"근데 색시는 언제 와요?"

결혼사진도 있고 문패에 이름도 있는데 정작 색시가 안 보이니 얼마나 궁금하겠는가? 안톤 볼 때마다 묻더니 어느 날부터 약속이나 한듯 묻지는 않고 가여운 눈으로 쳐다보더란다. 알고 보니 동네 사람 중 누군가가, 혹시 내가 북한 사람이라 비자 문제로 못 올지도 모른다고 하는 바람에 이웃들이 베풀어준 배려였다.

그래서 레인더에 도착하면 처음 2~3일은 일부러 앞마당에서 풀을 뽑거나 물을 주거나 자전거에 기름칠을 하면서 지나가는 동네 사람들과 일일이 인사를 하며 내가 온 걸 적극적으로 알린다. 첫날이나 둘째 날엔 사람들이 많이 다니는 길목 식당 야외 탁자에 앉아 점심을 먹는다. 입에 딱 맞는 치즈버거와 두툼한 감자 튀김도 먹으면서 자동차나 자전거를 타고 지나가는 마을 사람들에게 나의 입촌을 알릴 수 있어 일석이조다. 저녁에는 산책 겸 동네 한 바퀴 돌면서 개 산책을 시키는 사람들과 인사를 나누고, 일요일에는 성당에 가서 신고(!)를 하는데 이런 노력으로 며칠만 지나면 온 동네가 한국 색시가 온 줄 알게 된다.

"우리 집에서 간단하게 한잔 할까요?"

안톤과 내가 자주 하는 말이다. 이게 바로 헤젤러헤이트gezelligheid! 마음에 맞는 몇 사람이 모여 가볍게 한잔 하거나 간단한 식사를 하며 몇 시간 수다를 떠는 중요한 사회생활 중 하나다. 우리도 자주 가까운 이웃이나 친구들, 성가대원들을 초대해 뒷마당에서 작은 모임을 연다. 티타임이면 인삼차나 녹차에 약간의 다과나 케이크를, 점심이나 저녁이면 김치전, 김, 오이무침 등 가벼운 한국 음식에 맥주나 와인 등을 곁들여 서너 시간 정도 이런저런 얘기를 나누곤 한다.

이때는 정치, 경제, 사회 분야의 논쟁적인 이슈가 아닌 동네 강아지, 새로 산 자전거, 올해는 어떤 꽃이 잘 피는지 등 일상적이고도 가벼운 대화를 나눈다. 그야말로 수다를 떤다. 다행히 우리 동네 사람들은 정도 차이는 있으나 모두 영어로 의사소통이 가능하다. 덕분에 그 어렵다는 네덜란드어를 본격적으로 배울 필요 없이 사교 및 서비스 차원에서 기본 단어와 주요 문장 100여 개 정도만 익혀도 헤젤러헤이트를 하기에 충분하다.

레인더는 주민들의 99퍼센트가 네덜란드인 혹은 백인 유럽인이다. 이게 얼마나 예외적인지는 통계가 말해준다. 네덜란드 총인구 1,700만 명 중 이 나라 여권을 소지한 외국계 네덜란드인은 약 230만 명으로, 인구의 13퍼센트 이상이 외국에서 온 사람들이다. 그중 1960년대에 초청 노동자로 왔던 터키와 모로코 출신이 40만 명, 식민지였던 수리남 출신이 35만 명이다. 실제로 20분 거리인 에인트호번 버스터미널에만 가도 UN 회의장을 방불케

할 정도로 출신국이 다양한 사람들을 만날 수 있다. 그런데 우리 동네엔 한눈에 구별이 가능한 외국계 네덜란드인이 거의 살지 않는다. 내가 알고 있는 사람은 길 건너 사는 칠레인 부인이랑 중국 식당을 하는 인도네시아 화교 부부뿐이다.

그래서일까? 동네 사람들은 한국에 대해서 잘 모른다. 이 글을 쓰느라 만나는 사람마다 한국 하면 뭐가 제일 먼저 떠오르냐고 물었는데 대부분은 당황하면서 '우리랑 너무 멀리 있어서 잘 모른다'라고 대답했다. 심지어 한국 사람을 처음 봤다는 사람도 많았다. 그래도 뭐라고 말해보라고 다그치면 70대 이상은 한국전쟁을 언급한다. 2차대전이 끝난 직후 또 전쟁이 나면 어쩌나 하는 공포에 휩싸여 있을 때 한국에서 전쟁이 터졌다는 뉴스를 들었단다. 우리 집 건너편 모퉁이 집에 사는 90대 할아버지는 한국전 때 입대를 지원했는데 시력이 나빠서 못 간 사연도 있다.

그보다 젊은 사람들은 (그래봐야 40~50대) '핵무기가 있다(북한과 헷갈리는 거다)' '남한과 북한으로 나뉜 분단국가다', 삼성전자 제품, 현대자동차, 민주화 운동, 아시아 축구 강국, 빠른 경제성장 및 높은 자살률, 그리고 발음도 정확하게 평창올림픽을 언급했다. 네덜란드는 스피드 스케이팅의 본고장이라 평창 동계 올림픽 중계를 열심히 봤단다.

만약 우리 동네가 20~30대 젊은이들이 많은 대학촌이었다면 무슨 얘기를 했을까? 전 세계를 달구고 있는 K-팝, K-무비 등 한류가 이 마을에도 왔을까 궁금하다. 반대로 내가 대도시에 사는 한국 유학생이라면 지금과는 사뭇 다른 네덜란드를 경험했겠지.

마을 사람과의 수다가 이어지면 나는 눈치껏 끼어들어 한국에 관해 미니 강의를 한다. 어느 때는 한국의 먹거리와 볼거리, 어느 때는 남북 관계, 어느 때는 한국사에 이 나라 역사를 접목해 재밌게 설명하면서 한국에 대한 이해를 높여보려고 한다. 그러나 내 얘기를 다 듣고도 더 궁금한 게 없는 걸 보면 그들에게 한국은 여전히 가까이 하기엔 너무 먼 나라인 듯하다.

강의에 비해 태극기는 이곳 사람들에게 공공 외교관 역할을 톡톡히 하고 있다. 광복절 등 한국 국경일엔 태극기를 내거는데, 동네 사람들이 호기심을 보일 때마다 태극기에 담긴 음과 양의 조화를 얘기해주면 깜짝 놀란다. 주로 세 가지 색으로 된 비슷비슷한 유럽 국기들에 비해 우리 태극기는 얼마나 독특하고 뜻이 깊은가 새삼 느낀다.

무궁화도 적극 활용할 예정이다. 우리 동네에는 무궁화가 많다. 키가 2미터도 넘는데다가 풍성한 가지마다 주먹만 한 보라색, 흰색, 연분홍색 꽃들이 여름 내내 피고 진다. 언젠가 이웃에게 이 꽃이 한국의 국화라고 말했더니 한국이 이렇게 가까이 연결되어 있었냐며 좋아했다.

거기에 착안해서 얼마 전 우리 집 앞마당에 무궁화를 여러 그루 심었다. 내친 김에 안톤 부모님 산소 옆에도 몇 그루 심었다. 아예 우리 집 마당에 온갖 종류의 무궁화를 심어서 무궁화동산으로 만들고, 그 꽃으로 이 동네 사람들 '참교육'을 시켜볼까나?

마당 얘기가 나왔으니 말인데 수십 년을 아파트에서만 살아서일까? 한국에 가면 마당, 특히 뒷마당이 그립다. 꽃과 나무에 물을 주고 잔디를 깎고, 해 질 무렵 노을을 보며 식사를 하고, 어두워지면 촛불을 켜고 와인을 마시고, 가끔씩 텐트 치고 자면서 밤하늘 별도 보는 정원.

이 자그마한 정원을 우리는 '루미의 정원'이라고 부른다. 페르시아 시인의 이름에서 따온 별칭이다. 레인더에 있다가 한국에 오면 안톤은 한동안 거의 매일 뒷마당 사진을 보낸다. 내가 떠난 후 어떤 꽃들이 피고, 어떤 새들이 찾아왔는지, 혼자 마시는 와인은 어떻게 다른지⋯⋯. 나 역시 그리운 건 뒷마당이 아니라 거기서 안톤과 보낸 그 시간들일 거다.

자발적 은퇴 생활자의 삶

* *anton*

"응, 올 6월에 은퇴했어. 근데 좀 바빠서 확실한 약속을 잡을 수가 없네. 다음 주에 전화하면 안 될까?"

은퇴했다면서 친구들에게 '바쁘다'고 얘기하려니 민망하기도 했지만 그건 사실이었다. 레인더에 정착하고 보니, 정원 가꾸기, 1층과 3층 개보수 작업, 성당 성가대 활동 등 할 일이 많았다. 또한 두 딸에게 인생 및 직업 상담과 필요한 조언을 하고 양로원 자원봉사 및 한국어 공부도 하고 걷기나 달리기 대회에 나가느라 생각보다 시간 여유가 없었다.

오랜 친구들과 다시 정기적으로 만나고 새로 이웃을 사귀는 데도 시간이 많이 들었고, 무엇보다 비야와 새로운 삶을 계획하고 꾸려가는 데 많은 시간이 필요했다. 그래서 은퇴 전보다 바쁘다는 말을 더 자주 하며 살고 있다. 아무리 생각해도 66세에 자발적 은퇴를 결심하고 실행에 옮긴 건 정말 잘한 일이다.

2016년 봄 터키 앙카라, 규모가 큰 북유럽 단체의 인도적 지원 책임자로 시리아 난민들을 위해 일할 때였다. 어느 날부터 이런 생각이 들었다. 앞으로도 이렇게 대형 긴급구호 상황이 발생하는 나라들을 옮겨 다니며 일하게 될 거라고. 그러다 보면 어느새 일흔을 훌쩍 넘길 테고 그제야 은퇴 후의 삶이라는 값진 보너스를 놓쳤다는 걸 알게 될 거라고. 게다가 어떤 회의에 가도 나는 최고참이고 제일 나이가 많았다. 무엇보다 회의는 다람쥐 쳇바퀴 놀 듯 해마다 결론 없이 논의만 반복되었다. 그럴 때마다 스스로에게 이 말을 되새겼다. '안톤, 네 인생의 황금기는 65세에서 75세 사이야. 그 시간을 충분히 누리고 즐겨야지. 그러니 그 전에 결단을 내려야 해.'

그러던 어느 날, 드디어 마음을 먹었다.

'지금부터 딱 1년만 더 일하자. 그리고 과감하게 그만두는 거야.'

사실 나는 10여 년 전부터 은퇴를 염두에 두며 마음의 준비를 하고 있었다.

'안톤, 은퇴하면 당연히 관계는 느슨해지고 따라서 네 지위는 크게 달라질 거야. 거칠게 말하면 하루아침에 총책임자에서 아무런 지위도 없는 사람이 되는 거지. 그걸 대비해야 해.'

이에 따라 은퇴 몇 년 전부터 근무 시간을 줄이고 책임질 일이 많은 자리를 멀리하기 시작했다. 당연히 직장 내에서의 위상은 낮아졌지만 업무 스트레스는 크게 줄어들었다. 특히 은퇴 3년 전부터는 까다롭게 직책 혹은 직장을 고르지 않았다. '내가 꼭 필요한 현장인가 아닌가'를 따졌을 뿐 새로운 경력이나 더 조건이 좋은 자리를 기대하지 않아서 내게 알맞은 일을 쉽게 찾을 수 있었다.

귀국 1년 전부터는 은퇴를 준비하는 방법에 관한 책들을 읽으며 네덜란드에 있는 가족, 친척, 친구들과 더욱 긴밀하게 연락했다. 1983년 네덜란드를 떠난 이후 30년 이상 외국에서 살았기 때문에 모든 일을 다시 시작해야 했다. 나는 매번 스스로에게 다짐했다.

'안톤, 서두르지 마. 조급하게 생각하지 말고 과정이 느리다고 화내지도 말고. 체계화된 관료 사회에서 필요한 절차를 거치려면 법적 요건들을 충족해야 하잖아? 이런 과정이 느릴 수 있지만 결국 잘 끝날 거야.'

제일 먼저 거주지 등록을 했다. 헤이저-레인더Heeze-Leende 지자체에 등록되니 자동적으로 중앙 정부 컴퓨터 시스템에도 통합되었다. 다음 절차는 지역 의료보험 가입. 내 나이에는 매우 중요한 일이다. 그후에는 절도, 도난, 자연재해 대비 보험에 가입하기, 조세 당국에 연락하기, 국가 연금 가입 자격 알아보기, 동네 병원과 치과에 등록하기, 주택과 차량·가구 구입하기 등 차근차근 정착에 필요한 절차를 밟아나갔다. 이 모든 과정이 힘들지는 않았지

함께 걸어갈 사람이 생겼습니다

만 예상대로 1년 반도 더 걸렸다.

나는 네덜란드 시스템에 대한 믿음이 있었다. 사회 안전망 안에서 소박하고 편안한 은퇴 후의 삶을 누릴 수 있다는 확신도 있었다. 수입은 은퇴 전보다 훨씬 줄었지만 새로운 수입 규모에 내생활 규모를 맞추면 되는 일이다. 무엇보다 부채가 없고 국가에서 주는 기본연금과 더불어 개인연금이 나오기 때문에 안심했다. 1956년, 당시 집권 노동당은 65세(2020년 현재 66세) 이상의 모든 네덜란드 국민에게 기본 생활지원금을 지급하도록 했다. 따라서 그에 해당하는 시민은 국왕이든 노숙자든 똑같이 1인당 매달 최대 1,255유로(약 170만 원)를 받는다. 이들은 매년 5월 날 한 달 치 연금에 상당하는 휴가 수당도 동일하게 받는다.

이 국가연금은 물론 세금으로 충당된다. 네덜란드는 세율이 높기로 유명하다. 고소득자에 대한 세율은 50퍼센트에 육박하지만 지난 25년에 걸쳐 임금 등 직접 수입에 대한 세율은 낮아지고 있다. 반면 간접세를 비롯한 휘발유나 담배 등 특정 물품 소비세, 쓰레기 수거 비용, 가스세, 자동차세 등 환경보호세는 높아지고 있다.

네덜란드 정부는 필요하다고 판단하면 국민에게 은행 계좌 내역과 주택 구입비 등의 지출 관련 영수증을 요구하고 이웃 나라에 은행 계좌나 자산이 없는지 확인한다. 이런 게 있다면 반드시 신고해야 하는데 만약 적발되면 엄청난 벌금이 부과된다. 그래서 대다수 국민은 조세 의무를 성실히 지키면서 그 대가로 국가로부터 연금 등 다양한 복지 혜택을 보장받는 것이 좋다고 여긴다.

네덜란드에서는 은퇴한 사람을 한물간 사람으로 보지 않는다. 은퇴자들은 각종 연금과 그동안 모아둔 자산을 아낌없이 쓰면서 지역경제에 크게 이바지하기 때문이다. 한마디로 은퇴자는 돈 쓰는 어르신이다. 그들은 대부분 자녀 및 가족에게 재산을 남겨주기보다 사는 동안 잘 쓰고 가는 걸 더욱 중요하게 생각한다. 여름이 되면 마을 식당과 카페테라스는 이중연금(국민연금과 개인연금)으로 생활하는 노인들이 넘쳐난다. 전기 자전거로 또는 캠핑카를 타고 여행을 하거나 숲속 야영장에서 몇 주일씩 머물며 시간과 돈을 쓰면서 은퇴 후의 삶을 즐긴다.

네덜란드는 노인 복지 시스템이 잘 돌아가는 만큼 노인을 위한 자원봉사 활동도 매우 활발하다. 예를 들면 우리 마을에는 레인더르호프라는 '어르신 돌봄 센터'가 있다. 현재 80~90대 노인 60여 명이 입소해 있는데 이 어르신들을 위해 60여 명이 각종 자원봉사 활동을 한다. 나도 자원봉사로 성가대원들과 함께 토요일 오후 모임에서 성가를 불러드리고 한 달에 두 번은 책 읽어주기와 산책 도우미 활동을 한다.

한 달에 서너 번 옛 음악을 연주하는 밴드 공연이 있을 때는 테이블 세팅을 돕고, 어르신들을 방에서 모시고 나오고 다시 모셔다 드리는 안내를 맡는다. 즐거워하는 어르신들과 함께 박수 치며 음악을 들으면 기분도 좋고 보람도 느낀다.

나는 여기서 12킬로미터 떨어진 곳에서 태어나 '레인더 출신'은 아니지만 이웃으로부터 토박이에 버금가는 환영을 받으며 안착할 수 있었다. 이곳 사투리를 쓰는 게 도움이 되었을 거다. 우리 집 양쪽 이웃은 모두 내 또래의 은퇴자들이고 '멀리 사는 사촌보다 좋은 이웃이 더 낫다'는 전통적인 사고방식을 가진 훈훈하고 다정한 사람들이다. 이런 이웃을 만난 건 한마디로 행운이다. 나도 이들에게 좋은 이웃이 되고 싶다.

앞으로도 우리가 '루미의 정원'이라 부르는 아담한 뒷마당에서 지금처럼 가족과 친척, 친구들 그리고 이웃들이 자주 모였으면 좋겠다. 비야도 손님 초대하는 걸 아주 좋아한다. 손님이 오면 나는 테이블 세팅을 하고 마실 거리들을 준비하고, 그녀는 먹을거리와 이야깃거리를 준비한다. 비야는 모두가 넋을 놓고 자기 이야기 속으로 풍덩 빠지게 하는 재주가 있다. 단연, 레인더 사교계의 여왕이다!

소박한 사람들과 소박한 얘기를 나누며 웃고 즐기는 삶. 이처럼 대단하지 않아도 만족스런 삶이 바로 내가 원하던 은퇴 후의 삶이다.

* *biya*

"절인 청어, 잊지 마!"

오늘 아침에도 장 보러 가는 안톤에게 당부했다. 레인더에 오면 적어도 이틀에 한 번은 먹는 음식이 있다. 네덜란드 국민 음식 더치 헤링이다. 머리와 내장을 제거하고 소금에 절인 20센티미터 남짓의 청어에 다진 양파를 골고루 묻혀서 꼬리 부분을 잡고 머리 쪽부터 베어 먹는데, 네다섯 입이면 한 마리 뚝딱이다. 쫄깃하고 고소한 육질에 비린내가 살짝 묻어나 입맛이 확 당긴다. 생선을 워낙 좋아해서인지 처음 먹을 때부터 완전히 반해버렸다. 영양 만점인 등 푸른 생선 청어, 한 마리에 슈퍼마켓에선 1.5유로가 채 안 되고, 생선 전문점에서도 2.5유로 정도이니 큰 부담 없는 가격이다.

"정말로요?"

함께 걸어갈 사람이 생겼습니다

안톤은 이곳 사람들에게 나를 처음 소개할 때 내가 청어를 매우 즐겨 먹고, 어느 때는 아침 식사로 두 마리도 먹는다는 말을 빼놓지 않는데 그때마다 사람들은 못 믿겠다면서도 기분 좋은 표정을 짓는다. 그 표정을 보고 싱긋이 웃는 안톤. 아마 한국에서 사람들에게 안톤이 김치를 좋아한다고 말할 때 내 표정도 저랬을 거다. 그 나라의 음식을 좋아한다는 건 그 나라를 좋아하며 잘 적응하고 있다는 하나의 증표일 터, '우리 신랑(색시) 참 잘하고 있죠?'라고 뻐기는 그 표정 말이다.

놀랍게도 역사학자들은 이 청어가 네덜란드 역사를 바꿨다고 주장한다.(또 역사 얘기다. 모든 얘기는 기승전역사! 하하하.) 예로부터 농사나 목축을 할 수 없는 저지대가 대부분인 이 나라에서 이 생선이 주요한 단백질 공급원이었는데 문제는 청어가 기름져서 오래 보관하기 어렵다는 것이다.

그때 네덜란드 역사에서 나폴레옹이나 오라녜 공만큼 중요한 사람이 나타났으니 그가 바로 청어 배 따는 칼을 만든 어부다. 1358년, 우리나라에선 고려 공민왕이 원나라에 대항하여 자주 개혁 정책을 펼 때다.

그 칼 덕분에 잡자마자 내장을 제거하고 뼈를 발라낸 후 소금에 절이면 1년 정도 저장이 가능해져서 먼 바다까지 나가 청어를 잡게 되었다. 그로부터 70년쯤 후엔 해류의 변화로 발트해에 형성되어 있던 청어 어장이 남쪽, 네덜란드 근해인 북해로 내려왔는데 이때를 놓치지 않고 청어 산업을 일으켜 전 유럽에 어마어마한 양의 청어를 팔아 부국의 기틀을 만들었다고 한다.

14~15세기 유럽에서는 1년에 100일도 넘게 금육을 해야 했다. 지금도 남아 있는 '금요일 금육'뿐 아니라 부활절 전 40일 동안 육고기 섭취가 금지되었다. '뜨거운 고기'인 육고기는 성욕을 자극한다고 하여 대신 '차가운 고기'인 생선을 먹었다니 이 더치 헤링이 초대박 상품이자 국민 밥줄이었던 거다.

한때는 전 인구의 5분의 1이 청어 산업에 종사했다는데 방대한 수의 청어잡이 어선을 만들면서 수산업과 조선업이, 먼 바다에 나가다 보니 항해술과 해운업이, 전 유럽을 상대로 장사를 하다 보니 유통업과 무역업이 발달했다. 이는 자연스레 증권거래소와 은행 등의 금융업 활황으로 이어졌고 이 각 산업들이 시너지 효과를 내면서 17세기 네덜란드가 황금 시대를 맞게 되었다는 주장인데 나름 꽤 설득력이 있다.

"내 시력이 좋은 건 다 청어 덕이야."

안톤이 대학생 때는 토마토소스에 절인 청어 통조림이 값싼 '학생 음식'이어서 질릴 정도로 먹었다며 하는 말이다. 1980년 초, 그가 아프리카 사하라사막 남부 니제르에서 일할 때 영양 풍부하고 유통 기간이 긴 청어 통조림을 세계식량기구의 식량 지원 물품 중 하나로 현지인들에게 무수히 배분했다는데 사막에 사는 사람들은 이 바다 생선에 열광했다고 한다.

　네덜란드 사람이 먹는 청어의 양이 1년에 무려 1억 8,000만 마리. 그중 적어도 1년에 100마리는 이렇게 내 배 속으로 들어간다. 풍부한 오메가 3와 함께!

마을 미관위원회의 힘

biya

60대 이상이 압도적으로 많고 남부 시골 토박이들이 주류여서 일까? 레인더 사람들은 일상에 배어 있던 전통 얘기를 많이 한다. '나 어릴 적엔……'으로 시작하는 흥미로운 얘기 중에는 '요일별 하는 일'이 있는데, 예전엔 온 동네가 요일마다 똑같은 일을 했다 고 한다.

전통에 따르면 월요일은 빨래하는 날로 월요일마다 모든 가정 이 일주일간 모아둔 대가족의 옷가지를 빨고 삶고 짜고 널고 다 림질했단다. 요즘은 세탁기와 건조기 덕분에 아무 때나 빨래할 수 있는데도 여전히 그 오래된 전통이 남아 월요일에 우리 집 3층에 서 내려다보면 뒷마당 가득 빨래가 널려 있는 집들이 유난히 많다.

화요일 혹은 수요일은 다진 고기 요리를 먹는 날로 동네에 따 라 화요일이나 수요일 오전에 정육점에서 지난주에 팔다 남은

함께 걸어갈 사람이 생겼습니다

고기를 갈아 파는데 그걸로 미트볼을 만들어 먹었다고 한다. 반대로 매주 금요일은 고기 대신 생선 먹는 날인데 지금도 금요일마다 성당 앞에는 생선을 파는 차가 온다. 또한 금요일 오후는 대청소 하는 날로 특히 집 앞 거리에 물을 뿌려 청소하고 거리로 향한 자기 집 유리창도 말끔히 닦았단다.

토요일은 목욕하는 날로 뜨거운 물을 끓여 커다란 나무통에 붓고는 식구 서열대로 목욕을 했다. 이웃집 톤에 따르면 아이들은 엄마가 뻣뻣한 솔로 등을 빡빡 아프게 밀어주었는데 목욕이 끝나면 텔레비전 어린이 프로그램을 볼 수 있어 꾹 참았단다. 일요일 오전은 식구들 모두 제일 좋은 옷으로 차려입고 10시 미사에 참석. 미사 후에 먹는 점심은 고기와 디저트까지 있는 일주일 중 가장 풍성한 식단이었다.

전 국민이 지키던 '요일별 전통'은 점점 사라져가지만, 마을 공동체의 전통은 자원봉사라는 형태로 아직 살아 숨 쉬고 있다. 내가 아는 거의 모든 동네 사람들은 한두 개 정도 지역사회 자원봉사를 한다. 안톤은 성당 성가대 활동과 더불어, 마을 양로원에서 책 읽기 봉사와 휠체어 산책 봉사를 한다.

그 큰 성당도 자원봉사자들 덕분에 돌아간다. 성당 문과 묘지 문을 여닫는 일, 성당 안팎 청소 및 꽃 가꾸기, 일요일 미사 준비 및 안내 등이 모두 주민들 몫이다. 마을 도서관 등 공공시설도 최소한의 직원만 있고 거의 모든 일을 자원봉사자가 한다. 또한 음악회나 바자회 등 마을 행사에 가면 관객용 의자 배치부터 커피 등의 음료 서비스까지 모두 이들이 한다. 이런 때는 어디서 나타나는지 마을 젊은이들도 클럽별로 노력 봉사를 하며 제 몫을 단단히 한다. 번번이 놀랍고도 부럽다.

우리 동네 사람들의 애향심은 남다르다. 한 예로 레인더는 옆마을인 헤이즈와 라이벌 관계다. 헤이즈에는 레인더를 봉토로 하는 영주가 살았는데 이곳 사람들은 농부든, 상인이든 방앗간이나 빵집을 하든 그 영주에게 가혹한 세금을 내야 했단다. 아직도 그 역사를 기억하는 걸까? 헤이즈에 가서 레인더에서 왔다고 하면 "아, 저 아랫동네 웅덩이에서 왔군요"라고 농담 삼아 깔보듯이 말하고, 헤이즈 사람이 레인더에 오면 "여기 들어와도 된다는 허가는 받으셨는지요?"라는 뼈 있는 농담을 한다.

이곳 사람들은 레인더 인심이 헤이즈보다 더 좋고 경치가 더 아름답고 농축산물은 더 맛있고 심지어 소나 말도 더 잘 생겼다고 말하곤 한다. 객관적인 사실도 아닌데 확신과 자부심에 찬 표정으로 말하는 모습이 귀여울 정도다.

그래서일까? 이곳 사람들은 마을의 옛날 모습을 최대한 그대로 보존하려고 애쓴다. 일단 우리 마을에서는 마음대로 집을 고칠 수 없다. 특히 거리에서 보이는 집 앞면을 고치려면 창문 하나라도 반드시 마을 미관위원회의 승인을 거쳐야 한다.

"내 집 창문을 내 돈 주고 더 멋지게 고치겠다는데 왜 안 된다는 거야?"

안톤과 내가 우리 집 3층을 손님방으로 꾸미면서 성당이 좀 더잘 보이고 아침 햇살도 더 잘 들게 하려고 기존 창틀을 큰 창으로바꾸겠다고 신청했는데 불가 통지를 받았다.

"미관위원회의 결정이야. 개조해도 미관을 해치지 않는다는 충분한 자료를 제출했지만 그렇게 하면 이웃집들과의 조화가 깨진다네."

그가 너무나 순순히 결정을 받아들여서 멋쩍어질 정도였다.

이런 일도 있었다. 우리 집 앞에 있는 키 큰 나무 그림자에 가려서 1층 거실이 약간 어두웠다. 그 땅과 나무는 마을 소유라 미관위원회에 그 나무를 베고 키 작은 나무를 심고 싶다고 요청했는데 이번에도 미관상 통일이 안 돼서 불가하다는 통지를 받았다.어두운 건 싫고, 나무는 못 베게 하고……. 궁여지책으로 우리 집앞 땅을 거금 600여 만 원을 들여 구입해서 큰 나무들을 베어내고 아기자기한 꽃밭으로 꾸몄는데 나중에 미관위원회에게 칭찬받았다. 마을의 미관에 크게 기여했다면서.

알고 보니 지역정부 내 다섯 개 관련 부처 대표들로 구성된 이마을 미관위원회는 대단한 권위를 가지고 있었다. 이 마을에도 한때는 각자 집을 현대식으로 혹은 자기 취향에 맞게 고치려는 움직임이 있었는데(북쪽에서 온 사람들 중심으로!) 그때 동네 사람들이 지자체에 건의해 미관위원회가 구성되었고, 상정된 안건에 대해 충분한 토론을 거치되 이들의 결정에 전적으로 따르기로 합의했다고 한다.

위원회에서 하는 일은 우리 집 3층 창문을 개보수했을 때처럼 주위 건물과 어울리는지를 따지는 일부터 성당 앞에 지을 마을 최대의 종합복지센터 디자인과 외벽 자재 및 색깔을 결정하는 일에 이르기까지 다양하고도 광범위하다. 이 센터의 디자인 때문에 무려 5년 동안 무수한 주민 토론과 전문가 의견 수렴 과정을 거쳤다고 한다. 최근 미관위원회가 최종 결정을 내렸는데, 그렇게 피 튀기게 토론하던 주민과 각 분야 전문가들은 이 결정에 군말도 뒷말도 없이 깔끔하게 따랐다고 한다.

"다른 디자인이 훨씬 더 좋다고 하셨잖아요?"

내가 옆집 사는 잭에게 물었다.

"그랬죠. 지금도 그 생각에는 변함이 없어요. 그러나 이제 최종 결정이 났으니 그 결정이 잘 실현되도록 주민들이 힘을 합해야 마땅하죠. 충분히 의견을 내고, 충분히 토론하고, 충분히 숙고한 후에 한 결정이니까요."

한마디로 '결정 전 토론은 피 터지게, 결정 후엔 절대 승복 및 협력하기!'인 거다.

으음~ 그제야 알았다. 우리 집 3층 창문에 대해 개조 불가 통고를 받았을 때 안톤이 왜 그렇게 순한 양처럼 순순히 따랐는지. 내가 길길이 뛸 때 왜 그런 눈으로 날 쳐다봤는지. 로마에 가면 로마법을 따르듯, 레인더에 오면 레인더 미관위원회 결정을 따를지어다. 토 달지 말고!

그나저나 나도 마을 주민의 일원으로 자원봉사를 하고 싶은데 여기서 지내는 기간이 1년 중 겨우 몇 달이라 망설이고만 있다. 이 동네는 특히 노인을 위한 자원봉사자가 많이 필요하고 이들을 위한 갖가지 자원봉사 클럽이 있다. 간단한 집수리부터 휴대전화 수리까지 뭐든지 고쳐주는 수리소, 거동이 불편한 분들이 병원 또는 친척 집을 방문할 때 자동차로 데려다주는 운전 봉사, 집 안 청소나 마당 손질 봉사 등등. 어르신과 한두 시간 남짓 레인더 숲을 산책하는 봉사도 있다. 걷기 봉사라면 나도 얼마든지 할 수 있을 터, 다음에 머무를 때는 일단 한 가지라도 시작해야겠다.

또한 이곳에는 120년 된 관현악단을 비롯해 체스, 브리지, 새 관찰 등 각종 취미 클럽과 양궁, 자전거, 노인을 위한 체조 등 스포츠 클럽을 포함해 스무 개가 넘는 동호회가 있다. 지금은 이들의 행사에 기웃거리고만 있지만 점차 레인더에 있는 시간이 늘 테니 조만간 새 관찰 모임 등 한두 군데 클럽에 가입할 생각이다.

아예 내가 클럽을 만들어도 좋을 것 같다. 50세 이상을 위한 요가 클래스나 세계사 스터디 그룹은 어떨까? 재밌겠다! 기왕 살거면 그저 방문객이나 구경꾼이 아니라 이곳 마을 주민으로 어울리고 부대끼며 살고 싶다. 네덜란드어를 못하니 진정한 일원이 되긴 어렵겠지만 말이다.

5개 국어 능통자, 한국어에 쩔쩔 매다

* *anton*

결혼 전, 비야에게 이제부터 평생 한국어를 열심히 배우겠다고 선언했다. 그녀는 웃으면서 말했다.

"고마워. 근데 난 네덜란드어 안 배워도 되지?"

당연히 그렇다고 했다. 배우면야 좋겠지만 내 가족과 친구를 포함, 네덜란드에선 거의 모든 사람이 영어를 할 수 있고 교통 표지판이나 가게 간판도 영어가 같이 표기되어 있어 굳이 네덜란드어를 할 필요가 없다. 그러나 내 사정은 좀 다르다. '샤워' '아파트' 같은 일부 외래어를 제외하면 한국어는 유럽 언어와 아무 연관이 없다. 특히 숫자를 세고 날짜나 전화번호를 말할 때 쓰는 한자어가 어렵다. 도대체 왜 수를 셀 때 하나, 둘, 셋이라는 고유어와 일, 이, 삼이라는 한자어를 같이 쓴단 말인가?(고유어 하나로만 통일할 때가 됐다고 강력히 주장하고 싶다!)

60대 후반에 새로운 언어 배우기는 온라인으로 파스타 요리를 배우기처럼 쉬운 일이 아니다. 벌써 햇수로 3년째 하다 쉬다를 반복하며 배우고 있는데 생각보다 느는 속도가 매우 더디다. 그래도 희망적인 건 배운 만큼 들린다는 거다. 가끔 비야 가족이나 친구들과 함께 있을 때 그들 대화 중 아는 단어가 나오면 무척 반갑다. 게다가 몇 가지 핵심 단어를 포착하면 대답까지 할 수 있다.

"안톤, 네덜란드, 언제." 이 정도만 들려도 내가 얼마나 머물 예정이고 언제 네덜란드로 돌아가는지 궁금해한다는 걸 쉽게 알 수 있다. 비야와 택시를 탈 때 택시 운전사가 백미러를 보며 물을 때 "남편, 어느?"라는 단어만으로도 무슨 뜻인지 안다. 내가 한국말로 "나는 네덜란드 사람입니다"라고 대답하면 깜짝 놀란다.

특히 거리에서 간판을 읽거나 사람들에게 "화장실 어디 있어요?" "카페라테 두 잔 주세요" 같은 짧은 말을 하는 게 재밌다. 표지판을 읽으려면 한참을 들여다봐야 하지만, 늘 타고 내리는 버스 정류장 앞의 커피숍과 약국 간판은 통째로 외워둔 덕분에 내려야 할 정류장은 절대 놓치지 않는다.

비야와 같이 지내면 한국말이 금방 늘 거라고 생각하는 사람들이 꽤 많다. 현실은 전혀 그렇지 않다. 새로운 언어를 동반자에게 배우기란 어려운 일이다. 운전이나 컴퓨터 사용법처럼 한 사람에게는 너무나 분명하고 간단한 것을 다른 한 사람은 아무리 말해

쥐도 자꾸 틀리니, 가르치는 사람은 인내심이 바닥나고 배우는 사람은 자존심이 상하기 때문이다. 게다가 비야는 KTX만큼이나 빠른 속도로 말을 해서 회화 연습 상대로는 매우 부적절하다.

그녀의 주요 역할은 내 회화 연습 파트너가 아니라 큰 진전은 없더라도 계속하겠다는 내 의지를 칭찬해주는 거다. 나는 '한비야 장학금'도 받는다. 처음 시작할 때부터 한국어 수업료와 교재 등 학습에 필요한 모든 비용의 반을 대주는데, 평생 주겠다며 내 학습열을 부추기곤 한다.

"제 남편 안톤은 한국말도 배워요."(비야가 나를 소개할 때 항상 '남편'이라고 말하는데 난 이 말을 들을 때마다 기분이 좋다.)

그녀가 한껏 자랑스럽게 말하면 사람들은 웃으며 엄지를 세운다. 이 나이의 외국인이 한국어 공부를 하려면 얼마나 많은 노력이 필요한지 알기 때문일 거다. 한국말로 한두 마디만 해도 잘한다며 칭찬해주면 고맙고도 뿌듯해져 더 열심히 해야지 다짐한다.

그러나 아무리 다짐해도 한국어는 어렵다. 내 첫 번째 한국어 선생인 김 선생님은 성실한 사람이었지만 그분이 열심히 가르치는 것과 무관하게 뭘 해도 머릿속에 박히질 않았다. 내가 아는 언어들과는 전혀 다른 한국어 단어와 어법을 생짜로 외워야 했으니, 아침에 배운 내용을 저녁이면 거의 잊어버렸다. 내가 생각하기에도 부끄러웠다.

비야는 그게 정상이고 그만큼도 대단히 잘하는 거라고, 한국어 시험을 볼 거 아니니까 천천히 할 수 있는 만큼씩만 하라고 격려해주었지만 내 마음은 무거웠다. 한국어가 도저히 넘을 수 없는 거대한 산처럼 느껴졌기 때문이다.

두 번째 한국어 선생은 비야의 조카인 한지영이다. 다정하고 유쾌한 지영이는 손수 수백 장의 그림 카드를 만들어 단어를 기억하게 하고, 그 단어들을 조합해 문장을 만들도록 했으며 내가 정확히 말할 때까지 웃는 얼굴로 기다려주었다. 이 학습법 덕분에 드디어 짧은 문장들을 말할 수 있게 되었다. 네덜란드에선 영상통화로 수업을 이어가는데 그때는 새로운 걸 배우기보다는 배운 걸 잊지 않도록 하는 데 역점을 두고 있다.

덕분에 지금은 '다음 달에 네덜란드로 돌아갈 생각이에요' '그건 많을수록 좋아요'의 수준을 넘어 '당신이 그렇게 해주면 나도 이렇게 할게요' '내가 집에 왔을 때 비야는 책을 읽고 있었어요' 등 복잡한 시제를 연습하고 있다. 지영이 말로는 내 실력이 이제 완전 기초를 지나 다음 단계로 가고 있다고 한다. 그런 성취 자체는 크게 자랑스러울 게 없지만, 한국어에 기울이는 나의 노력만은 자랑스럽다.

가끔 스스로에게 묻는다. '한국을 얼마나 잘 이해하고 있는가?' 대부분은 비야를 통해서나 인터넷 검색으로 알 수 있다. 그러나 한국 사람들과 자유로운 의사소통이 가능하다면 내 아내의 나라인 한국과 한국 사람들을 보다 정확하게, 더 깊이 이해할 수 있으리라. 그 정도의 한국어를 언제쯤 구사하게 될지는 알 수 없지만, 평생 한국어를 열심히 공부해야 할 이유는 분명하다.

앞으로 쉬엄쉬엄이라도 꾸준히 해볼 생각이다. 단기 목표는 2025년까지 7~8세 한국 아이 수준으로 말하기! 이 정도라면 의사소통에는 큰 문제가 없을 거다. 실력이 조금씩 향상되면 어린이 책을 읽고 싶고, 요즘 재미를 붙이기 시작한 판소리 내용도 이해하고 싶고, 비야에게 한국말로 편지도 쓰고 싶다. 그후에는? 한국 정부에 시민권을 신청할 수 있을 정도로 한국어를 능숙하게 구사하게 될지도 모를 일이다. 누가 알겠는가!

네덜란드 사름이 본, 한국인 아내

사순절과 와인 한 모금

* *biya*

"비야에게 딱 맞는 배우자를 보내달라고 매일 기도하고 있어, 부디 천주교 신자로!"

나의 절친한 친구 어머님이 나를 볼 때마다 하시던 말이다. 당신 셋째 딸과 묶어서 평생 밤낮으로 기도하시던 세실리아 어머니, 내가 재난 현장에서 일하면서부터는 그 좋아하는 텔레비전 드라마도 끊고 나의 안전과 재난 지역의 평화를 위해 촛불을 밝혀주셨다. 당신 딸은 수녀가 되어 '배우자' 기도가 필요 없어져서 친구 몫까지 그 기도를 두 배로 받은 셈이다. 안타깝게도 세실리아 어머니는 안톤 얼굴을 보지 못하고 2015년에 돌아가셨다.

'어머니, 기뻐해주세요. 수십 년간의 당신 기도에 대한 응답으로 제가 배우자를 만났어요. 바라신 대로 천주교 신자랍니다.'

어머니가 기도를 얼마나 간절히 하셨는지 안톤은 그냥 신자가 아니라 거의 수도자급이다. 아침, 점심, 저녁 하루 세 번 기도와 묵상은 물론, 매일 성경 읽기, 금요 금육, 주일 엄수 및 성가대 봉사 등을 빠뜨리지 않는다. 어느 때는 내가 시집을 왔는지 수도원에 왔는지 헷갈릴 지경이다.

그도 그럴 것이 안톤은 25세부터 28세까지 4년간 네덜란드 남부의 한 가톨릭 공동체 일원이었다. 자급자족하는 수도원과 비슷한 곳이었는데 그의 몸에 밴 엄격한 신앙 생활과 근검절약은 이 시기의 영향이 클 것이다. 10세가 되기 전에 미사 도우미 격인 복사를 서던 그를 지켜본 동네 성당 신부님이 부모님께 신부를 시키라고 권유했다고 한다.

그와는 달리 10대 시절 나에게는 기독교 신앙과 성경이 온통 의문투성이였다. '하느님은 우리 모두를 사랑한다면서 왜 한쪽은 너무 많이 먹어 배 터져 죽고 한쪽은 굶어 죽는가?' '유대 민족은 사나흘이면 통과할 수 있는 광야를 어떻게 40일도 아니고 40년이나 헤맬 수 있단 말인가?' 등등. 심지어 한번은 성당 안에 있는 예수님 초상화를 보면서 옆에 있던 수녀님에게 "예수님은 중동 사람인데 왜 하얀 피부에 푸른 눈동자일까요?" 라고 묻다가 혼난 적도 있다. 지금도 나는 질문이 많다. 왜, 왜, 왜? 그때마다 안톤은 이렇게 말한다.

"나도 궁금해. 그러나 세상에는 설명할 수 없는 부분이 있지. 인간의 이해와 설명을 넘어선 신의 영역이라고나 할까? 그러니 궁금한 것 모두를 다 알 수도 없고 알 필요도 없다고 나는 생각해. 모든 일에 최선을 다 하되 나머지는 자비로운 그분 손에 맡기면 되는 거지."(이그~~ 내가 이런 사람하고 삽니다요!)

크리스천에게 1년 중 가장 중요한 날은 봄에 있는 부활절과 겨울에 있는 성탄절이다. 안톤과 나는 부활절을 훨씬 중요하게 여기며 단단히 준비한다. 부활절 전 40일간을 사순절이라고 하는데 예수님의 고통과 희생을 기억하는 기간이다.

이 사순절 기간을 우리는 이렇게 보낸다. 매주 수요일은 물만 마시며 종일 단식하기, 음주는 일주일에 하루만 하기, 기간 중 2박 3일 이상 수도원이나 피정 센터에 가서 집중적으로 기도하기. 여기에 나는 하루 한 번 누군가를 위해 희생 혹은 양보하기와 국수 끊기를 추가했다.(특히 비빔국수를 40일간 끊는 것이 내게는 해마다 가장 고통스럽다.)

사순절 기간 중 수요일 풍경은 이렇다. 물만 마시면서 아침 기도, 정오 기도, 오후 기도를 하고 그날의 성경 구절을 읽는다. 바깥 볼일이 많은 날에도 종일 먹지 않고 맹물만 마시는 건 마찬가지다.(커피도 금지다!) 저녁 9시쯤 되면 배도 고프고 지치기도 하는데 그때부터는 매시간 정시에 짧게 기도한다. 그러다 자정이 가까워지면 식탁 위에 그득히 먹을 것을 차려놓고 라디오에서 '자정을 알려드리겠습니다. 땡!' 하는 소리가 들림과 동시에 식탁에 앉아 음식을 먹기 시작한다. 맛있고 배부르게, 마주 보고 웃으면서, 뿌듯한 마음으로!

일주일에 한 번인, 술을 마시기로 한 날인 토요일도 마찬가지다. 금요일 자정 직전에 미리 와인을 따놓고 올리브와 치즈 등 안주를 준비해놓았다가 금요일의 끝이자 토요일의 시작을 알리는 벨 소리와 함께 와인 잔을 부딪치며 감격스러운 첫 모금을 마신다. 역시 매우 뿌듯한 마음으로!

작은 일이지만 스스로 정한 약속을 지켰다는 자부심과 성취감은 물론 둘이 함께 해냈다는 동지애가 마구 솟아나는 순간이다. 이런 절제와 희생을 통해 신앙심이 깊어지고 부활절을 더욱 기쁘게 맞으면서 동시에 우리 팀워크도 단단해지니 일석삼조다. 그와 함께라면 더 엄격하고 힘든 조항도 지킬 수 있을 것 같다. 경건하면서도 재미있게 말이다!

같은 종교를 가진 사람과 결혼해서 좋은 점은 같이 기도할 수 있다는 거다. 앞에서도 말했듯이 우리는 아침에 15분 정도 번갈아서 소리 내어 기도한다. 그렇게 하면 상대방의 마음을 속속들이 알 수 있고 내 마음도 잘 전해진다. 함께 손잡고 고개 숙여 기도하는 그 시간 자체가 말할 수 없이 깊은 동질감과 연대감을 만들어준다.

처음에는 어차피 각자 하는 아침 기도를 함께 한다는 단순한 의도로 시작했는데 이게 우리 결혼 생활에 이렇게 결정적인 영향을 미칠 줄은 꿈에도, 정말 꿈에도 몰랐다. 세실리아 어머니가 내 남편감이 천주교 신자이기를 바라신 그 깊은 뜻을 이제야 알 것 같다.

집에서 출발하는 순례길

＊ biya

　걷기 좋아하는 가톨릭 신자들에게 성지순례만큼 만족스런 여행은 없을 거다. 특히 프랑스, 스페인, 이탈리아 등 가톨릭 국가들을 지나는 수백 년 된 순례길은 경치도 좋고 곳곳이 성지이자 기도처라 '걷기 피정' 하기에 안성맞춤이다. 2~3일이면 끝나는 짧은 길부터 로마에서 출발해 예루살렘에 이르는 3,000킬로미터의 장거리 순례길까지 길이도 다양하니 각자 상황과 체력에 맞게 고르면 된다. 안톤과 나도 꼭 가보고 싶은 순례길 목록을 만들어 놓고 한 군데씩 차근차근 걷고 있다.

　우리 목록에 있는 유럽 순례길을 소개하자면 다음과 같다. 우선은 너무나 잘 알려진 산티아고데콤포스텔라 순례길. 유럽 전역에서 출발하지만 목적지는 스페인의 산티아고데콤포스텔라 대성당이며, 800~1,000킬로미터 길이다. 그에 못지않게 유명한 곳은

네덜란드 서울대, 한국인 서방

프랑스 파리에서 샤르트르 대성당까지 이어진 75킬로미터 길로 해마다 1,000여 명이 2박 3일 야영을 하며 걷는 신나는 순례길이다. 오스트리아 빈에서 남서부 마리아젤까지 가는 약 100킬로미터 길은 산악 지역 곳곳에 숨어 있는 고색창연한 수도원을 지나는 맛이 있다고 한다. 프랑스 중세 도시 루앙에서 사진만 봐도 숨막히게 아름다운 몽생미셸 수도원까지 약 200킬로미터 순례길도 꼭 걷고 싶다.

네덜란드에도 암스테르담에서 남부의 마스트리히트 대성당까지 가는 250킬로미터 길이 있다. 이곳은 특히 남부의 예쁜 시골 마을과 따뜻한 인심을 만끽할 수 있어 안톤이 이미 두 번이나 걸은 후에 강력 추천했다.

올해는 산티아고데콤포스텔라 순례길을 걸을 계획이었다. 올 여름 유럽에서 지내는 석 달 중 50여 일을 뚝 떼어 프랑스 루르드에서 순례를 시작하려고 단단히 별렀는데 코로나 19가 발목을 잡았다. 오랫동안 준비했던 계획이 무산되어 허탈하고 속상했지만 우리가 누군가? 플래닝닷컴 커플 아닌가? 플랜 A가 불가능하다면 플랜 B로 전환하면 그뿐이다.

그리하여 계획을 전면 수정해 올해는 네덜란드 순례길을 걷기로 했다. 안톤은 마침 그 순례길이 우리 동네 근처를 지난다며, 예전 순례자들은 모두 집에서 출발했을 테니 우리도 집에서 출발하는 순례를 하자고 했다. "Why not?(안 될 거 없지?)" 그리하여 이번 순례길의 거리는 185킬로미터, 일정은 열흘 남짓, 출발지는 집으로 확정했다.

"달랑 열흘간이고 자기가 잘 아는 길이니 이번 순례는 땅 짚고 헤엄치기겠다."

출발 전 짐을 점검하면서 내가 말했다.

"음, 근데 뭔가 어려운 일도 만나지 않을까? 명색이 육체적 어려움을 극복하면서 사색하고 기도하는 순례길인데."

안톤이 배낭을 짊어지며 대답했다.

농네 성당에 들러 간단하게 출발 기도를 한 후 일단 순례길 표식을 향하여 출발!

각 순례길에는 고유한 표식이 있다. 도로나 담벼락이나 나무에 그려진 이 표식을 잘 찾아야 길을 잃지 않는다. 산티아고 길의 표식이 조가비 모양이라면 네덜란드 순례길 표식은 위는 하얀색 아래는 빨간색인 직사각형이다. 세 시간쯤 걸은 후 처음 나타난 표식 앞에서 기념사진을 찍고는 새털처럼 가벼운 마음과 발걸음으로 첫발을 내디뎠다.

그 나폴레옹 맞아?

biya

이따금 나타나는 표식을 따라 걷기 시작한 지 반나절도 되지 않아 몇 가지 놀라운 점을 발견했다. 네덜란드는 인구 밀도가 매우 높은 나라라더니 사람은 온데간데없고 다섯 시간이 넘도록 울창한 숲, 보라색 헤더 평원과 감자밭, 옥수수밭이 끝도 없이 이어졌다. 마을이라고 해봐야 겨우 집이 열 채 정도에 간간이 자전거 탄 사람들과 개를 데리고 산책하는 사람들이 있을 뿐이고 본격적으로 걷는 사람은 단 한 명도 못 만났다.

이 길이 네덜란드 대표 순례길이고 3분의 2 지점부터는 그 유명한 산티아고 순례길과 합쳐지기까지 하는데 어떻게 이럴 수가? 더 놀란 건, 순례길이라는 이름이 무색하게 성당은커녕 작은 기도처인 채플도 거의 볼 수 없다는 점이다. 사전에 안톤이 첫 3~4일간 자연 풍광이 펼쳐지고 그 구간이 끝나야 본격적인 순례길이 나온다고 말은 했지만 없어도 너무 없었다. 이게 그냥 긴 산책길이지 무슨 순례길이란 말인가.

그러나 더 놀란 건 하루 만에 거의 모든 발가락에 물집이 생겼다는 사실. 걷기라면 이력이 난 내가 겨우 일곱 시간 남짓을 걸었을 뿐인데 물집이 웬 말인가! 발에 잘 맞지 않는 등산화 탓이지만 전혀 예상치 못한 복병이었다. 어쩐지 걷는 내내 신발 안에 작은 돌멩이가 들어간 듯 껄끄럽더라니.

다음 날, 이른 아침부터 펼쳐지는 울창한 숲과 멋들어지게 어우러진 호수의 파노라마는 제대로 감상할 수가 없었다. 전날 저녁 통통하게 잡힌 물집을 모두 따고 잤건만 아침부터 발꿈치와 발바닥에 불이 붙은 듯 화끈거렸기 때문이다. 양말을 벗어보니 발바닥에도 호수처럼 널찍하게 물집이 잡혀 있었다.

나는 절뚝거리며 간신히 걷고 있는데 안톤은 뭐가 그리 신이 나는지 갑자기 혼자 빨리 걷더니 아예 안 보일 만큼 멀어졌다. 섭섭한 마음이 들었다.

'우씨! 말을 안 해서 그렇지, 색시는 발 전체가 벌에 쏘인 듯 따가워서 죽겠는데!'

속으로 투덜거리며 걷는데 저 멀리서 그가 날 기다리고 있었다. 잔뜩 미간을 찌푸리며 발걸음을 옮기고 있는데 어느 순간 그가 소리쳤다.

"비야, 아래를 봐봐!"

땅에는 등산 스틱으로 큼직하게 쓴 글씨가 선명히 보였다.

"Biya Han Sarang Haeyo!(비야 한, 사랑해요!)"

"……."

영원한 나의 응원단장 안톤의 한국어 응원에 힘입어 마침내 예약한 야영장 방갈로에 도착했다. 양말을 벗어보니 그사이 발바닥 물집에 피까지 고여서 가관이었다.

"그 발로 계속 갈 수 있겠어?"

그가 걱정스런 얼굴로 물었다.

"당연히 갈 수 있지. 푹 자고 나면 괜찮아질 거야."

호기롭게 말했지만 다음 날 아침이 되니 걷기는커녕 제대로 서 있기도 어려울 지경이었다.

"안 되겠다. 집에 가서 이틀 정도 쉬고 다시 시작하자. 누구랑 경쟁하는 것도 아닌데 더 이상 우기지 말고! 오케이?"

그리하여 이틀 만에 작전상 후퇴! 집에 와서 뜨거운 물에 몸을 담근 후 한국 라면에 시원한 맥주까지 곁들여 마시니 살 것 같았다. 다음 날엔 새벽부터 장대비가 쏟아졌다. 남편 말 잘 듣는 척하면서 후퇴하길 잘했지 뭐야. 이틀 후, 소독약과 물집용 밴드 등을 잔뜩 챙기고 다른 등산화로 바꿔 신고는 전날 끝낸 자리에서부터 순례를 계속했다.

그날은 날씨가 선선하고 화창해서 걷기에 딱 좋았다. 경치도 아름다웠다. 집집마다 꽃으로 장식한 자그마한 마을들을 지나자 네덜란드의 젖줄인 마스강이 보이기 시작했다. 순례길 표식을 찾다가 우연히 나폴레옹길Napoleonsweg이란 이정표를 발견했다. 어? 그 나폴레옹? 그렇다면 그는 이런 시골에서 뭘 한 거지? 고개를 갸우뚱하니 안톤이 신나서 설명했다.

"그 나폴레옹 맞아. 1803년 나폴레옹이 2만여 병사를 이끌고 네덜란드를 쳐들어왔는데 마스강을 넘지 못하고 퇴각하면서 이 길을 따라 프랑스로 돌아간 거야."

나폴레옹이 보병 중심의 군대가 다니기 쉽게 지나가는 곳마다 도로를 넓히고 길 양옆에 나무를 심었다더니 이 길도 딱 그런 모양이었다. 갑자기 성지순례가 아니라 역사기행을 하는 것 같았다. 깜짝 보너스가 따로 없다.

예상치 못했던 곳에서 나폴레옹을 만난 그날, 안톤과 나의 몸상태도 최상이었다. 그러나 이번에는 잘 곳이 문제였다. 그 흔하디흔한 비엔비에 빈방이 없었다. 코로나 19 때문에 사람들이 올해 휴가를 거의 본국에서 보내기 때문이란다. 해가 뉘엿뉘엿 넘어가는 저녁 9시까지 걸으며 사방으로 알아봤지만 모두 허사였다. 야영 장비도 없는 우리는 그야말로 노숙을 해야 할 판이었다.

"덕분에 다음 숙소와 끼니를 걱정하는 진짜 순례자가 되었네."

그가 눈을 찡긋하며 말했다.

"으음, 우리 기왕이면 성당 앞에서 밤을 새울까? 십자가 밑에서 종소리 들으면서 말이야."

멀리 보이는 성당 첨탑을 가리키며 내가 말했다.

"그래 아무래도 성당이 안전하겠지. 밤엔 추울 테니까 옷이란 옷은 다 껴입고 자야 할 거야."

노숙할 각오를 하고 나니 마음이 편해졌는지 그가 밝은 목소리로 말했다.

"새벽엔 이슬이 내릴 테니 비옷도 입어야 하고."

"근데 모기는 당연히 많을 테고 오래된 건물이니 쥐가 왔다 갔다 할지도 몰라."

"쥐까지? 정말 노숙의 결정판이네. 그나저나 아침까지 마실 물은 충분한 거지?"

각자 우려되는 노숙 상황에 대한 이야기를 주고받으며 걸으니 네덜란드와 국경을 접한 벨기에 마을이 나왔다. 멀리 성당 시계탑이 9시 반을 가리키고 있었고 마을은 '쥐 죽은 듯' 고요했다. 오늘의 숙소가 될 성당 앞마당을 향해 지친 발을 한 걸음 한 걸음 옮기다 순간 걸음을 멈췄다. 거짓말처럼 성당 앞에 있는 숙소를 겸한 조그만 식당이 보였다.

"와우, 우리 오늘 밤 저기서 노숙하는 거야?"

내가 숙소를 가리키며 기뻐 소리쳤다.

"적어도 쥐는 안 나오게 생겼네."

쥐만 안 나와도 하느님 감사합니다, 인데 그 숙소에는 샤워를 할 수 있는 뜨거운 물이 나오고 깨끗한 침대는 물론 시원한 벨기에 맥주 듀벨까지 있었다. 그래. 하루 종일 걷다가 날 저물면 그때부터 지친 몸을 누일 숙소를 찾는 게 진정한 순례겠지, 못 찾으면 노숙하면 그만이고. 그러다 이렇게 찾으니 감사의 기도가 절로 나오잖아?

그날 밤 잠자리는 이렇게 극적으로 해결되었지만 그다음 날 밤, 우리는 작전상 두 번째 후퇴를 해야 했다.

용서하는 마음, 용서를 청하는 마음

✳ *biya*

"안톤, 이럴 게 아니라 집에 가서 텐트를 가져오는 게 좋겠어."

"텔레파시가 통했네! 나도 아까부터 그 생각을 하고 있었거든."

다음 날 묵을 숙소를 구하기 위해 그는 하루 종일 여기저기 전화하느라 정신이 없더니 오후 늦게까지 숙소를 찾지 못하니까 초조해하기 시작했다. 보다 못한 내가 말했다. 텐트를 가지고 다니면 배낭은 훨씬 무거워지겠지만 원하는 장소에서 원하는 시간에 야영할 수 있으니 '숙소 찾기'가 아닌 '순례'에 집중할 수 있지 않겠냐고. 더구나 내 왼쪽 무릎이 말썽을 부리기 시작해 압박붕대, 근육 테이프, 통증 완화용 젤 등도 필요한 참이었다.

그리하여 그날 예정했던 거리를 다 걸은 후 마지막 기차를 타고 레인더로 돌아갔다. 이틀간 집에서 아픈 무릎을 충분히 쉬고는, 캠핑 장비를 챙겨 지난번 멈췄던 림뷔르흐 지방에서 순례를 이어갔다. 이곳은 곳곳에 풍차와 드넓은 목초지와 유유히 풀을 뜯는 젖소들이 보이는 남부의 대표적인 농촌이다.

네덜란드에서 보기 힘든 나지막한 구릉과 언덕이 많고 이 나라에서 제일 높은 해발 322미터의 팔세르베르흐산도 여기에 있다. 눈길 닿는 언덕 끝까지 관리 잘된 골프장 같은 푸른 목초지가 넘실거리고, 길옆에는 다홍색 야생 양귀비꽃이 군락을 이루며 눈부시게 피어 있었다. 새파란 하늘에 하얀 뭉게구름이 둥실 떠 있고 저 멀리 보이는 성당 첨탑이 다음 마을이 얼마 남지 않았음을 알려주었다.

배낭에 '숙소'를 넣고 다니니 어깨는 무겁지만 마음이 가벼워서 마음껏 두리번거리고 실컷 늑장을 부리며 흰색 반 빨간색 반의 표식을 따라 걸었다. 걷다가 또 신기한 걸 발견했다. 한여름 해가 쨍쨍 내려쬐어도 누구도 모자를 쓰지 않는다! 자전거를 타거나 가벼운 차림으로 산책하는 사람들은 물론 마을을 지날 때 보니 젊은 엄마도 유모차를 탄 갓난쟁이도 그 땡볕을 고스란히 받고 다녔다. 전 국민이 모자 안 쓰기로 합의라도 한 건가? 어쩐지 안톤도 모자를 쓰기 싫어하더라니.

그래서 지나치는 사람마다 내가 '할로' 하고 인사하면 '할로' 하며 가볍게 화답하면서도 눈을 있는 대로 휘둥그레 뜨곤 했다. 넓은 챙 모자도 모자라 스카프로 얼굴을 반 이상 가리고 지팡이(등산 스틱)까지 쥐고 걷는 내 모습에 놀랄 만도 하겠지.

이렇게 걷다가 멋진 경치가 나타나면 실컷 쉬고 또 가다 식당을 만나면 식사 시간에 상관없이 일단 배부르게 먹어두었다. 그러다 해가 지면 어느 날은 농장 주인에게 양해를 구해 보들보들하고 푹신한 목초지에서, 어느 날은 숲속의 야영장 한쪽 구석 딱딱한 맨땅에 텐트를 치고 잤다.

숙소 걱정에서 벗어나니 그제야 기도와 묵상에 집중할 수 있었다. 남쪽으로 내려갈수록 성당, 채플, 그리고 길거리 모퉁이마다 십자가가 많아진 덕분이기도 했다. 무엇보다 아침 기도를 충분히 할 수 있어서 좋았다. 순례길 후반, 안톤은 유난히 용서를 구하는 기도를 많이 했다. 하루는 이런 기도를 했다.

"그때 내게 2달러를 돌려받지 못해 큰 어려움을 당했을 그 아프가니스탄 청년을 위해 기도합니다. 부디 그때 제가 한 잘못을 용서해주시기 바랍니다. 그 청년에게도 제 잘못을 고백하며 용서를 구합니다."

무슨 일인가 물었더니 담담하게 털어놓았다. 대학 졸업 전 육로로 인도까지 배낭여행 할 때의 일이란다. 아프가니스탄 카불의 허름한 숙소에서 하루 묵고 파키스탄으로 떠나려고 나섰는데 한참 만에 저쪽에서 숙소 종업원 청년이 헐레벌떡 뛰어오더란다. 계산 착오로 안톤이 2달러를 덜 내고 온 거였다. 주위에 지나가는 사람이 많아서 허리춤에 찬 전대를 꺼내기가 내키지 않는 상황, 그때 갑자기 이런 말이 튀어나왔단다.

"어쩌죠? 지금 1달러짜리가 하나도 없네요. 파키스탄 갔다가 올 때 여기서 다시 묵을 텐데 그때 주면 안 될까요?"

그때 그는 파키스탄에서 인도로 넘어가는 여정이라 다시 올 일이 없었는데도 그런 거짓말이 술술 나오더란다.

그 청년은 활짝 웃으며 "알았어요. 모자라는 2달러는 내 월급으로 채워놓을 테니 잘 다녀오세요" 하며 다정하게 손까지 흔들어 보였다. 그 당시 그 숙소 종업원에게 2달러는 아주 큰 돈이었단다. 그때가 1975년이니 무려 45년 전의 일인데도 그 일이 아직까지 마음에 가시처럼 박혀 생각할 때마다 부끄럽고 미안하다고 했다.

어머나, 나도 비슷한 일이 있는데……. 볼리비아 여행 때였다. 현지 여행사의 8인 그룹 투어에 끼어 우유니 소금 사막에 갔는데 그 비용이 50달러였다. 투어 떠나기 직전에 급히 합류하느라 여행사 사무실까지 갈 시간이 없어서 그 비용을 현지 가이드에게 주기로 했다. 타자마자 주었어야 했는데 그 믿을 수 없는 소금 사막 경치에 취해 가이드도 나도 깜빡 잊고 있었다.

3일간의 소금 사막 여행을 끝내고 다음 도시로 이동하기 위해 장거리 버스에 올라타려다 무심코 바지 주머니에 손을 넣었는데,

현지 가이드에게 줘야 할 50달러가 있는 게 아닌가. 그 버스를 놓치면 언제 또 다른 버스가 올지 모르는 상황이라 몇 초 갈등하는 사이 버스는 출발했고, 나는 그 50달러를 영영 주지 못하게 되었다. 엄밀히 말하면 못 준 게 아니라 안 주고 온 거다. 그후로 우유니 소금 사막 얘기가 나올 때마다 그 50달러가 걸려 일부러 딴청을 피우기도 했다. 25년도 넘은 지금 생각해도 얼굴 화끈하고 미안하기 그지없지만 안톤처럼 기도 중에라도 용서를 구할 생각은 못했다.

"오래전 일인데 이토록 생생하게 남아 있는 걸 보면 그 청년이나 가이드가 아직도 우리를 용서하지 않았나 봐."

시무룩한 내 말투에 그가 대답했다.

"그래서 생각날 때마다 진심으로 용서를 구해야 하는 거겠지. 하느님과 그분들에게."

안톤은 신앙인으로서 우리가 알게 모르게 잘못한 것에 대해 용기 있게 용서를 구해야 한다고 했다. 한 발 더 나아가 우리를 미워하고 가슴 아프게 하고 악의를 가지고 괴롭히는 사람들을 위해서도 늘 기도하며 그들을 용서할 수 있는 마음을 달라고 하느님께 간구해야 한다고 했다. 나는 대들 듯 말했다.

"난 그게 잘 안 돼. 아니 못하겠어. 그들이 잘못을 인정하지도, 용서를 구하지도 않는데 왜 자진해서 용서해줘야 해? 심지어 왜 그들을 위해 기도까지 해야 하냐고."

그가 조용히 대답했다.

"사람 힘으로만은 안 되니까 하느님의 도움이 필요한 거지."

안톤은 그들이 왜 우리 인생에서 이런 악역을 맡았는지 우리는 알 수 없다고, 아니 알 필요가 없다고 했다. 그건 순전히 하느님 소관이라고. 다만 우리는 하느님이 그들을 통하여 어려움을 줄 때 그 어려움을 견디고 극복할 힘도 주시고, 그 혹독한 과정을 통과하면서 우리가 좀 더 나은 사람이 될 수 있게 해달라고 기도할 뿐이라고. 그리고 지금 우리는 순례길 위에 있으니 남은 기간은 이 기도에 집중하자고 했다.

용서를 청하고 용서해주는 일, 둘 다 참으로 어려운 일이다. 나이 들수록 이걸 잘하면 얼마나 좋을까? 연습하면 잘할 수 있을까? 안톤 말대로 사람 힘으로는 안 되는 일이니 하느님께 도움을 청해야만 하는지도 모르겠다.

마지막 날, 저 멀리 마스트리히트 대성당 꼭대기가 손톱만큼 보이니 가슴이 뛰기 시작했다. 순례를 마친 순례자가 대성당에 도착해 촛불을 켜고 한 가지 소원을 빌면 그 기도가 이루어진다고 한다. 나는 무슨 소원을 빌까? 그날은 이른 아침부터 뜨거운 햇살이 화살처럼 온몸에 꽂히고 도시의 아스팔트 열기까지 겹쳐 걸음이 자꾸 느려졌지만 그 설렘으로 마음만은 가벼웠다.

드디어 이 순례길의 최종 목적지인 마스트리히트 대성당에 도착! 본당은 코로나 때문에 잠겨 있었지만 다행히 본당 옆의 소박한 기도처는 활짝 열려 있었다. 등산 스틱을 접어 넣고 무릎보호대를 풀고 장갑과 모자를 벗은 후 안으로 들어갔다. 수십, 수백 개의 촛불이 환하고 따뜻하게 방금 순례를 끝낸 우리를 맞아주었다.

성모상 앞에 나란히 앉은 우리 모습이 유리판에 반사되어 마치 아기 예수를 안고 있는 성모님과 촛불 꽃밭에 다 같이 있는 것 같았다. 주위에 다른 사람들이 있었기에 우리는 각자 속으로 순례 후 청원 기도를 드렸다.

> 언제나 가장 좋은 것을 준비하시고 당신의 때에
> 당신의 방법으로 내어주시는 주님,
> 당신을 진심으로 사랑합니다.
> 순례 후 청원으로 안톤과 저를 위해 기도합니다.
>
> 우리가 늘 지금처럼 사이좋게 지낼 수 있도록,
> 더 많은 사람들을 위해 기도할 수 있도록,
> 용서하고 용서를 구하며 살 수 있도록,
> 용기와 지혜를 주시옵소서.
> 은총을 내려주시옵소서!

함께 걸어갈 사람이 생겼습니다

4

*

혼자 있는 힘,
함께하는 힘

＊

인생의 오전인 27세에 집을 나가

열심히 일하다가

66세, 인생의 늦은 오후에

집에 돌아온 기분이다.

이 시간이 넉넉하고 평화롭다.

-본문 중에서

과일 칵테일식 결혼 생활

* *biya*

    1년에도 몇 차례, 안톤을 인천공항까지 바래다주고 지하철을 타고 올 때나 혹은 내가 탄 한국행 비행기가 이륙하는 순간은 언제나 어깨가 허전하고 방금 헤어진 그가 보고 싶다. 공항의 이별이 우리 결혼 생활의 일부라지만 매번 처음인 양 어렵고 아쉽기만 하다. 이럴 때마다 지하철 혹은 비행기 안에서 일기를 쓴다. 둘이 같이했던 시간, 그때의 느낌과 감정을 되짚다 보면 마음이 조금씩 진정되면서 자연스레 앞으로 몇 달간 혼자 있는 동안 해야 할 일과 하고 싶은 일을 적어나간다. 일기를 쓰면서 나도 모르는 사이에 '같이 모드'에서 '혼자 모드'로 자동 전환하는 셈이다.

    이름하여 과일 칵테일식 결혼 생활!

    어느 날 디저트를 먹다가 떠오른 비유다. 그때 우리는 약혼은 했지만 언제 결혼할지 모르는 상태였다. 남부 독일 모젤 강변을 따라 자전거 여행을 하다가 모처럼 근사한 레스토랑에서 저녁 식사를 하고 디저트로 과일 칵테일을 시켰다. 유리그릇에 신선한 두세 가지 과일이 작게 깍둑 썬 모양으로 예쁘게 섞여 나왔다. 한 스푼 떠먹으니 서로 다른 과일 맛과 향기와 식감이 따로, 또 같이 느껴졌다. 그 순간 어떤 생각이 머릿속을 스쳤다.

"안톤, 우리가 결혼한다면 이런 식이겠지? 과일마다 제 맛을 유지하면서 조화롭게 섞여 더 맛있어지는 이 칵테일 같은."

"와, 과일 칵테일식 결혼 생활이라, 근사한 표현인데."

으음, 내가 한 말이지만 그럴듯하지 않은가? 안톤과 나를 과일로 비유하면 우리는 고유한 맛과 색깔을 가진 독립적인 과일이다. 이 두 과일이 섞였을 때 각자의 고유성을 유지하면서도 조화를 이루는 생활, 함께할 때 오히려 각자의 고유함과 존재감이 더욱 선명하게 빛나는 과일 칵테일식 공동생활! 이것이 바로 우리가 원하는 결혼 생활의 본질이자 핵심이다.

과일 칵테일이 맛있고 보기도 좋으려면 한쪽 과일 맛이 너무 강하거나 한쪽의 양이 너무 많으면 안 된다. 한쪽으로의 일방적인 흡수나 동화가 일어나기 때문이다. 흔히 결혼은 자기 반쪽을 찾는 일이라지만 내 생각은 다르다. 불완전한 두 개의 반쪽이 모여서 비로소 하나의 완전체가 되는 게 아니라, 혼자로도 이미 완전체가 되어야 둘이 있어도 완전하게 살 수 있다고 생각한다.

혼자로도 충분하다는 자각, 혼자 서겠다는 각오, 혼자 버티고 견뎌내면서 마침내 혼자 해내는 힘이 있어야만 둘이 같이 있어도 좋은, 과일 칵테일식 결혼이 가능하다고 나는 믿는다. 그러니 비혼 상태든 결혼 상태든 관건은 '혼자 있는 힘'이고 그 힘을 길러야 한다.

　내게 이 '혼자 있는 힘'이 생긴 건 장기간의 오지 여행 때도 긴급구호 전문가로 일할 때도 아닌 고등학교 1학년 겨울이었다. 나도 보통의 여고생처럼 학교 오갈 때나 시험공부할 때도 도시락을 먹을 때도 심지어 화장실 갈 때도 친구들과 몰려다니며, 혼자 조용히 있는 친구들까지 억지로 끌어들이며 떠들썩하게 지냈다. 그렇게 해주는 게 좋은 줄 알았다. 혼자 있고 싶은 사람은 세상에 없다고 믿었으니까.

　그러던 어느 날, 무엇 때문인지 혼자 저녁 늦게까지 학교에 남게 되었다. 교문을 나서는데 춥고 배가 고팠다. 친구들과 거의 매일 가는 학교 앞 분식집이 있었지만 거길 혼자 가려니 쑥스러워서 망설여졌다. 그러나 따끈한 라면의 유혹을 이기지 못하고 안으로 들어가 쭈뼛쭈뼛하며 앉았다. 내 인생 첫 혼밥이었다. 분식집 이모는 늦은 시간에 혼자 온 나를 보고 친구들과 다퉜다고 생각했는지 내 눈치를 슬슬 보았다. 그러고는 시키지도 않은 떡볶이에 순대까지 갖다주면서 "괜찮아. 다들 그렇게 싸우면서 크는 거야"라고 하셨다.

　그날 혼자 조용히 먹는 라면은 친구들과 왁자지껄 요란하게 먹을 때와 다름없이 맛있었고 생각보다 민망하지도 않았다. 잘 먹고 나가면서 생각했다. '이렇게 쉬운 거였는데……' 여태껏 친구들이 없으면 아무리 배가 고파도 먹지 않았거나 다른 게 먹고 싶어도 그냥 우르르 같은 집으로 갔던 일들이 후회될 지경이었다. 그날 나는 내 인생의 중요한 옵션 하나를 얻었다. '언제나 같이'에서 벗어나 '따로 또 같이'도 할 수 있다는 옵션!

　한번 해본 일은 쉬워진다던가, 며칠 후 비 오는 오후에 학교 뒷문으로 몰래 나가 혼자 짬뽕을 먹었다. 짜릿했다. 혼자 식당에 갈수 있는 나는 극장에도 산에도 혼자 가기 시작했다. 이런 일탈 혹은 용기는 내게 완전히 새로운 세상을 열어주었다. '혼자 있는 힘'이 생긴 거다. 누구랑 같이 있어도 좋지만 혼자 있어도 민망하거나 누군가가 아쉽지 않은 그야말로 혼자만으로도 충분한 상태가 뭔지 어렴풋이 알게 되었다.

　그때부터 '따로 또 같이'라는 이중 생활이 시작되었다. 그 덕에 대학 입시에 떨어지고 앞날을 설계하기 위해 혼자 완행열차와 밤배를 타고 제주도까지 갈 엄두가 났고, 6년간 혼자서 배낭 하나 메고 세계일주도 할 수 있었다. 지금의 '따로 또 같이 결혼 생활'의 뿌리도 여기에 닿아 있다고 믿는다.

나를 키운 건 8할이 '혼자 있는 힘'이다. 만약 혼자 밥 먹고 영화 보고 여행 가는 일을 하지 못했다면, 무엇인가를 계획하고 당면 문제들을 직시하고, 남의 생각이 아닌 내 생각을 정리하는 혼자 일기 쓰는 시간을 적극적으로 확보하지 않았다면 어쩔 뻔했나? 분명 지금보다는 훨씬 흔들리고 휘청거리며 살고 있을 거다.

심리학 관련 책에서 읽었는데, 이 혼자 있는 힘, 혹은 혼자 생각하는 힘은 일이 잘될 때보다 엉키고 꼬일 때, 분하고 속상할 때, 깨지고 무너질 때 그래서 고민이 깊어지는 바로 그때 훨씬 깊고 단단해진다고 한다. 그래서 나는 힘든 일을 당하면 '아, 내 뿌리가 더 깊이 내려가는 시간이구나!' 생각한다. 혼자 있는 힘이 세질수록 견디는 힘, 버티는 힘, 비교하지 않는 힘도 따라서 강해지기 마련이라니 힘든 시간이야말로 고강도 훈련 시간임이 분명하다.

결혼 3년 차, 나는 어느 때보다도 나답게 살고 있다. 과일 칵테일 안에서 내 고유한 맛과 색깔을 지키는 동시에 안톤 덕분에 그것들이 더욱 선명하게 드러나기 때문이다. 앞으로도 나는 '혼자 있는 힘'을 키우면서 살 거다. 그래야 '둘이 있는 힘'이 더욱 단단해지고 풍성해질 거라고 믿기 때문이다.

★ 이 글은 〈중앙일보〉(2016.1.16)에 기고한 '혼자라도 잘할 수 있겠는가?' 중 일부를 바탕으로 새로 썼다.

외부 밧줄은 언제든 사라진다

* *biya*

"외부 밧줄이 모두 사라진다면 무엇이 당신을 지탱해줄 것인가?"

얼마 전 가볍게 읽고 자려던 책에서 느닷없이 날카로운 질문이 튀어나왔다. 순간 가슴이 송곳으로 찔린 듯 따끔했다. 읽던 책을 무릎에 올려놓고 눈을 감았다. 나는 뭐라고 답할 수 있을까?

순간 이런 이미지가 떠올랐다. 푸른 벌판에 아름드리나무 한 그루가 위풍당당하게 서 있다. 이 나무가 이렇게 서 있는 건 위아래에서 당겨주는 밧줄 덕분이었지만 다른 나무들은 그 나무를 몹시 부러워했다. 그 나무도 그걸 당연히 여기며 우쭐했다.

그것도 잠시, 단단하던 밧줄들이 갑자기 하나둘 흔들리다 끊어진다. 당당하던 나무는 속수무책으로 휘청거리는데 "어, 어, 어" 하는 사이에 마지막 밧줄마저 끊어져 나간다. 그 순간, 나무는 힘없이 고꾸라지고 만다. 그제야 다른 나무들은 알게 된다. 그 나무에는 스스로를 지탱하는 뿌리가 없었다는 것을.

등골이 서늘했다. 다시 책을 펴 소리 내어 그 문장을 읽어 보았다. 이 질문에 머뭇거리지 않고 답할 수 있다면 얼마나 좋을까? 일기장을 꺼내 이 생각 저 생각 끄적이다가 아예 일기장 맨 앞장에 이 질문을 크게 써넣었다.

"외부 밧줄이 모두 사라졌을 때 무엇으로 나를 지탱할 것인가?"

외부 밧줄이란 흔히 말해 돈, 외모, 명예, 영향력, 권력, 젊음, 지위, 아는 사람 수, 요즘에는 SNS 댓글이나 '좋아요' 숫자 등일 거다. 한국과 같은 초경쟁 사회에서는 누가 뭐래도 돈은 많을수록, 외모는 매력적일수록, 영향력은 클수록, 지위가 높을수록 외부 밧줄은 더 튼튼하다. 그래서 좀 더 튼튼하고 다양한 밧줄을 확보하고 유지하기 위해 시간과 노력과 열정, 심지어 품위와 자존심까지도 기꺼이 바친다.

물론 나도 그런 사람 중에 하나다. 내 책을 읽고 내 강연을 듣는 사람이 많을수록, 인세나 강연료를 많이 받을수록, 중요한 결정을 할 때, 내가 한 얘기가 큰 도움이 되었다는 사람들을 많이 만날수록, 각종 국내외 회의에서 내 의견이 많이 반영될수록, 혹은 꿈도 꾸지 않던 중요한 자리에 적임자로 제안을 받았을 때, 길에서 사람들이 알아보고 반가워할 때, 나는 외부 밧줄의 굵기와 단단함을 느끼며 뿌듯해한다.

동시에 악의적인 글이나 소문을 읽거나 전해 들을 때, 몇 년간 즐겁게 쓰고 반응도 좋다던 고정 칼럼을 중단한다는 통고를 달랑 전화 한 통화로 받았을 때, 수년간 몸담았던 단체에서 당연히 받을 거라 생각했던 논문용 자료 조사 협조 요청에 대한 거절 메일을 받았을 때 나는 휘청거린다. 날 지탱하던 외부 밧줄이 느슨해지거나 끊어졌기 때문이다.

둘러보니 내 친구들도 마찬가지다. 정년퇴임한 또래 중 높은 자리에 있던 친구들은 한동안 '내놓을 명함이 없다'는 이유만으로 커다란 상실감에 힘들어했다. 최근에 건강을 잃고, 외모도, 사업도, 인간관계도 예전같지 않아 힘들어하는 친구들도 있다. 이 모든 것이 외부 밧줄이 끊어질 때 나타나는 현상이다.

이런 일을 겪을 때마다 새삼 확인한다. 외부의 밧줄이란 아무리 굵고 튼튼해 보여도 조금만 상황이 달라지면 새벽안개처럼 사라지는, 참으로 믿을 수 없는 무엇이라는 걸. 기준과 호불호가 손바닥 뒤집히듯 쉽게 변하는 세상에서 믿을 건 스스로 서 있게 하는 자기 뿌리밖에는 없다는 사실을.

그러니 힘들고 괴롭더라도 스스로에게 끊임없이, 끈질기게 물어야 한다. 외부 밧줄을 모두 빼고 오로지 나만 남을 때 묻고 답해야 한다. 나는 어떤 사람인지, 어떤 기질과 천성을 가졌는지, 무

혼자 있는 힘, 함께하는 힘

엇이 나를 움직이는지, 하고 싶은 일을 하면서 남에게도 보탬이
되기 위해, 적어도 해가 되지 않기 위해 무엇을 해야 하는지.

자기 자신 외에는 답할 수 없는 이 질문에 몸부림치며 스스로
답을 찾아나가는 과정, 그 힘겨운 과정 중에 나라는 나무의 잔뿌
리는 굵어지고 땅속 깊이 내려간다고 나는 믿는다. 이렇게 만들
어진 굳건한 뿌리로 세상의 과분한 칭찬에도 억울한 비난에도
휘둘리거나 휩쓸리지 않고 살고 싶다. 거센 비바람에 흔들릴지언
정 뿌리째 뽑힐 수는 없지 않은가?

단단하게 뿌리내리기 위해서 반드시 필요한 조건이 있다. 요즘
유행하는 말대로 나답게 살 용기가 있어야 한다. 도대체 나답게
산다는 건 뭘까? 나에겐 자기 장단에 맞게 춤추는 것이다. 남의
장단이 아무리 멋져 보여도 자기와 흥과 호흡이 맞지 않으면 춤
추기가 힘들기만 하다.

잠깐은 그럴 수 있어도 평생 '이 장단은 아닌데' 하면서 살 수는
없는 법, 그러니 남 눈치가 아니라 내 눈치를 봐야 한다. 어떻게
하든 내 장단을 찾아내서 그에 맞춰 춤을 춰야 한다. 그래야 힘들
어도 재미있고 어려울 때도 잘 견딜 수 있다. 그래야 비로소 나답
게, 그리고 행복하게 살 수 있다.

결혼하면 남편이라는 든든한 밧줄이 생기는 줄 알았는데 정반
대다. 내게 안톤은 외부 밧줄이 아니라 내 뿌리를 더욱 굵고 튼튼

하게 만드는 성장촉진제였다. 결혼하니 오히려 내가 누구인지, 어떤 삶을 살고 싶은지, 무엇을 지켜야 하는지가 더욱 잘 보인다. 무엇을 타협하고 무엇을 포기해야 하는지도 점점 뚜렷해진다. 그래서일까, 결혼 후에는 내 장단에 맞춰 춤추는 것 역시 점점 쉬워지고 있다. 예상치 못한 일이고 참으로 신기한 일이다.

★ 이 글은 〈좋은생각〉(2018년 10월 호)에 기고한 '나라는 나무' 중 일부를 바탕으로 새로 썼다.

혼자 있는 힘, 함께하는 힘

만약 내가 그 자리에 없었다면

✳ anton

"안톤, 40년간의 구호활동이 자기 인생에서 어떤 의미로 남은 것 같아?"

얼마 전에 비야가 물었다. 이 질문에 나는 자신 있게 대답할 수 있다. 내 열정과 힘을 모두 쏟아 도움이 필요한 사람들, 특히 취약하고 가난한 사람들과 함께했던 가치 있는 일로 남았다고. 그 일을 그렇게 오랫동안 할 수 있어서 행복했다고. 그동안 훌륭한 상사와 동료, 따뜻한 후원자, 현명한 지역 주민들 덕분에 필요한 자리에서 원칙을 지키며 일할 수 있었다고.

질문에 답하다 보니 이 일을 처음 시작했던 때가 떠오른다. 1979년, 27세에 사하라 사막 남쪽에 있는 니제르로 처음 발령받았다. 아이린이라는 구호개발 기관 소속으로, 주로 유목민들을 위해 우물을 파고 오아시스용 종자를 개량하고 농부들이 송아지와 염소를 살 수 있도록 대출 알선 시스템을 개발하는 일을 했다. 그때의 업무 방식은 상의하달식으로 가뭄 피해 주민들과는 아무 상의 없이 유럽 본부에서 구호 대책을 세우고 결정했다. 나는 그게 옳지 않다고 생각했다.

그래서 부임과 동시에 마을 자원봉사자들을 현장에 배치하고 아카시아나무 아래에서 추장, 마을 원로, 농부들과 될수록 많은 대화를 나누며 그들의 목소리를 들으려고 했다. 내 담당 구역 내에 있던 투아레그족 농부들은 뜨거운 태양 아래서 장시간 묵묵히 일했다. 무한한 존경심이 들었다. 그런 분들과 길게 차를 마시면서 서로 원하는 바를 이야기하는 것 자체가 가슴 벅찬 일이었다.

내 동료들과 나는 이들을 깍듯하게 대했으며 이들과 한 약속을 대부분 잘 지켰다. 현장에서 술은 절대 마시지 않았고 젊은 여성들에게는 예의 바르게 행동했다. 학교 기숙사는 전기가 들어오지 않았기 때문에 저녁 때면 학생들이 우리 숙소에 몰려와서는 시골 부모님들에게 편지를 쓰고, 배달을 부탁했다. 또 우리는 학생의 부모님들로부터 이들에게 전달할 물건을 수없이 받아 왔다.

학생들의 고향 마을은 버스가 다니지 않고 오직 아이린의 자원봉사자들만이 사륜구동 차량을 끌고 1주일에 한 번 정도 외딴 마을들을 돌아다녔기 때문이다. 이 덕에 나와 동료들은 마을 사람들과 더욱 가까워졌고 그들의 사정을 더 자세히 알 수 있었으며 서로 신뢰하고 존경하는 사이가 되었다.

우리 팀은 에어컨이 없는 랜드로버 픽업트럭에 연료통, 물, 갖가지 지원 물품과 사람들을 가득 싣고 아이르산맥을 넘나들었고 북쪽 끝인 대추야자 오아시스까지 가기도 했다. 오아시스를 지나면 서서히 보이는 사하라사막의 거대한 모래 언덕은 비현실적으로 고요하고 신비로웠다. 우리는 열악한 환경에서 힘든 일을 하면서도 겨우 용돈 정도만 받고 생활했지만 아무런 불평불만이 없었다. 그때 우리의 혈기와 열정은 참으로 뜨겁고 순수했다. 이때 현지 주민들과 신뢰를 쌓아갔던 경험은 평생 일하는 내내 나 스스로에게 좋은 본보기가 되었다.

그후 옥스팜, 액션에이드, 월드비전 등 10여 군데의 국제 구호 개발 기관에서 일하면서 서아프리카와 방글라데시에서는 개발 사업을, 아프가니스탄, 이라크, 인도양 쓰나미 피해 지역, 아이티 등 재난 현장에서는 인도적 지원 사업을 이끌었다. 2010년 아이티 지진 구호 현장에선 100여 명의 국제 직원 및 800여 명의 현지 직원과 1년에 약 1,200억 원의 예산으로 진행되는 구호 사업의 총책임을 맡았다.

현장 업무를 하면서 2006년부터 2011년까지 인도적 지원의 최소 기준에 관한 책《스피어 프로젝트The Sphere Project》의 책임편집을 맡기도 했다. 200여 개의 NGO와 적십자가 힘을 합해 만든 이 책은 20여 개 언어로 번역되어 재난 현장뿐만 아니라 학교에서도 널리 쓰이는 소위 '구호 현장의 바이블'이다.

현장에서는 항상 이런 괴로운 질문을 받는다. '구호활동은 문제의 근본적인 해결과는 거리가 먼 임시방편, 일회용 밴드식 사업은 아닌가?' '구호에 엄청난 돈을 쏟아붓지만, 그 효과는 그저 반짝하고 끝나는 건 아닌가?' '단기적인 집중 구호가 지원 의존심을 높이거나 지역의 장기적인 개발 사업을 방해하지 않는가?'

이 질문들에 나는 이렇게 대답한다. '인도적 지원을 하는 사람들은 화재를 진압하는 소방 요원과 같다. 일단 불길을 잡고 사람을 살려야 한다. 그 일을 하다가 잘 가꾼 꽃밭을 망가뜨릴 수 있고 귀중한 도자기도 깨뜨릴 수 있다. 그러나 그것이 염려된다고 불 속에 있는 사람을 그대로 둘 수는 없지 않은가? 그러나 현실에서는 그 망가진 꽃밭과 깨진 도자기 때문에 말할 수 없이 많은 비난을 받아야 한다.'

목숨을 걸고 열정을 바친 일인데 일의 결과가 평가절하되고 노력의 흔적을 찾기 어렵다면, 그 대가와 보람이 너무 적지 않냐고 묻는 사람도 있다. 그렇더라도 나는 다른 직업을 갖고 다른 인생을 살았으면 하고 바란 적은 단 한 번도 없다. 스스로에게 묻곤 한다. '만약 내가 그 재난의 현장에 없었더라면?'

물론 정답을 알 수는 없다. 그러나 나와 동료들이 재난 현장에 있었기에, 수많은 지역 주민이 목숨을 구하고 피해를 최소화하며 재난 중에도 인간의 품위를 지킬 수 있었다고 믿는다. 그런 믿음 하나로 우리가 한 구호활동에 대한 비난을 위한 비난과 조롱과 폄하와 모욕까지도 견딜 수 있었다. 이 믿음으로 재난 발생을 예견하고 대응을 준비하고 구호 단체, 후원자, 지역 주민 등 이해당사자들과 소통하며 최선의 계획을 빠르게 실행할 수 있었다. 함께 땀과 눈물을 흘리며 일하고, 좌절할 때마다 서로 어깨를 두드리며 나아갔던 사람들이 있었기에 가능했다. 나와 같은 꿈을 꾸며 내 삶을 값지게 만들어준 모든 분에게 깊이 감사드린다.

은퇴 후 종종 일이 그립지 않느냐는 질문을 받는다. 한마디로 답하면 하나도 그립지 않다. 충분히, 할 만큼 했다는 생각이다. 인생의 오전인 27세에 집을 나가 열심히 일하다 66세, 인생의 늦은 오후에 집에 돌아온 기분이다. 돌아와서 따뜻한 물로 샤워를 하고 편한 옷으로 갈아입고는 차를 마시는 중이다. 이 시간이 넉넉하고 평화롭다.

은퇴 후 이런저런 업무 제안도 있지만, 그건 꼭 내가 아니어도 되는 일이다. 늦은 오후 다시 작업복을 입고 일터로 나갈 마음이 전혀 없다. 지금은 비야 남편이라는 역할에 충실할 때다. 항상 비상사태처럼 사는 비야에겐 구호 전문가인 내가 필요할 테니까. 하하하!

'그날'을 위한 준비

＊ *biya*

'나는 어느 때에 와 있는 걸까?'

얼마 전, 학교 교정을 걷다가 불현듯 이런 생각이 스쳤다. 나이로 보면 인생의 후반부에 들어섰음이 분명하다. 100세까지 산다 해도 하루로 치면 오후, 계절로 치면 늦여름을 지나 초가을쯤에 왔다. 지금 한창 고운 단풍을 잔뜩 달고 뽐내고 있는 학교 중강당 앞 아름드리 왕벚나무처럼 말이다.

내가 특별히 좋아하는 이 나무는 고색창연한 석조 건물과 어우러져 한 폭의 그림 같다. 매일 지나다니는 길에 있기 때문에 나무가 보여주는 계절에 따른 작은 변화도 알아챌 수가 있다. 봄에는 하얀 벚꽃, 여름에는 무성한 초록 잎과 빨겠다 까매지는 버찌가 볼 만하다. 요즘 같은 가을에는 붉은 단풍, 겨울엔 흰 눈을 덮어쓴 채 검은색 근육질 몸통을 자랑한다. 이 왕벚나무를 보면 사람의 일생도 이와 비슷하겠다는 생각이 든다. 꽃샘추위를 이겨낸 꽃봉오리들이 일제히 피어나지만, 그 꽃들은 열흘도 못 가고 떨어져 하얀 꽃방석을 만든다. 그러나 아무리 아깝고 안타까워도 그 꽃이 떨어져야만 그 자리에 열매가 맺힐 수 있다. 이것이 놀라운 자연의 질서다.

이 자연의 질서를 내 인생에 대입해본다면 화려하게 꽃 피우던 때를 지나 이제, 열매 맺을 때가 온 것이다. 세계 오지 여행을 하고, 긴급구호 현장을 누비고 아홉 권의 책을 쓰고 박사학위를 받기 위해 열심히 공부한 시기가 인생의 봄과 여름이었다면, 이제는 꽃이 진 자리에 열매를 맺고 갈무리를 하는 때, 그동안 얻은 경험과 지식과 지혜를 모아 결실을 맺을 때다. 인생의 가을에 들어선 거다. 물론 가을이라고 성장을 멈추는 건 아니다. 몸집을 키우는 성장의 때는 지났다 해도 깊고 풍성하게 무르익는 성숙의 때는 영원히 현재 진행형일 테니까.

자연의 법칙에 따라 이 가을도 가고 겨울이 오면 나도 마침내 마지막 날을 맞을 거다. 얼마 전까지만 해도 69세까지 살면 충분하다고, 그후의 삶은 있어도 좋고 없으면 더 좋다고 농담 삼아 얘기하곤 했다. 돌볼 부모나 자식이나 인생 파트너가 없어서 더 그랬던 것 같다. 지금은? 안톤과 함께 천수를 누리고 싶다!(결혼 후 변한 것 중 하나다. 하하하.) 69세든 99세든 재미있게 살다 보니 어느

덧 그날이 왔다고 느꼈으면 좋겠다. 그날이 왔을 때 남은 가족과 친구들이 당황하거나 슬퍼하지 않았으면 좋겠다.

　나는 오래전에 '그날'을 위해 몇 가지 계획을 세워두었다. 그 계획이 구체적으로 들어 있는 게 바로 유언장이다. 누구도 피해 갈 수 없는 그날이 닥쳤는데 당부의 말을 남겨놓지 않았다면 남은 가족들이 얼마나 당황할까? 그래서 유언장은 정신 멀쩡할 때 미리미리 써놓고 주기적으로 업데이트하는 게 남은 가족을 위한 확실한 '애프터서비스'라고 생각한다.

　몇 년 전 지나가는 말로 안톤에게 나는 이미 유언장을 써놓았다고 했더니 매우 놀라는 표정이었다. 그는 죽음에 대해 얘기하는 걸 좋아하지 않는다. 너무 멀거나 오지 않을 얘기라서가 아니라 생각하기만 해도 슬프기 때문이란다. 이 얘기가 나올 때마다 못 들을 얘기를 듣는 듯 얼굴이 굳어지면서 애써 피하더니, 얼마 전부터는 물으면 기꺼이 대답하고 심지어 자기도 곧 유언장을 써놓아야겠다고 한다. 죽음과 삶의 마무리에 대한 플래닝닷컴 국가 배틀에선 플래닝닷컴 코리아가 한 수 위인 것 같다.

　나는 10여 년 전에 유언장을 써놓았다. 한 영성 수련회에 갔는데, 내일이 죽는 날이라는 가정하에 유언장을 쓰고 관 속에 누워보는 프로그램이 있었다. 직업상 위험한 재난 지역에서 일해서일까? 이 과제가 묵직하게 다가왔다. 이 기회에 제대로 한번 써볼

작정으로 깜깜한 골방에 들어가 굵은 양초가 거의 다 탈 때까지 생각한 후 써 내려간 유언장이 대학 노트 5쪽을 훌쩍 넘겼다.

사랑하는 큰언니, 큰형부, 작은언니, 내 동생,
올케 그리고 조카들에게
모두들 나 먼저 떠난다고 너무 슬퍼하지 말아요.
나는 여태까지 하고 싶은 거 실컷 하며 재밌게 살아서
이제 가는 거 하나도 아쉽지 않아요…….
큰언니, 날 동생이 아니라 딸처럼 대해줘서 정말
고마웠어요. 엄마 만나면 다 말할게요. 작은언니, 늘 멀리
떨어져 살았지만 난 언니가 언제나 보고 싶었어. 더 잘해주고
마음 써주지 못해서 미안해. 내 동생, 아무리 잘해줘도
늘 부족하다고 느끼는 건 네가 오빠가 아니라
동생이라서일 거야. 네가 있어 이번 생이 얼마나 든든했는지
모른다. 고마워.
그리고 우리 큰형부, 올케. 두 분이 우리 가족이
되어준 건 우리 집안 최대의 행운이었어요. 진심으로,
진심으로 고맙습니다. 앞으로도 잘 부탁해요…….

가족들과 가까운 사람들 한 명 한 명에게 고마움과 미안함을 담아서 닭똥 같은 눈물을 뚝뚝 흘리며, 엉엉 울며 썼던 기억이 지금도 새롭다. 사후에 처리할 일에 대한 당부의 말까지 조목조목 써놓아서인지 관에 들어가 관 뚜껑이 닫히고 관에 못 박히는 소

리를 들으면서도 두렵거나 슬프지 않았다. 오히려 잔잔하게 마음의 평화가 밀려왔다. 눈을 감고 편안한 마음으로 감사 기도를 드리면서 생각했다. 이렇게 준비만 잘하면 평온한 죽음을 맞을 수 있겠다고.

그때 써놓은 유언장은 지난 10년간 주기적으로 수정, 보완, 업데이트하여 공증까지 받아놓은 상태다. 앞으로도 필요할 때마다 조금씩은 바뀌겠지만 주요 골자는 다 들어 있어서 내일이 '그날'이라도 바로 사용하는 데 아무 문제가 없다. 그중 최근 버전으로 몇 가지만 예를 들면 이렇다.

1. 중증 치매 등 집에서 돌보기 어려울 경우 요양병원에 입원시켜주세요. 전문지식도 없는 안톤을 포함한 가족들에게 절대 이 일을 맡기지 말아주기 바랍니다. 진심으로 내가 원하지 않아요. 또한 강제 튜브 주입 식사, 산소호흡기 등 어떠한 인위적인 생명 연장도 하지 말아주세요.(연명치료를 받아야 할 상황에서도 어떤 의학적 도움도 받지 않겠다고 법적 기구인 국립연명의료기관의 사전의료의향서에 서명하고 등록해놓았습니다.)

2. 별도의 장례식 없이 장례미사로 대신해주세요. 이후에는 천주교 한마음한몸운동본부와 장기 및 시신 기증 서약을 했으니 서류대로 처리하면 됩니다. 기일도 성당에서

기일미사로 기억해주시기 바랍니다.

3. 내 일기장은 화장할 때 함께 태워주세요. 세상에 하고 싶은
   얘기는 책에 다 썼으니 더 이상의 얘기를 남기고 싶지 않은
   내 뜻, 부디 존중해주기 바랍니다.

4. 혹시 남은 재산이 있거든 반은 우리 형제 및 가족에게,
   나머지 반은 사회에 환원하겠습니다.(기부할 단체 목록과
   비율은 별첨합니다.)

5. 화장한 유골은 모란공원 내 우리 가족 납골당과 네덜란드
   안톤 가족묘에 반반씩 나눠주기 바랍니다.

5번 조항은 결혼 후 크게 바뀌었다. 원래는 '유골의 반은 가족
납골당에, 나머지 반은 북한산, 설악산, 지리산에 골고루 뿌려주
세요'였는데, 결혼 후에는 한국과 네덜란드에 반반씩 안치해달라
고 했다. 끝까지 우리 커플의 대원칙인 50대 50을 지키기로 한 것
이다. 이제 우리는 '그날'까지 사이좋게, 재미있게 사는 일만 남았
다. 깔끔하고 개운하다!

★ 이 글은 〈좋은생각〉(2019년 10월 호)에 기고한 '이제는 떠나야 할 때' 중 일부를 바탕으로 새로 썼다.

품위 있고 귀엽게 나이 들기 연습

* *biya*

"비야, 이 분 표정 좀 봐."

안톤이 지인의 외할머니라며 한 80대 할머니 사진을 보여주었다. 할머니는 작은 꽃다발을 들고 잔잔한 미소를 짓고 있었다.

"와아, 따뜻함과 품위가 철철 넘치네. 아, 나도 이렇게 나이 들었으면. 도대체 비결이 뭘까?"

"비결이 따로 있을까? 하루하루가 쌓여서 그렇게 되는 거겠지. 따뜻한 미소를 주고받고, 주변을 깔끔하게 하고, 돈이나 시간을 들이는 데 너무 인색하지 않고⋯⋯."

"난 품위 있게 나이 들긴 틀렸나 봐. 화를 벌컥벌컥 내잖아?"

"나도 마찬가지야. 점점 말이 길어지는 것 같아서 걱정."

"걱정은 무슨 걱정이야? 장광설을 늘어놓을 때마다 내가 자기 입을 막으면 되지."

"그래, 그래. 비야 눈썹이 올라가면서 목소리가 커지는 순간, 내가 자기 입을 막으면 될 거고."

"근데 안톤, 품위만 있는 건 너무 무겁고 밋밋하잖아? 난 재밌고 귀엽게도 나이 들고 싶어. 귀여운 할머니로 말이야!"

"지금보다 어떻게 더 재밌게 살아? 그리고 자기는 충분히 귀여우니까 지금처럼만 살면 돼. 밝고 긍정적이고 작은 일에도 감동, 감사하면서 말이야."

하하하. 이 세상에서 화내려는 내 입을 막을 사람과 날 귀엽다고 하는 사람은 안톤뿐일 거다. 이런 사람과 2인 1조가 되면 품위 있고 귀여운 70~80대 할머니로 가는 길이 조금은 수월해질지도 모르겠다.

요즘 들어 우린 틈만 나면 이 주제로 얘기를 나눈다. 둘 다 진심으로 그렇게 나이 들고 싶기 때문이다. 이를 위해 수없이 많은 원칙과 전술 전략을 세웠다 고쳤다 없앴다 하고 있다. 의사들은 늘 말한다. 몸에 좋은 100가지를 하는 것보다 몸에 나쁜 한 가지를 하지 않는 게 훨씬 낫다고. 이 조언을 응용하여 최우선으로 하지 말아야 할 두 가지에 합의하고 대책을 마련해보았다.

공교롭게도 두 가지 모두 말에 관한 일이다. 그도 그럴 것이 품위는 물건 품品, 자리 위位를 쓰는데 이를 뜯어보면, '품' 자는 입 구口가 세 개 모인 글자이고, '위' 자는 사람 인人 자와 설 립立 자를 결합한 글자이다. 그러니 품위란 모든 말을 때와 장소에 맞게 하는 거라고 해석할 수 있으니 우리 생각이 그렇게 생뚱맞지는 않은 것 같다. 다음은 지금까지 합의한 두 가지 원칙이다.

첫째, 아는 척하거나 말 길게 하지 않기.

우리가 조심하고 조심해야 할 항목이다. 나는 세계 곳곳에서 했던 다양한 경험 덕분에 풍성한 이야기 마당을 펼 수 있어서 좋기도 하지만 아는 척하거나 우쭐대기 좋은 상황도 자주 발생한다. 그래서 조금만 방심해도 바로 '대화'가 '특강'으로 변해버리고 목소리까지 커서 대화를 독점하기 최적의 조건이다. 안톤도 마찬가지다. 40여 년간 주요한 국제 구호 현장의 책임자로 설명하고 지시하는 게 직업이었던 그의 경우에는 말이 길어지는 걸 특별히 경계해야 한다.

이 항목에 대한 우리의 행동 강령은 간단하다.

1. 물어보기 전에는 말하지 않기.(우리가 아는 대부분의 지식과 정보는 인터넷 검색을 5분만 하면 다 나온다는 것을 명심하자.)
2. 우리의 경험과 의견을 물어봤더라도 질문의 핵심 및 요점만 간단 명료, 명쾌하게 말하기.(주저리주저리는 절대 금물. 혀를 깨물어서라도 멈춰야 한다!)

오늘도 이를 달성하기 위해 맹훈련 중이다. 특히 여러 사람과 있을 때 아는 척하기 시작했거나 말이 조금이라도 늘어지면 다른 사람 몰래 양손으로 가위를 만들어 자르는 시늉을 해주기로 했는데 지금까지는 매우 효과적이다. 이렇게 하니 젊은 사람들이 질색하는 '한 말 하고 또 하기'와 잔소리까지 확연하게 줄어들었다. 알토란 같은 부수입이다.

둘째, 다른 사람이 말할 때 끼어들지 않기.

이것 역시 어떻게든 조치를 취해야 한다. 우리 주위에도 대화가 힘들 만큼 말을 자르며 끼어드는 사람이 한두 명쯤 있지 않은가? 둘이 만나도 여럿이 만나도 누가 무슨 말을 해도 남의 말은 듣지 않고 대화를 독점하며 결론을 내는 사람 말이다. 이런 사람과의 대화는 어려움을 넘어 불쾌하기까지 하다.

내가 그런 사람이라면? 얼굴 화끈거릴 만큼 부끄럽지만 나도 자주 그런다. 내 경우에는 지식이나 자존감 과시보다는 인내심 부족 때문에 그러는 것 같다. 조금만 기다리고 있으면 듣고 싶은 말이 나오는데 그사이를 못 참고 중간에 끼어들어 마구 질문을 퍼붓는 걸로 봐서는 말이다. 얼마 전, 내 수업을 듣는 학생들에게 팀 과제 진행 상황을 보고받을 때도 그랬다. 딱 5분만 입 다물고 학생들이 준비한 얘기를 끝까지 들어주었다면 그들의 성취감도 높이고 보다 좋은 조언을 해줄 수 있었을 거다. 품위 있게 나이 들려면 적어도 나는 어떻게든 이 고질적인 '끼어들기'를 대폭 줄여야 한다.

안톤은 나보다 훨씬 남의 얘기를 잘 듣는다. 인내심의 문제라기보다는 훈련 덕인 것 같다. 신기하고 부럽다. 그래서 일단 그와 얘기할 때 끼어들지 않는 연습을 하고 있다. 내가 그의 말에 끼어들 때마다 "잠깐만 기다려요. 내 말 아직 안 끝났으니까"라고 지적해달라고 부탁했다. 그 역시 내 끼어들기 정도가 좀 심각하다고 생각했다면서 기꺼이 도와주겠단다. 안톤이야말로 내 '끼어들기 대화법' 최대의 피해자이니 두 손 들어 환영했을 것이다.

부탁은 했지만 아무리 남편이라도 반복적으로 지적을 받으니 기분이 상한다. 그래서 어쩌다 그가 내 말에 끼어들면 때를 놓치지 않고 "내 말 아직 안 끝났는데 왜 끼어드는 거야, 앙앙앙???" 하며 길길이 뛰면서 '복수 혈전'을 펼친다. 아무튼 나잇값 제대로 하려면, 아니 얼굴 화끈할 일을 조금이라도 줄이려면 모든 방법을 총동원하여 연습 및 훈련을 해야 한다. 그 스파링 파트너가 남편이라서 얼마나 다행인가!

"이제는 우리가 잡아드릴게요"

∗ *anton*

비야와 동료로 긴급구호 업무 차 여러 나라에서 만날 때부터 두 딸 얘기를 자주 했던 것 같다. 나는 딸들이 자랑스럽다고 말했다. 학업성적이 뛰어나고 피아노를 잘 치고 교회와 스포츠 클럽에서도 적극적으로 활동하는 정말 착하고 예쁜 아이들이라고. 비야 역시 자기 부모님 이야기를 하면서 그분들이 어떻게 만났는지 들려주었다. 아버지가 돌아가셨을 때 그녀는 겨우 열세 살이었는데, 70~80년대 힘든 상황을 두 언니와 남동생과 함께 똘똘 뭉쳐 헤쳐나갔다고 했다. 비야도 자기 가족을 대단히 자랑스러워했다.

2016년 여름, 비야와 둘째 딸 께소가 처음 만난 날을 생생히 기억한다. 2주간 TMB 트레킹을 끝낸 후 제네바의 브라질 식당에서 셋이 만났다. 그때 께소는 제네바에서 일하고 있었다. 비야와 께소는 만나자마자 일, 신앙, 스위스, 여행 얘기를 시작했고 그 얘기

함께 걸어갈 사람이 생겼습니다

는 웃음소리와 맞장구와 함께 끊임없이 이어졌다. 나는 잠시 신경을 끄고 이들의 대화하는 모습을 감상했다. 두 여성은 대화에 완전히 몰입해서 어찌나 다양한 화제로 신나게 얘기하는지, 관심 있는 분야를 모두 섭렵하기 전에는 식당을 떠나지 않을 기세였다. 참으로 놀라웠고 마음이 놓였다.

2015년, 나는 딸들에게 한 여성을 진지하게 만나고 있다고 털어놓았다. 각자 살아온 인생은 다르지만, 삶의 핵심 가치와 태도, 그리고 관심 분야가 매우 비슷하다고 말했다. 두 딸은 내 이야기를 듣고 매우 기뻐했다. 당시 발레리는 스물여덟, 께소는 스물다섯 살이어서 아빠에게 일어나고 있는 변화를 이해했고 진심으로 축하해주었다. 곧 있을 언약식(약혼식)에도 꼭 참석하고 싶다고 했다. 그리고 두 딸은 2016년 가을, 우리 언약식을 위해 서울에 왔고 비야와 내가 한복 입은 모습을 보고 무척 좋아했다.

"아빠, 그날, 한복 입은 두 분을 보며 너무 기쁘고 가슴 벅찼어요. 언약식도 이국적이고 형식도 특이해서 참 재미있었어요. 흠뻑 빠져들었다니까요. 무엇보다 비야가 친밀하게 대해주어서 정말 편안했어요."

일주일 후, 두 딸은 서울을 떠나면서 아빠가 강하면서도 따뜻하고 진정성을 갖춘 분과 행복하게 지내는 걸 보니 마음이 놓인다고 했다. 자신들도 비야를 좋아하고 존경하게 되었다는 말도 덧붙였다. 나도 딸들이 오기 전에는 불안감이 없지 않았지만, 우리 넷이 일주일간 비야의 아파트에서 같이 지내면서 마음 불편한 일은 단 한 번도 없었다.

우리는 다 같이 뒷산으로 하이킹을 가고 한국 음식을 먹고 쇼핑을 했다. 아침 식사를 차리고 집 안을 치우는 등 소소한 일을 함께 하면서 서로 조금씩 친해지고 정을 붙였다. 비야 가족은 뒤에서 조용히 도와주었다. 비야의 큰언니는 저녁마다 손수 만든 한국 요리를 가져다주며 우리가 잘 지내는 걸 보고 흐뭇해하며 우리 모습을 온 가족들에게 전했다. 비야 식구들 역시 마음이 놓였을 거다. 무엇보다 비야의 이런 말이 진심으로 고마웠다.

"난 발레리와 께소랑 잘 지내려고 노력할 필요도 없었어. 특별하고도 사랑스런 이 친구들이 나는 처음부터 그냥 마음에 들었거든. 그리고 아빠와 두 딸이 함께 있는 모습, 정말 보기 좋고 부러웠어. 우리 아버지가 살아 계셨다면 자기가 딸들을 보듯 그렇게 사랑 넘치는 눈으로 나를 보셨겠지?"

사랑하는 사람과 시간을 보내는 것은 인간관계에서 가장 중요한 일이다. 멀리서 관심을 보이거나 선물을 보내면 고맙긴 하지만 그걸로는 충분치 않다. 전화 통화만으로는 아쉬울 때가 많다. 그래서 사랑하는 사람을 위해서는 최선을 다해 시간을 내야 한다. 딸들과 함께하는 시간은 내 삶에서 매우 중요하기 때문에 어떻게든 기회를 만들려고 한다. 일상만큼이나 같이 하는 여행도 소중하다. 여행 중에는 평소보다 좀 더 깊게 소통하고 의견을 나누면서 이견을 해소할 수 있기 때문이다. 그래서 우리는 매년 함께 여행하자고 약속했다.

작년에 포르투갈 마데이라섬을 트레킹할 때였다. 다른 산책길은 없나 살펴보던 중, 돌길에서 발을 헛디뎌 넘어지며 오른쪽 무릎을 다치고 말았다. 발레리는 깜짝 놀라며 "아빠, 조심하세요. 굳이 위험을 감수하며 지름길을 찾을 필요가 없잖아요?" 하면서 얼른 배낭에서 반창고를 꺼내 정성스럽게 살피며 피가 난 곳을 소독하고 밴드를 붙여주었다. 께소는 이 사고가 왜 일어났는지 살피며 세심히 주위를 둘러보더니 "아빠, 이제부터 이런 무모한 일은 더 이상 하지 않기로 약속해요. 아시겠죠?"라고 당부했다.

그날 이후, 두 딸에게 이 말을 얼마나 많이 들었는지 모른다. 그러나 이 작은 사건으로 아이들이 나에게 늘 신경을 쓰면서 아빠에게 무슨 일이 생기지 않나 주의 깊게 살핀다는 것을 알게 되었다. 속으로 생각했다. '애들 말이 맞아. 이제 더 이상 무모한 짓은 하지 말아야겠어. 위험을 감수하면서까지 무엇을 증명할 필요는 없지!' 그리고 여행 내내 딸들이 나를 살뜰히 돌봐주는 게 정말로 좋았다. 한마디로 행복했다.

몇 년 전 께소가 인생의 반려자를 찾았다고 발표했다. 나는 기뻤지만 한편으로는 보통의 아빠들처럼 어색한 표정을 지었을지도 모르겠다. 딸의 연인을 만나면 뭐부터 물어봐야 하나? 내 마음을 읽었는지 께소는 자진해서 동갑내기 남자 친구는 교회에서 만났고, 경제학 석사과정을 밟는 대학생이며 아버지는 스위스, 어머니는 프랑스 사람이라고 말해주었다. 겸손하고 개성 있고 인내심이 많은데 재정 상태는 그리 넉넉지 않다고 덧붙였다. 둘이 빈손으로 시작하여 자신들의 힘으로 삶을 꾸려나갈 터인데 나는 그 점이 마음에 들었다. 부자는 아니지만 빚이 없고 평등하게 시작할 수 있으니 젊은 신혼부부에게 이보다 가벼운 출발이 어디 있을까.

두 딸은 모두 구호개발 분야에서 일하고 있다. 다행히 내 전문 분야라 진로 상담은 물론 진행 중인 프로젝트나 직장 내 인간관계에 대해 조언을 해주며 좋은 답을 찾을 수 있도록 돕고 있다. 딸들은 직장인이라면 누구나 겪는 어려움을 토로하기도 한다. 나의 조언은 일을 효율적으로 잘하는 방법에서 점점 사람과의 갈등을 피하거나 해결하는 방법 쪽으로 가고 있다. 현직에 있을 때 나 역시 썼던 방법이 대부분이다.

"아빠, 상사가 다른 사람 말만 듣고 날 문책하는 이메일을 보냈을 때는 어떻게 해야 해요?"

"이런 상황은 직장 생활에선 늘 일어나는 일이니 자기만의 원칙과 해결 방법을 갖고 있어야 해. 일단 사실과 다르거나 불쾌한 내용이 담긴 상사의 이메일은 하루 정도 기다렸다가 답장하는 게 좋아. 마음 가라앉힐 시간이 필요하다는 것, 잊지 마. 더불어 아무리 억울을 당해도 이 일은 네 인생에서 잠깐 스치고 지나가는 일이라는 것도 명심하도록!"

께소는 자주 나를 '인생 첫 코치'라고 부르는데, 나는 그 말이 은근히 마음에 든다. 솔직히 말해 아이들이 내게 자신의 생각을 말하고 내 의견을 묻는 일 그 자체가 즐겁고 행복하다. 내 말이 그저 맞장구나 빈말이 아니라 자신들이 겪는 어려움을 극복하는 데 필요한 조언이라고 믿고 받아들여서 더욱 그렇다.

두 딸에게 나는 이제 일흔을 바라보는 아빠다. 대단한 물질적, 정신적 유산을 남겨주기는 늦었으니 이제는 '너희들 스스로의 자산을 만들어라' 고 말하는 편이 나으리라. 이제 나는 오히려 내 딸들이 아빠에게 아낌없이 조언해주기를 바란다. 나의 장점을 바탕으로 좀 더 나은 사람이 될 수 있도록, 내가 중심을 잃었을 때 아빠의 두 팔을 잡아 균형을 잡아주길 기도한다.

'서로 존중하고 관심을 기울이라. 그리고 서로에게 시간을 투자하라.' 이것이 나와 두 딸이 서로 지켜주길 바라는 덕목이다.

백두대간도 나눠서 간다면

* *biya*

산을 좋아하는 나는 주로 혼산(홀로 산행) 한다. 혼자 산에 가면 걷고 싶을 때 걷고 쉬고 싶을 때 쉬고 좋은 바위가 나오면 마음껏 오르락내리락 바위 타는 연습을 할 수 있어 좋다. 그러나 마음 맞는 친구들과 함께 하는 산행은 그야말로 '천국 체험'이다.

특히 일곱 명의 산 친구가 모인 '왕언니 군단'과는 억지로라도 시간을 맞춰 같이 간다. 이 산 친구들 한 명 한 명이 뿜어내는 좋은 기운 덕에 아무리 힘든 산행이라도 갔다 오면 기운이 펄펄 난다. 산들의 고향인 히말라야와 이리저리 얽히고설켜 만나서인지 하나같이 산에 있을 때 가장 행복하고 가장 너그럽고 가장 멋있다.

왕언니 군단 7인의 멤버는 이렇다. 리더인 신옥자 왕언니, 올해 87세로 우리 모두의 우상이자 롤모델이다. 산에 실컷 다니려고 교사직을 일찍 은퇴한 심현숙 언니와 남편 철수 형, 사진 찍으러

함께 걸어온 사람이 생겼습니다

다니며 쌓은 놀라운 체력의 소유자 홍길자 언니, 수십 년간 고난도 암벽 등반으로 얻은 등 근육이 기가 막힌 '치타' 노은희, 하룻밤에 산길을 50킬로미터 이상 걷는 괴물 정분, 그리고 우리 팀에서 가장 평범한 체력과 산행 이력을 가졌으며 자가발전기가 부착된 에너자이저 한비야.

우리는 서로가 서로를 대단하다고 생각한다. 내 또래인 은희, 여러 번 죽을 고비를 넘긴 암벽등반가라서 그런지 지금 바로 '이 순간'에 최대한 집중하며 사는 게 멋있다. 욕심이라곤 산에 더 가고 싶은 욕심뿐인 현숙 언니와 길자 언니의 그 단순 소박한 삶의 태도도 멋있다. 이런 고품질 인간들을 산이 아니면 어디서 만날 수 있을까? 우리는 함께 각자의 인생 후반부를 풍성하게 꾸려가며 인생 목표인 '산죽(산에 실컷 다니다 죽자!)'도 분명히 이룰 수 있을 거다.

그리고 우리의 보물 왕언니! 5년 전, 백두대간을 같이 종주했던 산 친구가 다음 산행에 82세 할머니를 초대한다고 했을 때 귀를 의심했다. 82세라고? 산 입구에서 왕언니를 만난 순간, 깜짝 놀라 입을 다물 수 없었다. 자그마한 몸집에 반바지 밑으로 보이는 종아리가 축구 선수인 양 굵고 단단했다. 곧은 허리, 위로 딱 올라붙은 엉덩이, 또랑또랑한 목소리, 동그란 얼굴에 밝은 표정이 도저히 80대라고 믿기지 않았다.

본격적인 산행을 할 때는 더욱 놀라웠다. "나는 빨리는 못 가요" 하더니 여덟 시간 내내 선두에 서서 로프를 잡고 올라가야 하는 바윗길과 '젊디젊은' 나도 무릎이 후들거릴 만큼 가파른 비탈길을 그야말로 '날다람쥐'처럼 다녔다. 알고 보니 왕언니에게 이정도는 '가벼운 산책'이었다. 1년에 몇 번씩 설악산의 여러 능선 종주와 지리산 종주는 물론 암벽등반도 거뜬히 한단다. 80세 생일 잔치를 인수봉 꼭대기에서 했다면 말 다한 거 아닌가?

이런 왕언니가 정작 젊었을 때는 10미터만 걸어도 주저앉고 물주전자도 못 들 만큼 몸이 약했다고 한다. 40세 되던 해, 지푸라기라도 잡는 심정으로 설악산 민박집에서 한 달간 묵으며 근처를 살살 걸어 다녔는데 그 덕을 톡톡히 보았단다. 그후 등산만이 살 길이라고 여기고 '직장 다니는 심정'으로 비가 오나 눈이 오나 바람이 부나 매일 산에 다닌다.

왕언니는 잔소리는 물론 남의 얘기를 일절 하지 않는다. 항상 웃는 얼굴로 산에서는 산 얘기만 한다. 약속 시간에 늦게 와도 싫은 내색 없이 반갑게 맞아주고, 함께 쓸 중요한 야영 장비를 잊고 와도 "괘안타!" 한마디로 끝낸다. 누가 남 얘기를 시작하면 잰걸음으로 멀찌감치 도망가 버린다.

이런 왕언니가 나를 예뻐하기까지 하신다. 내가 좋아하는 도토리묵을 쑤어다 주시고 나 공부할 때는 시간 절약해야 한다며 기꺼이 한 시간 반 이상 전철을 타고 우리 집 근처 산으로 오시곤 했다.

왕언니는 지금 대장암 2기, 항암 치료 중이다. 치료가 시작되면 3박 4일간 아무것도 먹지 못하는데 고통스러운 치료 사이 사이에 우리랑 산에 간다. 산에서는 여전히 카랑카랑한 목소리로 다음 산행을 계획하는데, 치료가 모두 끝나면 백두대간을 종주하겠다고 벼르고 있다.

왕언니는 지리산 천왕봉에서 설악산 향로봉까지 한번 들어서면 끝날 때까지 능선에서 내려오지 않는 종주를 하고 싶어하신다. 당연히 할 수 있다. 우리 군단은 어떻게든 왕언니의 이 꿈을 실현시켜드릴 예정이다. 왕언니를 제외한 우리 여섯 명이 전 구간을 지리권, 덕유권, 태백권, 설악권 등 스물네 구간으로 나눠 한 사람이 네 구간씩 같이 걸으며 필요한 지원을 하면 되니까.

내가 기꺼이 '왕언니 백두대간 프로젝트'의 총책임자가 되어 종주에 필요한 행정과 조율을 맡기로 했다. 종주 기간과 그 전후 기간을 합해 4~5개월만 외국에 안 나가고, 종주 자금이 모자라면 이 책에서 나오는 인세를 쓰면 되니까 아무 문제 없다. 우리 모두는 수십 년 산에 다니며 쌓은 인맥과 자원을 총동원하여 '충성 및 의리 지원'을 하기로 했다. 지리산 사는 산 친구 남난희도 적극 돕겠다니 천군만마를 얻은 듯하다. 요즘 왕언니 군단은 만나면 자기가 맡은 구간에 어느 산쟁이 친구들을 끌어들여 어떻게 할 거라는 얘기를 하면서 전의를 다진다.

이제 왕언니가 항암 치료를 무사히 끝내고 올겨울 몸을 잘 추스르는 일만 남았다. 내년 봄 산불 방지 기간이 끝나고 야영하기 좋은 5월쯤 시작하면 딱 좋을 것 같다. 왕언니의 88세 생일은 백두대간에서 맞게 된다니 생각만 해도 떨리고 가슴이 뛴다. 그날은 우리 왕언니 군단 모두가 울다가 웃다가 할 거다.

왕언니한테 대략의 계획을 말했더니 당장 걸음을 멈추고 엉덩이와 어깨를 동시에 흔들며 덩실덩실 춤을 춘다. "와 이리 좋노, 와 이리 좋노" 노래까지 부르면서! 저 엄청나게 억세고 좋은 기운에 대장암 세포 따위가 살아남을 리 만무하다.

존재만으로도 긍정적인 자극과 위로를 주는 우리 모두의 산쟁이 할머니, 멋지십니다. 닮고 싶습니다. 그렇게 살도록 흉내라도 내 보겠습니다. 신옥자 왕언니, 만세!!!!

---

* 이 글은 〈중앙일보〉(2015.6.20)에 기고한 '북한산 날다람쥐, 도봉산 왕언니' 중 일부를 바탕으로 새로 썼다.

맥주는 우정을 살찌운다

* *anton*

"가족은 주어지고 친구는 만든다."

네덜란드 속담이다. 내게도 이 속담이 딱 어울리는 친구가 다섯 명 정도 있는데 이중 두 명과는 그야말로 절친이다. 코어 H와 헤라트 M! 45년 지기인 우리 셋은 네이메헌이란 도시에서 대학을 다닐 때 만났다. 우리가 20대 초반이던 당시 젊은이들은 파티에 가고 여행을 하고 맥주 공장을 방문하여 공짜 맥주를 마시고 유명한 록 밴드의 콘서트에 가는 데 많은 시간을 보냈다. 우리 또한 이런 일들을 핑계로 끊임없이 만나는 약속을 잡았다.

이 두 친구는 여러 면에서 많이 다르다. 코어는 정신과 의사로 67세까지 일했고, 헤라트는 자전거를 실컷 타고 싶어서 우편배달원으로 일하다가 50세에 은퇴했다. 둘은 삶의 방식도 전혀 다르다.

코어는 은퇴 후에도 여러 가지 취미 활동을 하면서 매우 규칙적으로 바쁘게 산다. 저녁은 요일별로 메뉴를 미리 정해 매주 반복하는 식이고, 주말을 제외하고 정확하게 6시 30분에 먹는다. 요일별로 자전거 타기, 하이킹, 아이들과 함께하는 시간 등 해야 할 일들을 꼼꼼하게 배분한다. 일상에서 빈둥거림도 없고 느슨한 삶에는 관심도 없다.

반면 헤라트는 자신이 엄선한 몇 가지 활동만 하면서 쉼과 충전으로 가득 찬 하루를 보낸다. 은퇴를 15년이나 일찍 한 이 친구의 일과는 이렇다. 느긋하게 아침 식사를 하고, 볕이 잘 드는 마당에서 차를 마시며 신문이나 책을 읽고 오후에 경주용 자전거를 몇 시간 타고, 저녁이 되기 전에 맥주 두세 잔 마시며 쉬다가 저녁 식사 후 한두 시간 책을 읽다가 잔다. 느슨한 삶의 결정판이다.

둘은 인생에 대한 태도도 크게 다르다. 코어는 항상 장기적인 계획이 있고 논리적이며 현실적이다. 그리고 다른 사람들에게 맞춰 자기 계획을 조정하는 일이 좀처럼 없다. 한마디로 상당히 독자적인 인생을 사는 사람이다. 반면 헤라트는 형이상학적인 대화를 즐기며 미래에 대해 크게 걱정하지도 않고 언제나 타협할 준비가 되어 있다. 자신의 상황을 상당히 신중하게 살피지만 대부분은 그냥 물 흐르듯 살아간다.

물론 우리 셋은 공통점도 많다. 생활력이 강하고, 자전거 등 야외 스포츠와 여행을 좋아하며 세계 정치부터 길모퉁이 가게의 아이스크림 맛까지 자기 생각을 솔직하고 거침없이 얘기한다. 듀벨, 비트부르거 등 좋아하는 맥주 성향까지 비슷하다.

듀벨 맥주 얘기가 나왔으니 말인데 아마도 1974년인가, 우리 셋은 다른 친구 몇 명과 함께 벨기에의 듀벨 맥주 양조장에 갔다. 참고로 이 맥주는 알코올 도수가 일반 맥주의 두 배 정도로 높다. 공짜로 원하는 만큼 마실 수 있는 양조장에서 우리는 저녁 늦게까지 실컷 마셨고, 다른 도시로 가서 좀 더 마셔서 만취하는 바람에 오는 길에 어느 밭에서 잠이 들고 말았다. 몇 시간 후 고약한 냄새에 잠이 깨서 보니 트랙터를 탄 농부가 우리가 잠든 곳에서 불과 50미터 떨어진 밭에 동물 분뇨로 만든 거름을 주고 있었다. 가끔 이날의 음주 기행을 떠올리는데 그때 우리는 한마디로 제멋대로 사는 대학생이었다.

같이 여행도 많이 했다. 코어와는 네덜란드에서부터 당시 내가 일하던 니제르까지, 이탈리아, 튀니지, 알제리를 거치고 광활한 사하라사막을 가로지르며 여행을 하기도 했다. 지금도 우리 셋은 해마다 일주일 정도 자전거 여행을 한다.

우리는 특별한 용건이나 의논할 일이 없어도 만나고 싶어 한다. 얼굴 보는 것만으로도 좋으니까. 내 지론은 친한 사이를 유지하려면 만나야 한다는 거다. 만나서 얼굴을 마주하며 시간을 보내야 한다. '멀리 있어도 마음만은'보다는 '안 보면 멀어진다'라는 속담을 새겨야 한다. 다행히 코어는 레인더에서 불과 7킬로미터 떨어진 곳에 살아서 자주 만난다. 일요일 오후에는 코어의 아내 아냐와 몇몇 친구들과 함께 오솔길이나 자연보호구역 내 탐사길을 서너 시간 걷는다. 헤라트는 벨기에로 이사 갔지만 차로 두 시간도 안 걸리는 거리라 서로의 생일이나 결혼기념일 등에 거의 빠짐없이 만난다. 요즘은 독일에서 맥주를 사오느라 우리 집에 더욱 자주 들른다.

비야도 내 친구들을 좋아하고 내 친구들도 그녀를 아주아주 좋아한다. 비야는 그들의 인생 파트너인 아냐과 애니하고도 친하게 지내는데 그녀가 네덜란드에 오면 이 친구들과 만나는 횟수가 급격히 늘어난다. 일요 산책은 물론 이런저런 일을 만들어 우리 집에 자주 초대한다. 5년 전, 이 친구들에게 비야와 진지하게 사귀고 있다고 말했을 때 자기 일처럼 기뻐하며 이렇게 물었다.

"한국이라고? 아주 먼 나라 사람을 만났네! 근데 비야가 맥주는 마시지?"

코어와 헤라트, 나는 이 둘에게 많은 것을 배웠다. 코어에게는 꾸준히 곁에 있어주는 것이 우정을 살찌우는 핵심 요소라는 것을, 헤라트에게는 상대에 대한 관심을 놓지 않으면서도 부담 없이 대하는 것이 영원한 친구 관계를 지속하는 원천임을 배웠다.

같은 듯 다른 이 친구들과 무려 45년 이상 사이좋게 지낼 수 있는 이유는 서로 한발 물러나야 할 때를 본능적으로 알 뿐만 아니라 서로를 믿고 존중하기 때문이다.

우리 셋은 같이 철없이 놀았고 같이 철들었다. 인생의 이런저런 파도를 각자 혹은 함께 넘으며 여기까지 왔다. 앞으로의 인생도 함께 나눌, 이 '만들어진 형제'들이 무척 소중하다.

10년 후에 어디에서 살까

★ biya

플래닝닷컴 커플답게 안톤과 나는 늘 계획이 있다. 수많은 계획을 세우지만 모든 것이 프로젝트가 되는 건 아니다. 막연했던 계획에 목표, 일정과 기간, 실천 방안 등이 더해지면 드디어 하나의 프로젝트로 탄생하는 거다.

지난 몇 년간의 프로젝트를 돌아보면 한비야 박사 프로젝트, 안톤의 한국어 프로젝트, 스페인어 공부와 살사 프로젝트, 산티아고 프로젝트, 지금 쓰고 있는 ABC Book 프로젝트 등이 있다. 성공적으로 끝난 것도 있지만 한국어 프로젝트처럼 더디기 짝이 없는 것도 있고 산티아고 순례처럼 오랫동안 계획했으나 피치 못할 사정으로 연기 혹은 취소한 프로젝트도 있다. 심지어 쿠바에서 살사 배우기처럼 실패한 것도 있다. 실패한 프로젝트 중에는 전열을 가다듬어 재도전하고 싶은 것도 있고 실패를 깨끗이 인정하고 다시는 쳐다보지 않기로 한 것도 있다.

절반의 실패든 완전한 실패든 계획을 세우는 건 그래도 이득이라고 생각한다. 해보지 않는다면 어떻게 알겠는가? 게다가 세우는 계획마다 성공하기를 기대하지도 않는다. 반타작 이상, 즉 성공률 60퍼센트만 넘으면 안톤 말대로 'good enough', 그 정도로 충분하다. 무엇보다 계획을 세우고 준비하는 과정 자체가 재미있었기 때문에 실패했더라도 완전히 손해는 아니다. 그래서 우리는 여전히 계획을 세우며 산다.

이런저런 계획 중에서 가장 자세하고도 구체적인 건 단연 여행 계획이다. 앞으로 10년간은 최선을 다해 돌아다닐 생각이다. 지금까지 안톤은 130개국, 나는 105개국을 다녔지만 아직도 우리는 여행에 목이 마르다. 키르기스스탄처럼 둘 다 안 가본 나라, 아프가니스탄처럼 둘만의 추억이 있는 나라, 서아프리카 말리처럼 일하느라 정작 여행은 제대로 못 해본 나라, 스페인어를 연습할 나라, 자연경관이 수려한 나라, 성지순례 할 수 있는 나라 등등 그때그때의 관심, 주머니 사정, 체력 및 시간, 이에 맞춘 예산과 일정에 따라 차례차례 다녀볼 계획이다.

둘이 따로 갈 나라 목록도 있다. 안톤은 원자력 발전소 폭발 사고라는 매우 위험한 상황에서 구호활동을 했던 구소련, 현 우크라이나의 체르노빌에 다시 가고 싶어 하지만 나는 그곳에 관심이 없고, 반대로 고산증을 여러 번 경험한 그는 내가 가고 싶은 히말라야 고산 트레킹은 하지 않겠단다. 그러니 어쩌겠는가? 따로 가는 수밖에. 앞으로 10년간 여행 스케줄이 이미 꽉 차 있어서 다른 후보지가 나타나면 기존 여행지와 경쟁 및 경합을 벌여야 한다. 여행지를 빼고 더하는 과정 자체가 우리에겐 재미있는 놀이다.

더불어 내 가족과 친구들을 네덜란드에, 그의 가족과 친구들을 한국에 부지런히 초대해서 같이 놀 계획이다. 암스테르담과 반 고흐 미술관, 제주도와 경복궁을 수없이 가게 되겠지만 꼭 오겠다는 그 많은 사람 중에서 반에 반만이라도 왔으면 좋겠다.

하나같이 자전거 마니아인 안톤 친구들을 위해 자전거로 한국 일주 계획도 세웠다. 한국에 2만 킬로미터에 달하는 아름다운 자전거 길이 있다는 걸 최근에야 알았다. 서울과 수도권을 잇는 남한강길, 북한강길을 비롯해, 서울부터 부산까지 가는 국토종주길, 문경새재길, 낙동강길, 제주도일주길⋯⋯. 전 세계 자전거 여행자들에게 꽤 유명한 이 길들을 정작 나는 모르고 있었다. 이 친구들이 오기 전에 열심히 답사를 다녀볼 생각인데 덕분에 한국에서도 자전거를 열심히 타게 생겼다.

10년 후에는 엄청나게 중요한 프로젝트가 기다리고 있다. 이름하여 2030 프로젝트! 2030년 이후에는 네덜란드와 한국을 왔다

갔다 하지 않고 한국에서만 살기로 했다. 지난겨울, 알래스카에 사는 미국인 양부모님을 방문한 후에 내린 결정이다. 80대 중반인 양부모님은 내가 40년 전 미국에서 공부할 수 있도록 도와주고 유학 내내 따뜻하게 돌봐주셨던 고마운 분들이다. 몇 년 전까지만 해도 트레킹과 야영을 했는데 이제는 비행기를 탈 수 없을 정도로 건강이 나빠져서 여름은 알래스카에서, 겨울은 유타주에서 보내던 오랜 생활 방식을 포기해야 했다. 안톤을 어찌나 반가워하고 좋아하던지 일정을 있는 대로 쉬어짜서 며칠이라도 뵙기를 정말 잘했다.

알래스카에서 돌아오는 길에 안톤과 이런저런 얘기를 주고받았다.

"두 분의 건강 상태가 생각보다 안 좋아서 마음이 무거워."

"그래. 이제 자주 찾아뵙자."

"근데 안톤, 언젠가는 우리도 두 분처럼 더 이상 장거리 비행기를 탈 수 없게 되면 한 곳에서 살아야 할 텐데 자기는 네덜란드와 한국 중 어디서 살고 싶어?"

"음. 생각해본 적 없는데. 비야는 어디가 좋아?"

"나야 한국에서 살고 싶지."

나는 나이 들어서까지 외국에서 이방인으로 살고 싶지 않다. 한국에서 한국말을 하고 한국 책을 읽고 한국 음식을 먹고 한국에 있는 가족과 친구들이랑 산과 들을 다니며 지내고 싶다.

안톤인들 이러고 싶지 않겠냐마는 다행히 그는 꼭 네덜란드에서 살지 않아도 되니 내가 살고 싶은 나라에서 살겠다고 한다. 게다가 자기는 네덜란드에 누나 한 분밖에 없지만 나는 가족들이 다 한국에 있으니 둘 중 한 명이 움직여야 한다면 자기가 한국에서 사는 게 합리적이란다. 연금이나 의료비 등 실질적인 사안도 큰 걸림돌이 아니라고 했다. 네덜란드 연금은 한국에 살아도 그대로 지급되고 아플 땐 한국인 배우자 자격으로 한국 의료 시스템의 도움을 받을 수 있을 거고 국제 의료보험을 들면 될 거란다.

가끔 네덜란드 음식이 그립겠지만 한국에서 구하기 어려운 식재료는 딸들이나 친구한테 보내달라거나 인터넷으로 구매하면 된단다. 무엇보다 자기는 진심으로 한국을 좋아하니 한국에서 사는 데 아무 문제 없다고 했다.

"딱 한 가지 걸리는 게 있긴 해."

그가 걱정하는 건 한국어다. 한국에서 말년을 보낼 만큼 한국말을 잘해야 할 텐데 그게 제일 큰 과제이자 넘어야 할 산이다. 이렇게 순순히 한국에서 살겠다는 그가 고맙기만 하다. 우리 식구들은 이 '잠정적 결정'을 두 손 들어 환영한다. 남자 형제가 없는 남동생은 벌써부터 '매형'이 정착할 날을 손꼽아 기다리고 있다.

그나저나 안톤이 한국어 공부에 쏟는 정성과 노력은 실로 눈물

겹다. 한국 가족들, 내 친구들과 소통하려면 그들이 모두 영어를 배우는 것보다 본인 한 사람이 한국말을 배우는 게 효율적이라며 시작한 한국어 공부다.

그는 한국어가 여태 배운 어떤 언어보다 어렵다고 한다. 60세가 넘어서 전혀 생소한 언어를 배우는데 왜 안 그렇겠는가? 읽고 쓰는 건 쉬워도 한문과 존댓말 등 문법이 얼마나 까다로운지는 외국인에게 한국어를 가르쳐본 내가 잘 알고 있다. 2030년까지 정착에 필요한 수준의 한국어가 가능할지는 몰라도 이미 '노력상'만은 받을 자격이 충분하다.

담담하고 평화롭게

✻ *anton*

"안톤, 우리 되도록 아무것도 남기고 말고 가자."

어느 날 비야가 지나가는 말처럼 말했다. 맞는 말이다. 나 역시 오랫동안 그렇게 생각해왔다. 가진 것을 쥐고 있다가 버리듯 갈 게 아니라 평소에 바로바로 나눠야 한다고. 나의 어머니가 늘 말씀하시던 네덜란드 격언이 있다. '차가운 손보다는 따뜻한 손으로 주어라.' 일상사에서도 그렇지만 특히 유산은 살아 있을 때 따뜻한 마음으로 잘 나눠주라는 뜻이다.

이 점에서 비야는 나보다 한발 앞선 사람이다. 이미 10년 전에 유언장을 작성하고 공증까지 받아두었으니 말이다. 내가 젊었을 때는 죽음이란 주제를 말하는 것 자체가 금기시되었다. 그러나 준비 없이 있다가 마지막 순간에 놀라 허둥대지 않기 위해서라도 미리미리 생각해두는 게 100배 나은 것 같다. 그래서 나도 70세가 되는 2021년까지는 유언장을 작성하려고 한다. 그걸 주기적으로 검토하고 수정하는 과정은 또 하나의 재미있는 '프로젝트'가 될 것 같다.

쓰고 남은 자산이 있다면 '법이 정한 방식'이 아니라 '내가 정한 방식'으로 처리할 계획이다. 오래전부터 아프리카와 아시아에서 함께 일했던 사람들이나 이들의 자녀들에게 뭔가 남겨주고 싶었다. 그러나 옛 친구들은 오래전에 내 레이더망에서 사라지거나 이미 이 세상에 없다. 지금은 가난한 사람들을 직접 돕는 종교 단체나 작은 기관에 남기는 것을 고려하고 있다. 하느님의 도움으로 최선의 기부처를 찾을 수 있기를 소망한다.

신기하게도 유언장에 넣을 항목들을 고려하다 보니 오히려 '그날이 오기 전까지는 어떻게 살아야 할까' 혹은 '어떻게 나이 들 것인가?'를 진지하게 고민하게 되었다. 예기치 못한 보너스다. 그래서 요즘은 오래전에 읽었던 '존재의 본질은 무엇인가'를 다룬 책들이 자주 떠오른다. 이 책들이 말하는 핵심은 '사람은 육체적, 정신적, 영적 존재로서 이 세 가지 요소가 삼각형을 이루며 살아가는데 인생의 단계마다 이 세 가지 중 어디에 집중해야 온전한 삼각형을 유지할 수 있을지 치열하게 고민해야 한다'였다.

이 조언에 따르면 지금 나는 이 세 가지 중 영적인 면에 집중해야 내 삼각형이 잘 유지될 거라고 생각한다. 내 마라톤 기록은 뚝

뚝 떨어지고 어제 만난 사람의 이름도 가물가물하다. 이런 신체적·정신적 쇠퇴는 '그날'까지 계속될 것이다. 그러나 영적인 면은 여전히 상승세를 유지할 수 있다.

다행히 60대에 들어서면서 특히 은퇴 후부터 점점 더 영적 호기심이 많아지고 있다. 아마도 신체 및 정신 능력이 감퇴하면서 듣거나 보거나 느낄 수 없는 것, 설명할 수 없는 것에 대해 알고자 하는 영적 욕구가 생겨서 그런 것 같다.

어떤 사람은 말했다. 60대에 이르면 더 이상 똑똑해질 필요는 없지만 더 지혜로워졌음을 보여주어야 한다고. 나 자신의 우월함을 입증하려는 노력은 덜 하고 대신 내가 배운 것을 다른 사람과 나누려는 노력을 더 해야 한다는 말이다. 나 역시 뭔가를 더 갈망하는 대신, 누군가가 원할 때 내가 얻은 삶의 지혜를 나누고 조언하고 이끌어주어야 할 때가 왔다. 또한 60대는 '인생의 끝은 어떻게 도달하는 것이 좋을까'라는 질문을 진지하게 시작할 때이기도 하다.

삶의 종착역이 묘지라면 내가 묻힐 곳은 이미 네덜란드 에인트호번 부모님 무덤 옆자리에 마련되어 있다. 비야 부모님 묘지 비석 뒷면에도 내 이름이 새겨져 있고 비야 가족 납골당에도 내 자리가 확보되어 있다. 비야와 나는 두 나라에 유택이 있는 거다! 예전에는 당연히 전통 가톨릭식인 매장을 할 것으로 생각했는데 지금은 고민 중이다. 한국에서는 가톨릭 신자들도 화장을 한다고 한다. 비야와 꾸준히 기도하면서 제일 좋은 방법을 찾도록 하느님이 내게 충분한 시간을 주시길 바란다. 만약 내가 화장을 하게 된다면 내 재를 반은 네덜란드 부모님 곁에, 반은 한국 비야 부모님과 형제 곁에 묻어달라고 유언장에 쓸 생각이다.

이런 과정을 거치면서 비야와 나는 한때는 무겁고 어둡고 두렵기만 했던 그래서 애써 외면했던 '그날'에 대해 점점 자연스럽고 홀가분하게 얘기할 수 있게 되었다. 그것만으로도 내게는 놀라운 변화이자 커다란 수확이다. 이렇게 하나둘씩 정리하며 내려놓다가 종착역에 도착하는 그 순간을, 담담하고 평화롭게 맞을 수 있었으면 좋겠다.

대단하진 않아도 즐거운 삶

★ biya

네덜란드에서 같이 지내던 여름 내내, 우리는 2030 프로젝트에 대해 자주 얘기했다. 어떻게 될지는 하느님만이 아시는 거지만 계획대로라면 안톤의 한국 정착까지는 10년 남짓 남았다. 그래서인지 그는 한국말을 더욱 열심히 배우고, 나는 네덜란드에서의 소소한 일상을 소중히 여기게 되었다.

더불어 정착에 대한 구체적인 계획도 슬슬 세우고 있다. 한국 어디에서 어떤 집을 구할지, 지금 사는 네덜란드 집을 처분할지 그냥 놔둘지, 안톤이 한국 국적을 취득하는 게 좋을지, 자전거, 마라톤, 등반 등 취미 생활은 어떻게 즐기고 신앙 및 영성 생활은 어떻게 지속할지 그리고 우리가 가진 것을 어떻게 잘 쓸 것인지!

안톤이 늘 강조하는 것처럼 돈은 잘 버는 것보다 잘 쓰는 것이 훨씬 어렵다. 그는 연금 생활자이고 나 역시 앞으로 큰돈 벌 일은 없을 테니 지금 가진 것을 잘 배분해서 쓰는 게 관건이다. 알뜰하게 쓰고도 남는 게 있다면 잘 나누고 가고 싶다. 이런 우리 생각을 시험해볼 기회가 생겼다. 대중서를 처음 써보는 그가 물었다.

"인세는 얼마쯤 나와?"

"얼마나 팔리느냐에 따라서 다르지. 요즘엔 책 판매가 예전 같지 않으니까 큰 기대는 하지 않는 게 좋을 거야."

"얼마가 되었든 둘이 같이 번 인세 중 일정 부분은 우리 여행의 질을 높이는 데 쓰면 어때? 이제 둘 다 배낭여행자처럼 다니지 말고 좀 나은 숙소에 묵거나 좀 더 좋은 식당에 가는 거 말이야."

"아주 좋은 생각이야. 우선은 한국과 네덜란드를 오갈 때 타는 비행기부터 직항으로 바꾸자! 지금까지는 표 값이 싼 비행기 타느라 파리나 프랑크푸르트를 거쳐서 돌아 돌아 다녔잖아?"

"그래요. 근데 인세를 우리만을 위해 쓰는 건 너무 아깝잖아?"

"그렇기는 해."

"쿠바 여행 때 생각한 대로 인세의 일부를 떼어 여행 중에 만나는 사람이나 단체를 도와주는 건 어떨까?"

대찬성이다. 지원 규모가 크거나 특정한 분야라면 전문 단체를 통해 도움을 주는 게 좋겠지만, 그렇지 않다면 필요한 사람에게 필요한 때에 직접 주는 게 최고라는 걸 경험적으로 알기 때문이다.

세계여행할 때, 하루 여비가 10달러도 안 됐지만 베트남에서 만난 당찬 30세 여성에게 컴퓨터 학원비로 100달러를 준 적이 있다. 그만큼을 때우느라 한동안 더 허름한 숙소에서 자고 더 싼 음식을 먹어야 했지만 그 돈으로 한 사람의 꿈을 키우는 데 일조했다는 생각에 나는 내가 무진장 마음에 들었다. 이 똘똘한 친구는 후에 학원을 무사히 마치고 버젓한 컴퓨터 회사에 취직했다며 사진과 함께 편지를 보내왔다.

"100퍼센트 찬성이야! 그렇게 하자. 그럼 인세를 어떻게 나눌까? 우리가 좋아하는 비율, 50대 50은 어때? 우리를 위해서 50퍼센트, 다른 사람을 위해서 50퍼센트로 말이야."

"아주 좋아. 그러면 인세를 주는 독자, 인세를 받는 우리, 우리에게 도움을 받는 사람들 모두에게 두루두루 좋은 일이 될 거야."

그의 얼굴에 흡족한 미소가 피어올랐다.

그래서 아직 나오지도 않은 이번 책의 인세는 이렇게 쓰기로 결정했다. 참으로 플래닝닷컴 커플답지 않은가? 액수와는 상관없이 비율대로 배분하는 거니까 수입이 적으면 적은 대로 많으면 많은 대로, 인세가 더 이상 발생하지 않는 그날까지 50대 50으로 쓰면 되는 거다.

2030 프로젝트에 넣을 항목이 또 있다. 10년 안에 신앙 서적을 한 권 쓸 계획이다. 일반 대중서에서 마음 놓고 할 수 없는 깊은 신앙 얘기를 본격적으로, 실컷 하고 싶다. 만약 이번 책의 반응이

좋으면 결혼 10년 차에 '결혼 생활 보고서'를 쓰자는 얘기도 농담처럼 주고받는다. 결혼 10년 차에는 어떤 얘기들이 모이고 쌓여 어떤 경험과 생각을 나누고 싶을지, 3년 차인 지금과는 무엇이 같고 다를지 우리도 몹시 궁금하다.

2030 프로젝트 목록은 지금도 업데이트 중이다. 공동 프로젝트와 더불어 개인 프로젝트도 각각 따로 있다. '햇박사'에다 아직 활발하게 사회활동을 하는 나는 이 개인 목록 역시 만만치 않게 길다. 목록은 요즘에도 계속 추가되는데, 지금까지 엄선한 공동 프로젝트 목록만해도 다 하려면 120세까지는 살아야 할 지경이다. 욕심과 의욕을 잘 가려서 추리고 또 추려야 한다.

그러나 찬찬히 들여다보면 우리 목록에는 에베레스트산 정상을 오른다든지, UN 난민 기구의 수장이 되겠다든지, 알프스 근처에 멋진 별장을 사겠다든지 하는 거창한 목표나 계획은 하나도 없다. 그런 건 할 수도 없고 할 필요도 없고 할 마음도 없다. 누구랑 경쟁해서 이겨야만 성취할 수 있는 일은 아예 목록에 넣지도 않는다.

대신 우리 계획은 조금만 집중하고 서로 응원하면 얼마든지 이룰 수 있는 일들로 가득하다. 힘들지만 재미있는 일, 어렵지만 같이 하면 쉬워지는 일, 소소하지만 만족스러운 일, 목표를 향해 한 발 한발 나아가는 그 자체가 즐거운 일들…….

대단하진 않아도 즐거운 삶, 안톤과 나는 이걸로 충분하다. 적어도 지금까지는 그렇다.

어도 지금까지는 그렇다.

당신에게 행운과 행복을

마침내 ABC Book 프로젝트가 끝났다. 이렇게 책이 나왔고 나는 공동 저자가 되었다. 뿌듯하고 신기하다.

난생 처음 대중서를 쓰는 건 낯설고 어려웠지만 비야와 함께해서 즐거웠다. 솔직히 공동 저자로서 그녀는 매우 까다로운 동료였다. 내 생각이나 감정을 더 자세히, 더 솔직하게 털어놓아야 독자들이 공감할 수 있다며 내 글을 고치고, 또 고치게 했다.(책 쓰는 동안 그녀는 내 보스였다!) 교정지를 볼 때는 한 줄 한 줄 꼼꼼하게 사실 확인을 하는 비야의 집중력과 집념이 놀라웠다.

개인적으로 이 책은 내 인생의 복원 작업이자 비야와 함께한 시간의 기록이다. 비야가 일기장을 보며 우리가 나눈 이야기, 함께 갔던 곳, 그때그때 느낀 감정을 찾아내는 동안 나는 옛 동료, 가까운 친구들, 두 딸을 인터뷰하고 나의 업무일지, 지난 이메일과 문자메시지 등에서 나와 비야에 관한 기록을 수집했다. 물론 최고의 인터뷰 대상은 비야였다.

기억을 되살리고 이야기를 나누고 글로 옮기는 과정 덕분에 우리는 서로를 더욱 잘 알게 되었고 더욱 가까워졌다. 10년이나 20년 후에 보면 정말 재밌을 인생의 추억이다. 지금의 마음과 다짐도 수시로 확인할 수 있을 거다.

이 책을 쓰면서 비야와 나는 무언가를 계획하고 실행에 옮기는 일을 가장 즐거워한다는 걸 새삼 깨달았다. 그동안 무엇을 함께 이뤘고 어떤 시행착오를 겪으며 좌충우돌했나 돌아보다 보니, 현재와 미래에 '무엇에 더 집중할 것인가'가 더욱 선명하게 보였다. 예상보다 훨씬 큰 수확이었다.

이 책을 통해 우리 경험과 지혜를 나눌 수 있어서 기쁘다. 세상의 모든 커플, 그리고 비혼과 결혼 사이에서 고민하는 독자들이 좀 더 나은 결정을 내리는 데 도움이 되었으면 좋겠다. Veel guluk 페일 휠뤽(good luck), 모든 분들에게 행운과 행복이 가득하길 빈다!

2020년 가을,

레인더에서

안토니우스 반 주트펀

함께 걸어갈 사람이 생겼습니다

함께 걸어갈 사람이 생겼습니다

비야·안톤의 실험적 생활 에세이

첫판 1쇄 펴낸날 2020년 11월 9일

지은이 한비야·안토니우스 반 주트펀
발행인 김혜경
편집인 김수진
책임편집 조한나 번역 정지호
편집기획 이은정 김교석 이지은 유예림 김수연 유승연 임지원
디자인 한승연 한은혜
경영지원국 안정숙
마케팅 문창운 정재연
회계 임옥희 양여진 김주연

펴낸곳 (주)도서출판 푸른숲
출판등록 2003년 12월 17일 제406-2003-000032호
주소 경기도 파주시 회동길 57-9, 우편번호 10881
전화 031)955-1400(마케팅부), 031)955-1410(편집부)
팩스 031)955-1406(마케팅부), 031)955-1424(편집부)
홈페이지 www.prunsoop.co.kr
페이스북 www.facebook.com/prunsoop 인스타그램 @prunsoop

© 한비야·안토니우스 반 주트펀, 2020
ISBN 979-11-5675-846-4 (03810)

이 도서의 국립중앙도서관 출판시도서목록(CIP)은 e-CIP 홈페이지(http://www.nl.go.kr/ecip)와
국가자료공동목록시스템(http://www.nl.go.kr/kolisnet)에서 이용하실 수 있습니다. (CIP2020043839)